안승대의
도시 오딧세이

도시는 사람을 닮아간다.

오딧세이 (Odyssey)

오딧세이는 호메로스의 서사시 오디세이아(Odysseis)를 가리키는 영어표기이며
오디세아는 트로이 전쟁 이후 오디세우스의 10년에 걸친 귀향 여정을 다룬다

차례

1부   도전 그리고 용기

2부   위대한 도시

출마를 앞둔 첫째 아들 승대에게

첫째에게
세상이 많이도 바뀌었다.
내가 어렸을 적엔 쌀 한 그릇, 흰쌀밥 한번 배부르게 먹어보는 게 소원이었는데, 이제는 내 아들이 포항시장을 하겠다 하고 나서는 세상이 되었으니, 참말로 꿈인지 생시인지 모르겠다.

엄마가 칠십이 훌쩍 넘어서 이렇게 펜을 드니 손도 마음도 조금은 떨리지만, 그래도 네가 걸어가려는 길 앞에서 엄마 마음 한 번은 전해야 할 것 같아서 몇 자 적어본다.

가난했던 집 첫째로 태어난 너에게 늘 미안했다.
너 어릴 적부터 유치원 한 번 제대로 못 보내고, 좋다는 학원 한 번 못 보내고, 그냥 집에서 동생들 챙기면서 학교 다니던 네 모습이 아직도 선하다.
그런데도 너는 1학년 때부터 6학년 때까지 늘 1등 해서 우등상장 받아오고, 반장도 하고, 선생님들께 칭찬도 많이 듣고, 엄마는 그게 참 신기하고 고맙기만 했다.
그런데 엄마가 학교에 찾아가서 선생님께 "우리 애, 반장 좀 시키지 말아 달라"고 부탁했던 일을 생각하면 아직도 미안한 마음뿐이다.

다른 엄마들은 자기 애 반장 시켜 달라 난리였는데, 엄마는 반대로 "시키지 말아 달라"한 엄마였다.
반장을 시키면 선생님 회식이다, 선물이다, 학교에 이것저것 채워 넣어야 한다고, 그런 얘기를 들으면서 우리 형편에 그걸 감당할 자신이 없어서 부끄럽고 미안한 마음으로 선생님 앞에 서 있던 내 모습이 아직도 떠오른다.
그때, 네 뒷바라지 제대로 못 해준 것도 엄마는 지금도 마음속 깊이 미안하다. 그래도 그 어려운 환경에서 꿋꿋하게 너 할 일 다 하고 조용하지만 할 땐

할 줄 아는 아이로 자라줘서 엄마는 항상 고맙고 자랑스럽다.

엄마로 네게 바라는 건 당선이냐 낙선이냐 그게 아니다.
사람이 자리보다 먼저고, 밥이 말보다 먼저다.
배고픈 사람, 외로운 사람을 먼저 보아라
엄마도 한때는 끼니가 없어 빈 솥에 물만 넣고 연기만 피우던 때가 있었다.
그런 집들이 포항에 다시는 없게 하는 시장이 되었으면 좋겠다.
노인들이 전기료, 약값 걱정에 잠 못 자는 도시가 아니라, "그래도 포항은 사람 안 굶기는 동네다." 소리 듣는 도시로 만들어라.

아이들 교육을 잊지 마라.
너도 유치원 못 다녔지만, 그래도 학교에서 열심히 해서 여기까지 왔다.
지방이라고, 형편 어렵다고, 아이들 꿈이 줄어들지 않도록 공부하고 싶으면 마음껏 도전해 볼 수 있게 배울 수 있는 기회를 챙겨야 한다.
엄마가 펜팔 편지로 글을 배웠듯이, 포항 아이들이 세상과 연결될 수 있는 길을 많이 열어주면 좋겠다.

약한 사람 편에 서라.
너 어릴 때, 얌전하던 네가 이웃집 중학생 형이 동생을 때렸다고 그 형을 대신 혼내주고 와서 그 엄마한테 욕을 먹었을 때, 엄마는 겉으론 미안하다고 했지만, 속으론 참 기특했다.
"우리 아들도 할 땐 하는구나."
시장이 되면 더 센 사람 더 큰 힘 가진 사람들 말보다 힘없는 사람, 목소리 작은 사람 이야기를 먼저 들어라.

정직하고 검소하게, 남에게 해 끼치지 말아라
엄마는 자랑할 만한 학력도, 가진 것도 없지만 한 가지는 말할 수 있다.

"남한테 해가 되는 일은 하지 않고 살았다."
너도 그거 하나만은 꼭 지켜라.

욕심내지 말고, 남들처럼 편법 쓰지 말고 지금처럼 정직하게 가거라.
시장 자리는 잠깐이지만 사람들 기억은 오래가고, 하늘은 다 보고 있다.
엄마는 이제, 네가 '포항'이라는 꽃을 키워주길 바란다
엄마가 길에서 말라빠진 꽃나무를 주워 와 물 주고, 흙 갈아주고, 매일 말 걸어주면서 다시 새잎이 돋는 걸 보며 혼자 얼마나 기뻐했는지 모른다.
포항이라는 도시도 어쩌면 그런 꽃나무 같을지 모른다.
한때는 거세게 자라던 철강 도시였지만, 이제는 인구도 빠지고 사람들 마음도 함께 말라가는 구석이 있을 것이다.
네가 시장이 된다면, 그 도시라는 꽃나무에 다시 물을 주고, 햇볕을 보여주고, "잘 자라줘서 고맙다" 말해주는 사람이 되었으면 한다.

그 꽃이 화려하게 자라서 네 이름만 빛내는 게 아니라, 도시에 사는 평범한 사람들의 얼굴이 조금씩 환해지고, "그래도 살 만하다"는 소리가 나오는 포항을 만들어주면 좋겠다.

엄마는 이제 남은 세월 그저 건강하게, 자식들 걱정 안 끼치고 사는 것이 소원이다. 너도 네 자리에서 너무 무리하지 말고, 몸 상하지 말고, 네가 옳다고 믿는 길을 천천히, 그러나 묵묵히 걸어가거라.
당선이 되면 된 대로, 안 되면 안 된 대로, 엄마는 네가 부끄럽지 않은 길을 선택했다면 그걸로도 충분히 잘했다고 생각할 것이다.

네가 어느 자리에 있든지 늘 사람을 먼저 생각하고 약한 편에 서는 부끄럽지 않은 아들로 남아주길 바란다.

2025년 어느 날
포항에서
너를 낳고 키운 엄마가.

첫째 아이의 이야기

세상이 정말 많이도 바뀌었다.

예전 어른들께서는 딸자식보다 대를 이을 아들을 선호하셨다.

요즘이야 딸이나 아들이나 자식 하나라도 낳아 주면 좋다고 하는데 예전엔 아들을 못 낳으면 소박맞던 시절을 생각하면 세월이 많이 변해가고 있는 것을 실감한다.

그 기억은 먹지 못해 굶는 게 일상이었던 옛날 어른들의 생각에까지 끼치게 된다. 그리 긴 세월도 아니다. 겨우 반세기 만에 세상이 이토록 변할 수 있다니 신기하기만 하다. 앞서가신 조상님들에게 이 좋은 세월을 살아보지 못하고 고생만 하다 돌아가셨으니 편한 세상을 살아가는 나는 마음 깊이 죄송할 뿐이다.

어른들은 맛있는 고기에 흰 쌀밥도 제대로 드시지도 못하시고 험한 세월을 살다가 가셨다. 그분들 생각을 하면 먹을 것이 풍족한 이 좋은 세상에 살고 있는 내 가슴 속에서는 죄송한 마음밖에 남지 않았다.

지난 세월을 돌이켜보면 아이들 생각이 먼저 난다.

힘겨운 살림에 삼 남매를 키워내면서 아이들의 서로 다른 면면들을 바라보며 힘든 시절을 잘 버텼다. 같은 배에서 난 아이들인데도 어찌 그리 다른지 신기할 따름이었다.

첫째는 성격이 얌전하고 내성적이고 둘째는 여자애인데도 성격이 아주 활발하고 거침이 없었다. 셋째는 고집이 남달랐다.

예나 지금이나 나는 아이들에게 그리 풍족한 환경을 제공해 주지 못해 미안했다. 삼 남매를 키우면서 다른 아이들처럼 유치원에 보내지 못했다.

형편이 어려워서 조금 더 잘해주고 싶었지만 그러지 못해서 당시만 하더라도 아이들에게 미안했다.

그런데 첫째가 초등학교에 들어갔을 때 그런 부모 마음을 아는지 성적이 남달랐다. 좋은 유치원에 다닌 애들보다 공부를 훨씬 잘했다.

1학년 때부터 6학년까지 항상 1등을 해서 우등상장을 계속 받아왔다. 첫째가 그렇게 공부를 잘하는 게 나는 신기했다. 학교에서는 공부 잘하는 첫째를 선생님들도 항상 칭찬을 아끼지 않았다. 첫째는 학년이 올라가면서 반장도 계속 맡았다.

그렇게 뭐든지 잘하는 첫째였지만 반장을 하면 할수록 나는 학교에 계속 찾아가게 되었다. 이유는 하나였다.

우리 애를 반장을 시키지 말아 달라고 선생님께 부탁을 드렸다.

당시만 해도 친구 엄마들은 자기 애를 반장 시켜 달라고, 안달이었다. 게다가 엄마들의 입소문에는 반장이 되면 선생님들 회식을 해주기도 하고 학교에도 부족함이 없도록 다 해주고 선생님들께도 선물을 많이 하고 등등 돈이 엄청나게 든다고 했다.

그러나 당시 우리 집안의 가정 형편상 반장이 되어 나타나는 첫째에게 그런 뒷바라지를 할 수가 없었다.

시간이 많이 지난 후 생각해 보면 긴 시간 아무것도 해 주지 못하고 부모로서 능력이 부족해서 그랬던 것이 너무나 미안하다.

그런 환경에서도 첫째는 꿋꿋하게 잘 자라주어서 너무나 감사할 뿐이다. 성격이 얌전해서 친구들 간에도 한 번도 싸운 적도 없었다.

그랬던 아이가 이웃에 사는 중학교 형이 동생들 싸움에 끼어들어 제 동생을 때렸다고 그 형을 때려주고 온 일이 있었다.

그날 그 중학생 엄마가 우리 집에 찾아와서 막 야단을 치고 간 적이 있었다.

나는 엄마로서 그 중학생의 엄마한테 죄송하다고 빌었다.

하지만 솔직히 속으로는 너무 좋았다.

겉으로는 말은 안 했지만, 얌전하기만 했던 첫째가 그런 용기가 있었다는 게 너무나 대견스러웠다.

그런데 훗날 이야기를 들어보니 내 그런 마음과 반대로 그 중학생 엄마는 자기 아들이 나이 어린 동생한테 맞고 들어왔다고 속이 많이 상했다고 들었다.

칠십이 넘어보니

어느덧 세월이 흘러 칠십이 넘고 보니 지나간 세월이 못내 아쉽게 느껴졌다.

그래서 펜을 들고 몇 자 적는 데 마음은 아직도 한창인데 내 나이 때문에 주위에 시선이 그렇지 못한 것이 못내 아쉽다.

어린 나이에 일찍 결혼했다.

당시만 하더라도 친정 형편이 너무 어려워서 입 하나 덜어낸다고 해서 빨리 결혼을 시켰던 것이다. 예전은 그런 일이 흔했다. 다들 못 먹고 못살았으니 말이다.

어릴 때 시집와 낳은 삼 남매를 정말 열심히 키웠다.

지금은 다들 장성해서 집을 나갔는데 그 세월이 지나니까 그래도 도시락 몇 개씩 싸서 학교에 보낼 때가 그리워진다.

그때는 엄마가 무엇이라도 해 줄 수 있다는 것이 얼마나 행복이었는지 느끼지 못했는데 지나고 보니까 그렇지 않은 것이다. 그래서 요즘 젊은 엄마들에게 무엇인가 알려주고 싶은 마음에 몇 자 적어 본다.

그러다 지나온 세월이 주마등처럼 스쳐 지나가는데 눈물이 앞을 가린다. 예전에 연세 높으신 어르신들 이야기를 들어보면 앞에 닥칠 일은 모르지만, 지나고 나면 지난 일들에 후회가 남는다고 했다.

지금, 이 나이가 돼서 생각해 보니 그 당시에 깨달았으면 하고 후회되는 일이 많아 글을 넘기는 것이다.

인간이 태어나서 많은 일을 겪고 살지만, 삶 속의 이것저것 많은 일이 나 자신이 너무 부족해서 생긴 것 같아 새삼 부끄럽다.

친정아버지께서 나를 붙들고 자주 하신 말씀이 있다.

십 년 지나고 나면 지난 십 년이 후회되고 또다시 십 년이 흐르고 또다시 후회되고 되풀이되는 세월에 다시 또 후회되는 세월이 하염없이 흘렀구나 하셨다. 그 말은 앞에 남은 시간이 얼마나 남았는지 알 수 없지만, 후회 없이 살아갈 수 있도록 열심히 살아보려고 노력해야 한다는 뜻이다.

그래서 나는 살면서 단 한 번도 희망을 버리지 않고 살아갈 수 있기를 나 자신을 위해서 늘 기도한다.

지난 세월을 떠나보내고 지금 내 작은 소원은 오로지 남은 시간 동안 건강하게 사는 것이다.

남은 삶을 자식들한테 걱정시키지 않도록 말이다.

비록 가방끈은 짧지만 나름으로 열심히 살아오면서 남한테 해가 되는 일은 하지 않고 살아왔다. 배고프고 힘겹게 살아왔지만 지금 배불리 먹을 수 있는 삶을 살기 위해 열심히 살았다. 그래서 인생에서 큰 후회는 없다.

어릴 때는 너무 가난해 겨우 품은 소원이라는 게 나중에 커서 쌀밥을 배부르게 먹어 보는 것이었다.

그 세월이 지나고 지금은 세월이 좋아졌지만, 그때 기억은 한 번씩 가슴 깊이에서 솟아오를 때가 있다. 요즘 사람들 특히 어릴 적 가난으로 고생을 안 해 본 사람들은 아마도 내가 하는 말을 잘 모를 것이다.

어린 시절 나는 친정엄마를 원망했던 적이 많았다. 지금부터 한 60년 전만 해도 끼니를 해결하지 못해서 배고픔을 이겨내지 못하는 상황에서 빈 솥에다 물만 부어서 불을 지폈던 적이 한두 번이 아니었다.

그 당시 집집마다 굴뚝에 연기가 모락모락 올라오면 저 집에 밥해 먹을 쌀이나 곡식이 있구나 하고 생각했다. 그 말은 혹시 이웃들이 밥을 못 먹고 굶을까 봐 모두들 이웃 걱정을 하는 시대였기 때문이다.

그래서 엄마는 이웃에서 걱정하지 않게 빈 솥에 물만 넣어서 끓이고 있었던 것이다.

당시만 해도 어린 나는 엄마가 남을 배려하는 마음을 이해 못 했었다. 그저 배고픔에 엄마가 원망스럽기만 했었다. 그런데 내가 살아오면서 애들을 키우고 보니까 그때 엄마의 마음을 조금이나마 이해하게 되었다. 이럴 때 세월을 느낀다.

나도 애들 엄마가 되고 친정엄마처럼 남을 배려하는 마음을 가지고 살아가야 한다고 스스로 되뇌면서 지금까지 살아왔다.
긴 세월이 흘렀지만 지금도 그때 그런 생각을 하면 친정엄마가 한없이 존경스럽다.
옛 생각을 하며 지나온 세월을 이렇게 생각나는 대로 몇 자 적는다.
생각보다 많은 이야기가 나올 줄 알았는데 막상 펜을 들고 보니까 쓸 것이 몇 개씩만 떠 오른다. 글이라는 것은 생각만큼 쉽게 쓰이는 게 아닌 것이다.
그러면서 한 번에 긴 이야기를 써 내려가는 사람들은 참 대단한 사람이라고 생각된다.

명이 긴 아이

내가 어렸을 적에 아주 갓난아기 때 이야기다.
친정엄마는 그때 이야기를 종종 해주곤 하셨는데 나보고 명이 긴 아이라고 하셨다. 첫돌이 막 지났던 때였다. 안동에 녹전 시골 동네에서 살았던 우리 가족은 당시 힘든 일을 겪었다.
당시만 해도 먹고 살기 어려워서 굶는 사람이 많았다고 한다.
그런데 그런 마을에 전염병이 돌아서 2살에서 3살 된 아이들이 여럿, 병에 걸리고 돌림병에는 나 또한 피해 갈 수 없었다.
그때 병명은 마마라고 전해 들었다.
같은 병에 걸린 나는 열이 많이 나고 몸과 얼굴이 풍선처럼 부풀어 올랐다고 했다. 돈이 없어 약도 사 먹지 못했는데 병원은 아예 꿈도 못 꾸고 그냥 방에서 저절로 나을 때까지 기다렸다고 했다.
어떻게 할 수도 없어서 그냥 뒷방에 내버려두고 있는데 시간이 얼마 지나서

보니까 눈만 껌뻑껌뻑하고는 살아서 나왔다고 했다.
그 마을에서 7명이 병에 걸렸는데 다 죽고 나 혼자서 살았다고 한다.

그래서 호적도 늦게 해서 다른 애들보다 늦게 학교에 다니게 되었다. 그 시절에는 딸애는 학교에도 보내지 않았던 시절이었다
그래도 나는 다행히 초등학교에라도 다녔고, 졸업을 할 수 있어서 한글이라도 배웠기 때문에 지금 은행 문턱이라도 넘을 수 있을 정도는 된다. 명이 길어 학교는 늦게 들어갔지만 그래도 정식 교육을 받았고 그 덕에 은행이나 관공서에서 내 일을 할 수 있는 것이다.

초등학교 다닐 때 나는 달리기도 잘하고 체력이 좋아 투포환 선수로 학교를 대표할 수 있었다.
지금은 모교가 사라지고 없지만, 여전히 추억은 머릿속에 남아 있다.
그때는 담임 선생님도 정말 좋은 분이었지만 체육 선생님께서 우리들을 살뜰히 보살펴 주셨다.

추억을 되새기면서

내가 초등학교 6학년 때였다.
다른 아이들에 비해 몇 살 더 먹은 나이여서 초등학교 다닐 때는 '할매'라는 별명이 꼭 따라다녔다.
학교에서 생활이 지금과 매우 달랐는데 특히 나는 아침에 학교에 가면 오전 수업 2시간은 수업에 참여할 수 없었다.
무슨 말이고 하니 그 당시 우리나라가 너무 못살아서 미국에 도움을 받고 살고 있었다.
우윳가루나 옥수숫가루를 원조받고 있었는데 아이들이 끼니를 제대로 때우지 못해 하루 종일 굶는데 학교에서라도 먹이자고 해서 학교에서 미국에서 원조받은 밀가루나 우윳가루로 빵을 쪄서 한 덩어리씩 나눠주곤 했다.
그 빵을 전교생에게 나눠주는 역할을 했기 때문에 아침 수업은 늘 빠져야 했다. 그래도 빠진 수업시간을 메우기 위해서 내 나름대로 열심히 공부해서 시

험만 치면 항상 좋은 성적을 기록했다.
6학년 마치고 졸업할 때 우등생 상장을 받을 정도로 공부했다.
평소에 그랬지만 졸업할 때 선생님께 칭찬을 많이 받았었다.

지금은 학교가 문을 닫아 안타깝다.
수십 년이라는 세월이 지나 뒤를 돌아보니까 옛날 기억이 떠올랐다.
당시는 선생님을 얼마나 존경하고 우러러봤는지 모른다.
내가 6학년 때에 영주군에서 열리는 군 단위 체육대회가 있었는데 거기에
선수로 선발되어서 육상선수와 투포환 선수로 열심히 연습하고 노력을 많이
했다. 학교 대표라는 생각으로 정말 없는 시간을 쪼개서 열심히 연습했다.

하지만 등수에 들지 못하고 4등을 하고 말았다.
원하는 성적을 거두지 못했는데도 학교에 도착하자 교장 선생님이 칭찬을
많이 해주셨다.
당시 체육 선생님 존함은 조진태 선생님이었다.
그리고 하나 기억에 남는 것은 교장 선생님께서 수고했다고 블라우스를 사
주셨는데 한 번도 보지 못한 나일론 천으로 만든 옷이었다.
태어나 처음 입는 블라우스라 그 옷을 정말 좋아했다.
그런데 그 옷을 입고 아궁이에 불을 때고 밥을 하다가 불꽃이 튀어서 나일론
옷이 금방 망가져 버렸다.
당시에는 말할 것도 없고 지금도 생각하면 그때 그 옷이 너무 아까웠다.
그 당시에는 모든 옷을 강목천(광목)으로 집에서 직접 지어서 만들어 입던
시절이었다. 그런데 그렇게 예쁜 블라우스가 망가진 게 너무나 아까워서 며
칠을 잠도 못 잤다.
모자라고 힘들어 안타까운 시절의 안타까운 기억들이다.

펜팔 이야기

우연한 기회에 군부대 주소를 알게 되어서 무작정 편지를 쓰게 되었다. 상대
가 누군지도 모르고 이름도 모르고 그냥 부대만 알고 편지를 보냈는데, 그리

고는 한참을 잊어버리고 지냈는데 얼마 후에 답장이 왔다.

깜짝 놀라서 봉투를 열어보았더니 너무나 잘 쓰여진 글씨가 편지지에 한가득 적혀 있었다.

뭐라고 써야 할지 몰라서 편지를 보내줘서 너무나 고맙다고 겨우 그렇게 두 줄만 써서 보냈는데 그 뒤에 이 편지 인연은 계속 이어졌다. 이 편지가 인연이 돼서 그 군인 아저씨가 제대할 때까지 편지를 주고받았다.

무려 삼 년이나 그분과 편지를 주고받았다.

나와 다른 세상에 살고 있는 분과, 길고 긴 편지를 주고받는 일은 태어나 처음 경험하는 소중한 기억이다.

잘 쓴 글씨로 늘 편지지를 꽉 채워 보내주신 군인 아저씨는 그 시절에 선생님이 되겠다고 사범학교에 다녔다고 들었다.

나는 그런 그분을 존경했다. 그래서 그 필체를 그대로 따라서 쓰고 내용도 따라 썼다.

그분은 내용에 시처럼 계절별로 다른 문장도 많이 넣어 주셨고 그 덕에 초등학교만 나온 나는 많은 것들을 배우게 되었다.

중학교도 가지 못했던 내게 그분이 보내주신 편지에서 글과 문장을 배웠다. 높은 수준의 글을 길게 길게 적어 주신 그분의 편지는 어린 내게 너무나 감사한 일이었다.

수십 년이 지난 지금도 가끔 그분과 편지를 주고받았던 시절이 생각난다. 힘겹던 시절을 살면서도 내게 남아 있던 정말 소중한 추억이었다.

친척의 누에농사를 망쳤다

예전 시골에는 친척들이 모여 사는 게 일반적이었다.

한동네에 사촌 언니가 살고 있었는데 그 언니네는 농사도 많이 하고 해서 종종 언니네 집에 가서 일을 봐주곤 했다. 언니네 집에는 누에를 키우고 있었는데 금방 알을 까고 나온 아주 작은 벌레였다.

그날도 언니네 집을 봐주러 갔었는데 언니가 들에 가면서 절대로 방문을 열지 말라고 신신당부를 했다.

누에 벌레가 작아서 닭들이 아주 좋아한다고 했다.

다들 마당에 닭을 키우고 있었으니, 문단속을 잘못하면 누에가 싹 없어진다고 했다.

그래서 누에 알을 처음부터 방에서 키우고 있었다.

나는 당연히 그렇게 하겠다고 약속을 하고 집에 있었는데 그날따라 날이 더워 방문을 열었고 그만 잠이 들고 말았다.

한참을 자고 나서 일어나 보니까 누에가 한 마리도 남지 않았고 모조리 없어졌다. 자는 사이 닭이 들어와서 다 먹어 버린 것이다.

집을 봐준다고 와서는 한해 농사를 다 망쳐 놓고 언니를 볼 면목이 없어서 우리 집으로 도망쳐 버렸다.

지금 생각해도 정말 미안하고 부끄러운 일이었다.

처음 혼자가 되어

2017년 9월 포항을 떠나 청송으로 이사한 날이 엊그제였는데 2023년 11월 10일 다시 포항으로 돌아와 보니까 지나간 세월이 야속하기만 하다.

마지막까지 같이 잘살아보겠다고 떠났는데 돌아올 때 나 홀로 돌아왔다. 혼자 돌아오고 보니까 이 세상을 떠난 사람이 더욱더 그립다.

긴 세월 항상 힘이 되는 사람이었다. 곁에 없다는 것은 한 번도 생각해 본 적이 없었다. 다시 포항으로 와서 시간이 조금 지나자 그래도 그 사람이 하늘에서 내려다보고 나를 많이 도와주고 보살펴 주는 것 같아서 지금은 마음이 놓이기는 한다.

청송에서 이삿짐 정리를 할 때는 마음의 정리가 되지 않아서 얼마나 가슴이 미어지던지 눈물이 앞을 가려서 혹시나 주위 사람이 볼까 봐 몰래 울곤 했다. 옆에 있었으면 짐 싸는 거라도 많이 도와주고 했을 텐데 아쉬웠다. 그래도 이웃 사람들이 인사도 많이 해주고 안동에 사는 친척이 떡도 하고 제부까지 와 주셔서 얼마나 고마운지 몰랐다. 늘 옆에 있는 사람들에게 감사했는데 이런 큰일이 있을 때마다 그 마음 써 주는 것에 너무 감사했다.

그날은 나를 도와준 사람들에게 점심 식사도 대접하지 못하고 떠나왔다. 뭔가 도움만 받고 가는 몸이라 모두에게 너무 미안했다.

포항에 도착해 이삿짐을 내리는데 연락받은 친구도 와서 도와주고 어찌 알았는지 이웃 사람도 와서 함께 도와주었다. 그 감사한 마음에 눈물이 났다. 그 옛날 먼저 가신 부모님께서 열심히 살면서 베풀어야 한다는 말씀이 기억났다. 그날따라 가슴 깊이 나도 이웃을 위해 많은 걸 베풀면서 살아야 되겠다고 다짐을 해봤다.

정신없이 이사를 마치고 이튿날 아침이 밝았다.
집이 낯선 데다 정리할 것도 많아 머리가 복잡해서 그런지 밤새 잠을 제대로 잘 수가 없었다.
가볍게 하겠다고 짐을 많이 버리고 왔건만 그래도 남아 있는 것이 이렇게 많을 줄 몰랐다.
쌓인 짐을 보면서 훗날 이런 것이 다 무슨 소용이 있겠나 싶은 마음이 들었다. 그리고 어떻든 열심히 살아서 애들한테 걱정을 끼치지 말아야겠다고 마음으로 다짐을 하며 아침을 시작했다.

아침 일찍 주민센터에 가서 전입신고를 했다.
평생을 포항에 살다가 겨우 떠난 지 몇 년 만에 다시 포항시민이 된 것이다.
수십 년을 같이 살아오다가 나 홀로 호적을 정리해 보니 어떻게 남은 여생을 살아갈 수 있을까 걱정이 앞선다.
그러다 앞으로 남은 세월 아들, 딸이 걱정하지 않도록 최선을 다해서 열심히 살아가야겠다고 다짐을 했다.
동사무소에 온 김에 시니어 일자리를 알아보려고 물어봤다.
12월 초에 접수한다고 했다.
옛날에는 부모님이 나이가 들면 자식한테 의지해서 살았지만, 지금은 세월이 많이 바뀌어서 서로 짐이 되는 건 원치 않는다. 나 또한 자식한테 의지할 마음이 없다. 나대로 먹고사는 것이 서로 간에 걱정 없이 사는 방법인 것이다.

꽃의 생명력

다른 사람들이 키우는 꽃을 쳐다보면 '아! 예쁘구나!'라고 생각했다. 그런데 내가 막상 키워보니 정성을 쏟지 않고서는 예쁜 꽃이 피어지진 않는다는 것을 깨달았다.

한날은 길거리에 버려진 죽은 것 같은 꽃나무를 주워서 키웠다.

사실 잘될 거라 생각하지 못했는데 그 말라빠진 꽃나무가 다시 살아나는 생명력에 깜짝 놀라며 나만의 희열을 느꼈다.

그 꽃이 다시 살아나서 한 잎 두 잎이 나기 시작하는 게 너무 좋아서 남에게 자랑도 하고 너무나 행복했다.

그러다 의사들이 생각났다.

사람의 병을 고치는 의사들이 아픈 환자들을 치료해 주고 그 사람들이 나아서 퇴원하는 것을 보면 얼마나 뿌듯해할지 잠시 생각해 봤다. 아마 그런 기분이 아닌가 한다.

주워 오는 꽃나무가 항상 싱그럽게 자라나는 것은 아니다.

어떤 때에는 아무리 키워보려고 해도 죽어가는 꽃나무가 있고 그렇게 죽어가는 것을 보면 속상하다.

그래서 싱그럽고 예쁘게 피는 꽃은 소중한 것이다.

항상 아침에 일어나서는 꽃들에게 아침 인사를 한다.

어여쁜 꽃이 내 옆에서 잘 자라주어서 고맙다고, 그러면 꽃들도 나를 보고 방긋 웃으면서 인사를 하는 것 같다.

1부

도전 그리고 용기

도시는 사람을 닮아간다

도시는 사람을 닮아간다.
포항은 내게 선택과 도전, 그리고 용기의 의미를 가르쳐준 스승 같은 고향이다.
하루하루가 저물 때마다 내일은 달라질 것이라는 희망을 품었고, 녹록지 않은 현실 속에서도 포항 사람들은 근면과 성실로 불가능을 현실로 바꾸어냈다.

머리까지 알싸하게 시원하던 송도의 솔내음, 부서지는 파도에 알알이 튀어 오르던 바다 냄새, 그리고 골목마다 구수하게 퍼지던 밥 냄새 속에서 나는 내일을 향한 꿈을 키웠다.
그 시절, 힘들지 않은 사람은 없었다. 그러나 포항 사람들은 묵묵히 땀 흘리며 삶을 일구었다.
그 모습에서 나는 성실의 의미를 배웠고, 다시 일어서는 용기를 배웠다.
그것이 어린 내게 '앞으로 나아가는 법'을 가르쳐준 포항의 방식이었다.

초등학교와 중학교, 그리고 고등학교를 거치며 나는 서서히 자아의 방향을 찾아갔다.
거칠고 혹독했던 해병대 시절에는 선택의 무게와 책임의 의미, 그리고 노력과 결과의 인과를 온몸으로 깨달았다. 그 시절의 경험은 훗날 관료로서의 내 길을 정하고, 고시공부의 고된 시간을 견디게 한 힘이 되었다.
삶의 질곡과 역경 속에서도 결코 쓰러지지 않게 만든 것은 바로 포항에서
배운 근면과 성실의 유산이었다.

30년의 공직생활 동안 나는 단 한 번도 개인의 영달을 좇은 적이 없다.
서민의 아들이자 서민으로 살아온 나는 오직 시민들이 더 나은 내일을 꿈
꿀 수 있도록 돕는 일을 내 인생의 소명으로 삼았다. 행정이란 결국 사람
의 삶을 바꾸는 일이라 믿었고, 나는 그 믿음 위에 내 청춘과 인생을 바쳤
다. 공직은 개인의 자리가 아니라 공공의 이익을 위한 의무의 자리, 나는
언제나 스스로를 공공재라 여기며 일했다.

근면과 성실로 하루를 일구던 포항 사람들의 삶을 보며 자란 나는, 그들
처럼 쓰러지지 않고 묵묵히 내 길을 걸어왔다.
그래서 포항은 내게 스승의 얼굴이자 어머니의 품, 그리고 언제나 돌아가
야 할 고향이다.
도시는 결국 그곳을 살아가는 사람들을 닮는다.
그리고 내게 포항은, 성실과 인내, 그리고 따뜻한 인간미로 빛나는 도시
의 얼굴로 남아 있다.

송도의 바닷바람 속에서

●

필자는 1970년 겨울 포항 송도에서 태어났고, 청년이 될 때까지 그곳에서 성장했다. 성인이 되기 전까지는 내가 사는 세상의 대부분이 송도였다. 송도는 크게 3가지로 이루어져 있었는데, 넓고 고운 백사장과 시작과 끝을 알기 힘든 솔밭, 그리고 제법 가깝게 보이는 포항제철의 풍경이다.

이 풍경 속에서 사람들은 포항제철과 관련한 근로자들이거나 해수욕장에서 관광객을 대상으로 장사를 하거나 바다를 생업의 터로 삼고 있었다. 다들 사는 게 고만고만해서 혹여 바닷가 인근에 작은 구멍가게라도 있으면 제법 사는 축에 속했다. 필자의 본가는 지금까지도 이 송도에 자리하고 있다.

첫돌이 지났을 무렵 사촌형과 함께 송도에서,
왼쪽 작은 아이가 필자다.

일반적으로 그 시절 태어나 자란 사람들이 자신에 대한 글을 쓰다 보면 보통 이즈음에서 집안이 궁핍함이나 어렸을 때 고생을 했던 이야기로 시작하는 경우가 허다하다.

그리고 거기서 어린 시절 가난에 대한 에피소드 하나 정도 끄집어내면서 시작하는 게 일반적이다.

하지만 솔직히 필자에게는 그런 종류의 기억은 크게 남아 있지 않았다.
넉넉하지 못한 형편은 몇 번의 이사로 깨달을 만큼이었고 학교 다닐 때
조금 불편했다 정도가 기억의 깊숙한 곳을 겨우 긁어서 모은 수준이라 하
겠다.

유년 시절 송도는 정확하게 말해 나만의 '놀이터'였기 때문이다.
넓고 고운 백사장으로 유명한 바닷가는 여름이 되면 북적이는 사람들로
장사진을 이뤘다. 모친께서 어린 나를 그 북새통에서 잃어버린 적도 있을
만큼 송도해수욕장과 인파는 늘 같은 수식을 그리고 있었다.
해수욕장을 조금만 지나면 들판의 잡초만큼이나 많은 소나무가 끝도 없
이 이어졌다. 어린애의 눈에 솔밭은 백사장과 다른 종류의 운동장이었고
청량한 솔내음은 솔잎 사이로 비집고 들어온 햇빛만큼이나 막 자라나는
작은 몸을 보듬었다. 또래 친구들과 함께 축구에, 야구에 정신없이 뛰어
다니면 이내 골목골목마다 아궁이에다 곤로불이 피어올랐고, 처음에는

동생들과 함께 찍은 사진, 막내가 아직 목을 가누지 못했다.

메케했던 그것은 곧 구수한 밥 냄새로 바뀌어 어머니들의 고함소리보다 먼저 우리를 집으로 불러들였다.

송도초등학교에 입학했을 때 역시 이 기억의 연장에 있었다.
또래들과 한 학년에 다닌다는 당연한 이유로 뛸 듯이 기뻤고 그냥 노는 게 아니라 반 친구들과 함께 놀 수 있다는 생각만이 자리 잡았을 뿐이었다. 학교를 파하면 학교 운동장에서 공을 차고 던지며 뒹굴고 노는데 정신이 팔렸다.
내 운동장이 솔밭에서 초등학교 운동장으로 확장되었는데 좋아하지 않을 이유가 없었다.

게다가 또 하나 재미있는 일이 있었으니 바로 학업이었다.
학교 공부는 내게 그동안 맛보지 못했던 새로운 재미를 선사해 주었다.
학교에 들어가 열심히 한글을 떼고 있는데 어느 날 아버지의 일터 문제로 부산 진구에 있는 큰집에 맡겨지게 되었다. 그게 2학년과 3학년 사이였는데, 엄한 할머니 덕에 사촌들과 함께 아침 일찍 일어나 책을 읽어야 했다. 어린 내게 아침 일찍 일어나 책을 읽는다는 게 그리 마뜩하지 않았지만, 그렇게 책을 읽고 학교에 가면 선생님 말씀을 찰떡같이 알아듣기 시작했고 결국 시험성적마저 좋았으니 거기서 또 하나의 재미를 알게 된 것이다. 그리고 다시 송도로 복귀했을 때는 성적과 운동이라는 두 마리 토끼를 다 잡은 쾌감으로 하루하루가 즐거웠다. 학교에 가도 잘 알아듣고 성적이 좋으니까, 선생님들께 귀여움을 받았던 것은 물론이고 친구들도 그런 나를 좋아해 주었다. 어린 나는 당시 경험에서 '성적이 좋으면 어디 가도 무시당하는 일은 없겠구나'라고 생각했다. 그리고 그 일은 꾸준히 좋은 성적을 유지하는데 커다란 동기부여가 됐다.

고학년이 되자 축구보다 야구를 더 많이 하게 됐다.
야구라 그래봐야 제대로 된 장비 하나 없이 애들끼리 하는 동네 야구였지
만 당시만 해도 프로야구 붐이 한참이라 친구들과 야구를 하고 있을 때면
마치 내가 4번 타자가 된 것 같은 기분이 들었다. 학교와 야구 그리고 뜀
박질 속에서 필자는 어느 누구 보다 잘 놀았고, 누구보다 앞서나갔다.
내 어린 시절은 그렇게 도전과 성취 그리고 즐거운 밝은 기억들로 가득
차 있었다.

나의 이런 성격은 내가 타고난 천성과 함께 부모님의 영향이 컸다.
수많은 사람들이 자신의 부모님을 글로 남기라면 한껏 미화하는 게 일반
적이겠지만 필자에게 있어 두 분은 더할 것 하나 없이 고결함과 근면함의
상징이었다.
부모님 세대가 다 그렇겠지만 뼈가 삭을 듯한 가난을 겪으며 가정을 이루
셨다. 그러면서도 정성을 다해 우리 삼 남매를 힘겹게 키워오셨다. 아무
리 힘겨운 상황에서도 하루도 빠지지 않고 새벽밥을 지어 도시락을 싸 주
셨다. 한 끼가 아쉬웠던 두분의 어린 시절을 절대 우리들에게 겪게 하고
싶지 않으셨다고 했다.
필자의 기억에 우리 집은 한 번도 '잘살아 본 적'이 없었다. 하지만, 두분
은 하루도 쉼 없이 일하면서도 그 가난을 부끄러워하지 않았다. 그리고
인간의 올바른 가치에 대해 몸소 전해주신 것이다.
그런 두 분의 올곧음은 분명 필자가 자라는 과정에서 내면의 성장에 깊은
영향을 끼친 것이 분명하다.

아버지께는 유독 순흥 안씨(順興 安氏)로 항상 우리나라에 성리학을 처음 전파한 안향(安珦)의 선비정신을 강조하시며 우리에게 선비의 가치에 대해 강조하셨다. 나라와 백성을 내몸보다 먼저 생각하는 게 선비의 정신이다. 따라서 당신께서 힘겹게 일하는 이 모든 것들이 다 우리가족과 공동체를 위한 일이라고 굳게 믿으며 살아오셨다. 어쩌면 고루한 고집 같게 느껴지기도 하겠지만 그분은 그 고집을 바탕에 두고 근면하고 성실하게 가족을 부양하셨다. 그런 부친의 모습은 어린 내게 정신적으로 깊은 안정이 되었음은 물론이고 훗날 올바른 정서로 성장하는데 밑바탕이 되었다. 우리 삼 남매를 키우느라 그렇게 고생을 하시면서도 늘 배움을 멈추지 않았던 어머니께선 아직도 자신만의 수필을 남기신다. 당신께선 내게 삶의 가치는 욕심과 허영이 아니라 내실과 진실함에서 기인함을 몸소 보이며 가르치신 것이다.

두 분의 고결함은 내 어린 시절 정신적인 바탕이었고 그 바탕 위에서 누구보다 안정적인 어린 시절을 보낼 수 있었다.
그것은 정신적 안정감이 물질적인 풍요로움을 뛰어넘는다는 이상적인 진리에 대한 확실한 증거이며 그 시절부터 지금까지 필자를 구성하는 요소 가운데 가장 큰 부분을 차지하는 중심 사고이다.

익숙한 낯설음과 두 마리 토끼

•

중학교는 버스를 타고 가야 했던 것만으로도 유년시절과 구분된다. 그리고 또 하나 커다란 변화가 있었으니, 송도 전체를 앞마당처럼 구르고 뛰어놀았던 때와 달리 중학생이 되면서 운동부와 그렇지 않은 애들로 구분된다는 것이었다.

같이 야구하고 축구하던 친구들 가운데 포항중학교로 간 친구들은 야구선수가 됐고, 동지중학교로 간 친구들은 축구선수가 됐다. 그런데 대동중학교로 간 나는 내가 좋아하는 운동 종목이 없다는 것에 실망 아닌 실망을 해야 했다. 게다가 포항중학교에 간 친구가 4번 타자가 됐다고 했을 때 그 실망은 부러움으로 바뀌었다. 오죽하면 지금까지 내 기억의 저편에 그 부러움이 자리하고 있을까 싶다.

그런 낯선 상황에서 다행한 것이 하나 있었는데 송도초등학교 동기들 대부분이 같은 중학교에 배정된 것이다. 지금 생각해도 함께 자란 친구들이 같은 중학교로 가게 된 것은 분명 성장기 필자의 정서적 안정에 많은 도움이 되었으리라.

그래도 중등교육이라는 게 초등학교와는 달리 만만치가 않은 것인 데다 동전 하나 없어도 즐거웠던 시절과 달리 버스를 타야 한다는 것에서 오는 일종의 부담도 낯설음에 한몫을 차지했다. 그런데 그런 나의 아쉬움과 낯설음을 극복하게 만들어 준 일이 있었으니, 그것은 다름 아닌 반 편성 모의고사였다.

입학할 때 전교 6등으로 입학해서 주목을 받았는데 그것은 자존감을 공고히 하는 일이기도 했지만, 한편으로는 야구하고 공차며 뛰어놀던 친구들과의 이별을 조금이나마 채워주는 사건이기도 했다.

중학교에 들어가서 잠시 탐색전을 벌이던 나는 초등학교와 다르지만 제법 익숙하면서 새로운 것을 발견했는데 그것은 커다란 운동장이었다.

고등학교에서 중학교를 바라보는 전경이다.
지금은 아파트 단지가 된 학교 부지는 중·고등학생들이 다 조회를 받아도 남아 돌 만큼 넓었다.

지금 우현동 아파트 단지가 서 있는 그 자리에 있던 모교는 넓은 운동장을 중심으로 중학교와 고등학교로 나누어져 있었는데 그 넓이라는 것이 초등학교와 비교할 수 있는 규모가 아니었다.

훗날 어떤 사람들은 "공부가 제일 쉬웠어요."같은 말을 하곤 했다지만 내

눈에는 중학교 새 교과서보다 넓은 운동장만이 눈에 들어왔다.

그리고 마음 한구석에서 송도 백사장과 솔밭은 대동중학교 운동장으로 치환되기에 이른 것이다.

그것은 유년기와 청소년기로 확연하게 구분되는 하나의 사건이었다.

전교 2등인데 운동장이 제일 먼저 보인다고 말하면 대부분 '이상한 놈'이라고 반문할지 모른다. 하지만 내게는 입학성적보다 운동장에 깔린 굵은 마사토가 더욱 중요하게 느껴졌다.

그리고 입학과 함께 정말 힘껏 그 운동장을 뛰고 또 뛰었다.

처음에는 송도초등학교 친구들과 늘 하던 축구와 야구로 운동장을 뒹굴었으나 어느 날부터 전력 질주가 추가되기에 이른다.

그러니까 정확히 말해 원래 하던 그대로 하고 있는데 나이와 공간만 달라진 것이다. 전력 질주로 운동장을 뛰는 기분은 바닷가나 솔밭에서 뛰는 그것과 달랐다. 계절에 따라 다른 솔밭의 냄새는 진득한 송진의 냄새이기도 했다가 머리가 맑아지는 솔방울 냄새 그리고 거기에 부서지는 파도의 습하고 짠내가 뒤엉켜서 달려가는 나를 감쌌었다.

그런데 학교 운동장은 바싹하리만치 건조한 모래와 항상 다져놓아 평평한 땅이어서 그것을 박차고 앞으로 나아가는 맛은 유년시절의 그것과 완전히 다른 것이었다. 사춘기가 막 시작된 시절에 그것은 육체적 한계를 경험하는 쾌감이었고 새로운 시작을 알리는 신호였다.

그렇게 가슴 깊이서 즐겼기 때문인지 예상치 못한 사건 하나가 일어났는데 체육 선생님이 심각한 얼굴로 긴히 해야 할 얘기가 있다고 말씀하신 것이다.

아무리 자존감 가득한 나이대였지만 뜬금없이 그것도 늘 뭔가 강력한 이미지를 가지고 있는 체육선생님의 심각한 얼굴은 어린 내게 엄청난 부담으로 다가왔다. 잔뜩 긴장한 모습으로 선생님께 다가갔는데 내 예상과 달리 짧은 한마디 말로 당신의 뜻을 전했다.

"혹시 육상부 할 생각 없어?"

선생님 말씀에 긴장이 확 풀렸다. 그분은 나의 해방된 듯 달리는 모습을 보고 새로운 가능성을 발견한 거였다. 당황스러웠지만, 그 순간 4번 타자가 된 포항중학교 친구와 축구선수가 된 동지중학교 친구를 떠 올렸다. 그리고 그들이 유니폼을 입고 각자의 운동장에서 뛰어가는 모습이 선하게 떠올랐다.

깊이 생각할 일도 없이 나는 "네!"라고 대답했고 그렇게 육상부에 들어가게 되었다. 여기까지 들은 독자들은 분명 또 하나의 의문이 들 게 뻔하다.

"안승대가 왜?"

우리 어린 시절 운동부는 보통 가정환경과 비례했다.

그리고 그 가정환경은 성적과 이어져 있었고 당연히 전교 2등이 육상부에서 뜀박질을 하는 경우는 '존재하지 않는 일'이었다. 모두가 그렇게 생각했지만, 필자 만큼은 생각이 달랐으니까 가능한 일이었는데 문제는 그 생각과 행동은 당시만 해도 일반화될 수 없는 '이상한 것'이었다는 데 있다. 그래서 학교에서는 내 나름의 '기행'이 용납할 수 없는 일로 받아들여졌다. 포항시대회에 학교 대표로까지 나간 '물의'를 일으킨 나로 인해 담임선생님은 체육선생님을 찾아왔고 태어나 처음으로 교사들의 싸움을 목도 하는 상황을 맞이했다. 당연히 나의 이 외도 아닌 외도는 1대 99라는 엄청난 수적 열세로 개인의 의지와 상관없이 결국 1학년 때 마무리를 지어야 했다. 나름 실망은 했지만 그렇다고 뛰어다니며 자랐던 자신을 부정할 수 있겠는가? 일종의 반항심이었는지 평소보다 오히려 더 열심히 운동장을 뛰어다녔고, 성적은 2등을 반납한 채 전교 상위권을 유지했다.

그 덕인지 중학교 생활을 학업과 운동이라는 두 가지 독자적 루틴으로 완성한 나는 운동장과 교실이라는 틀을 평생 이어가는 계기가 됐다. 지금도 남들에게 "나는 정말 열정적으로 놀았어"라고 말하면 그리 신뢰 깊은 눈빛으로 바라보지 않는다. 하지만 필자의 놀기는 정신과 육체를 건강하게 해주었고 특히 중학생이었던 당시 사춘기의 에너지를 발산시켜 주는 핵심적인 가치였다. 단지 남들과 조금 다른 점이 있다면 그 놀이에 학업이 함께 포함되어 있다는 점이다.

이 글을 빌어 깊이 숨겨두었던 비밀 한 가지를 고백한다면 그때 육상부 사건은 아직도 부모님께서 모르시는 일이다. 만약 말했다면 반대하실 게 뻔했고, 나중에라도 아셨으면 호되게 야단맞았을 것이 분명했다. 그래서 한 번도 이에 대해 이야기한 적이 없다. 이 기회를 빌려 두 분께 늦으나마 진심으로 사과를 드린다.

새로운 문화를 창출하다

·

청소년기의 대표적인 시간은 사실 고등학교 시절이다.

소년과 청년의 사이에 있는 그 나이 때는 모든 게 새롭고 감수성이 가득하며 호기심이 왕성하다. 그런데도 불구하고 지금 기억 속에 고등학교 시절은 이렇다고 할 에피소드 하나 말하기 힘들 만큼 기억에 커다란 족적을 남기지 않았다.

현실적인 문제로 장학금을 받고 들어가야 했고, 공간적으로도 중학교에서 뛰어다니던 운동장 하나를 사이에 두고 건너편 건물로 옮겨 간 것 정도여서 그리 깊은 기억이 없는지도 모른다.

게다가 이미 중학교 때부터 학업과 운동이라는 생활루틴이 완전하게 만들어진 와중에 교과과정이 확 불어버려 학업에 더 많은 시간을 쓰게 되었던 것도 원인으로 생각된다.

그래서 에피소드랄 것도 없이 그 틀 안에 있는 것들 가운데 몇 가지뿐이다. 창가에서 운동장으로 힐끗거리며 눈길을 주다가 중간고사와 기말고사 때가 되면 시험이 끝나자마자 운동장으로 뛰어가 공을 찼다.

시험 기간 내내 이어지는 나름 나만의 기행에 처음에는 선생님들이나 친구들이나 하나같이 당황스러운 눈빛으로 쳐다봤다.

하지만 나의 그런 행동에는 생각보다 명확한 이유가 존재한다.

시험 기간은 수업을 일찍 마치게 되며 당연히 아직 해가 있을 때 운동장을 뛰어다닐 수 있기 때문이다. 거기에 다들 다음 날 시험 준비를 한다고 운동장에는 사람 그림자도 보이지 않았다.

내게는 이렇게 명확한 이유가 있었으나 나의 그런 생각과 행동이 당시에는 어떤 학생도 시도하지 않는 형태였기에 학교 구성원 전원을 경악하게 만들어 버렸다.

고등학교 1학년 때다. 나름 친구들과 까불기도 하는 평범한 고등학생이었다.

다행히도 나름의 기행을 멈추지 않고 꾸준히 이어온 덕에 첫 중간고사와 기말고사가 끝나고 두 번째 학기에 들어섰을 때부터는 필자의 이 독특한 행동에 대해 의문을 가지는 분위기는 사라졌다. 오히려 시험 때마다 같이 어울려 공을 차는 것이 교내 문화로 자리 잡았고 졸업할 때까지 멈추지 않고 죽 이어졌다.

매번 나의 기행에 동참하는 팀원이 늘어서 축구하기 더 좋은 환경이 조성된 덕에 시험공부의 스트레스에서 제법 해방될 수 있었다.

공을 차는 행위는 학교라는 틀 안에서 나름 해방감을 맛보는 나만의 고유한 방법이었고 어쩌다 보니 나름의 새로운 문화를 창달했다. 그렇게 이어간 고등학교 시절 역시 중학교 때와 마찬가지로 전교 1등을 하는 것보다 친구들이랑 마음 놓고 공을 차면서 2~3등으로 남는 게 더 행복했다.

열심히 공을 차며 학업과 축구로 점철된 고등학교 생활을 보내고 있었는데 의도하지 않게도 남다른 추억 하나가 더 생겼다.

2학년이 되고 경시대회의 계절이 다가오자, 경상북도교육청 주관으로 '경북고교수학경시대회'가 개최됐다. 당시에는 학교별 쿼터가 정해져 있던 대회인데 선생님의 추천으로 나가게 된 그 대회에서 무려 경상북도 1등을 기록한 것이다. 여기까지 본 독자들은 '의도하지 않았다는 무슨 말이야?'라고 물을 수 있다. 하지만 경시대회를 준비하겠다고 혹은 입상을 하겠다고 한 적이 없었기에 의도하지 않았던 것은 분명하다.

결과 발표를 듣고 남들보다 잘했다는 생각에 나름 흐뭇해하고 있었는데 필자의 개인적인 만족과 전혀 다른 내용을 선생님을 통해 전해 들었다. 그것은 내가 거둔 경상북도 고교수학경시대회에서의 1등 기록이 모교가 개교하고 처음 거둔 성적이라는 것이다.

의도치 않게 모교에 제법 멋진 선물을 남긴 데다 그 또한 '의도치 않은 것'이라 내 기억 깊이 남는 일이었다. 그리고 나중에 알게 된 바로는 그 후에도 필자가 남긴 수학경시대회 기록은 깨지지 않았다는 것이다.

누군가가 사상 최초의 기록을 달성했을 때의 그 기분은 언어로 표현하기 힘든 그 무엇이었다. 그것은 '나'라는 존재의 가치를 증명하는 일이기도 했고 '우리' 속에서 '나'를 확실하게 규정지어주는 그 무엇이다. 지금도 그때 그 기분을 기억 속에 고스란히 간직하고 있다. '나'는 무엇이든 할 수 있다는 자신감이 가슴 속에 싹튼 순간이었다. 아마 독자들 가운데에서는 필자의 이 말이 오만하게 느껴질 수 있겠지만, 그것은 소년이었던 내 가슴에 각인된 일종의 사명감 같은 것이었기에 더 많은 이해를 구하고 싶다. 도전하고 성취하고 그리고 할 수 있는 한 최고의 성과를 낸다.

그 생각을 바탕으로 항상 앞으로 나아갔고 그 바탕에는 '용기'가 있었다. 청소년 시절 '나'는 그렇게 성장해 갔고 더 강한 청년이 되도록 하는 밑바탕이 되었다.

그렇게 2학년이 저물고 대입 수험생이라는 딱지가 붙자, 내 생각 속에는 '경찰대학'이 떠 올랐다.

당시만 하더라도 집안 형편을 고려하고 있는 성적 좋은 학생들이 전국에

담임선생님께서 찍어주신 사진이다. 내가 공부에 몰입하는 모습이 보기 좋아서 셔터를 누르셨다고 했다.
몇 장 남아 있지 않은 청소년 시절 모습이다.

서 모여드는 학교가 바로 경찰대학이었다. 경찰대학은 경찰 간부를 양성하는 대학으로 학비가 면제고 생활비까지 지원되며 졸업 후에는 경위로 발령나는데 나 같은 학생에게는 매력적이 아닐 수 없었다. 거기에 집안 환경을 생각하면 일찌감치 공직의 길로 가는 게 분명 경제적으로도 정신적으로도 안정된 길일 것이니 말이다.

그런데 당시 80년대는 내가 생각하는 것과 분위기가 제법 달랐다.
어떤 학교에서 서울대학을 몇 명 보내는지에 따라서 고등학교의 질적 수준이 정해지는 시대였고 서울대학교에 입학하면 TV에까지 나오는 시대였다. 솔직히 지금 기준으로 학생들이 이 글을 본다면 이해하기 힘든 80년대 문화 중에 하나일 것이다.
혼자서 진로에 대해 깊이 고민하다가 어느 날 담임선생님께 내 뜻을 밝혔더니 제법 난감해하시던 얼굴이 기억에 남아 있다. 아마 당시 당신께는

야간자율학습 때다. 지금 학생들은 모르는 교련복을 입고 있다.
교실에 남아 공부하고 있으면 어머니께서 밥을 지어다 주셨다.

학생인 나에 대한 생각보다 학교와 재단 그리고 학반까지 다양한 고민이 있었으리라. 내 탓에 나름 깊은 생각을 이어가시던 담임께선 시대의 분위기에 따라 당연히 '서울대'를 권했다.

서울대 역시 국립대학이니 장학금 제도가 좋아 생활에 큰 불편함이 없을 것이고 경찰간부라는 정해진 길로만 가는 것보다 청년기에 장래에 대해 조금 더 생각할 수 있는 여유가 있다면 더 좋지 않겠느냐는 말이 어린 내 마음을 움직이지 않았을까 싶다.

선 지원 후 시험 시절이라 먼저 마음을 결정해야 했는데 나 역시 선생님 말씀에 공감이 있었던데다 주변에서도 서울대를 권하는 분위기 덕이었는지 서울대 시험을 치르기로 결심했다.

그리고 결과는 합격.
그것도 장학금을 받고 입학할 만큼 높은 점수로 합격했다.
과에서 2등으로 입학했다. 하지만 1등부터 대부분 입학생이 재수생으로 구성되어 있었으니 현역으로는 분명 내가 1등인 것이다.
합격 소식과 장학금을 받을 수 있다는 소식을 동시에 들었다.
당시에는 뭔가 큰 대업을 완수한 것 같아 가슴 속에서 벅차올라 오는 기쁨이 넘쳤다. 그것은 필자가 자기 자신에게 '만족'이라는 감정을 느낀 첫 번째 사건으로 기억된다.
수학경시대회처럼 1등을 하겠다는 의지 없이 임해서 평가받은 것과 달리 대입학력고사는 분명 어떨 것이라고 예상한 속에서 최선을 다해 준비했고 그렇게 시험을 치렀다.

고사장에서 나왔을 때 결과가 좋을 것이라는 확신이 있었고 그 예상은 장학금이 되어 돌아왔다.

그 일은 처음 '나'라는 존재에 대한 확고한 확신과 믿음을 가지게 된 일이다. 합격소식이 들리고 학교는 물론이고 집안과 송도지역 사람들 모두에게 진심으로 따뜻한 축하를 받았다. 어른들과의 경험이 전무했던 내게 타인들의 격려와 축하는 생소했지만 그만큼 깊이 가슴에 남았다. 그리고 그 경험 속에서 처음으로 '감사'라는 말을 떠올렸다.

입으로야 수만 번 '감사합니다'를 연발하며 살았지만, 일상 속의 인사였을 뿐 진정 '감사'의 의미를 인지하고 살아가지 못했다. 거기에 또래 집단을 제외하고는 인간관계에 대한 경험이 모자랐던 내게 이웃들의 따뜻한 말 한마디는 '감사합니다'라는 말이 단순한 인사의 의미가 아니구나 하고 깨닫게 해주었다.

어른들의 입버릇 중에 "네가 혼자 큰 줄 아느냐?"라는 말이 있다. 귀가 따갑도록 듣던 그 말의 의미는 부모, 형제 그리고 이웃과 지역사회가 '나'의 주변에 있기에 오늘의 성장한 내가 있다는 뜻일 것이다.

당시 필자는 그런 일상적인 것들에서 큰 뜻을 깨닫고는 성장기의 한 단계를 거쳐 가고 있음을 깨달았다. 이제 어른이 되어가고 있었던 것이다.

서울대학교에 입학하고 어머니와 함께 송도에서 찍은 사진이다.

낯설고 새로운 격동의 시대

•

서울행 버스에 몸을 실었을 때 앞으로 닥칠 일에 대한 기대와 설렘은 그리 오래 가지 못했다. 대학 역시 또 하나의 현실이었고 필자는 청년 안승대로 '완전히 새로운 현실'을 맞이해야 했기 때문이다. 해 온 것이라고는 공부밖에 없던 촌놈이 서울에 올라갔을 때의 그 문화적 충격은 어마어마했지만, 더한 것은 서울대학교라는 준거집단에서 맞이한 현실이었다.

1989년 입학식 때 사진이다. 포항에서 올라간 내 모습이 세련된 것 하고는 거리가 멀어 보인다.

전국에서 모여든 아이들은 거의 그 지역 대표나 마찬가지로 명석했지만, 그동안 책상 앞에 앉아 있었을 뿐이었지 현실이 무엇인지 경험도, 생각한 적도 없는 백지상태였다. 그러다 대학 그것도 서울에 있는 대학에 와서 완전한 날것의 세상 속에 '풍덩'하고 빠져 버렸다.

그 속에 있던 필자 역시 그전에 맛보지 못했던 것들만 가득한 세상에서 완전히 무지한 상태로 내 놓이게 되었다.

세련되고 집안 좋은 서울내기들은 경제적 문화적으로 1차 적인 충격이었고 대학생들이 세상과 싸우고 있었던 것은 2차 적인 충격이었다. 1차 충격은 촌놈들끼리 모여 다니며 방어가 되었으나 2차 충격은 오롯하게 직접 감당해 내야 했다.

1989년 당시는 87년 대통령 직선제가 시행되면서 70년대와 80년대 초와는 엄밀히 구분된 것 같지만 필자가 맞이한 세상은 여전히 대립 속에서 혼돈이 지배하고 있었다.

과거의 때가 벗겨지지 않은 와중에 새로운 질서를 찾아가려는 움직임, 그것은 분명 혼란스러운 상태였지만 내 눈에는 그렇게 보였다.

사회현상과 함께 또 하나 충격을 안겨준 것은 대학수업의 수준이었는데 수업을 따라가는데도 버거울 정도여서 나를 포함해 나름 잘났다는 아이들의 콧대를 꺾어 놓았다. 그렇게 숙연해지고 작아진 우리는 시대와 사회 참여 문제라는 커다란 화두 앞에서 혼란스러우면서도 나름 해법을 내놓겠다고 분투했던 것이다.

필자는 당시를 '고민하던 청춘 시절'이라고 말하고 싶다.

급속도로 발전한 경제성장의 이면에서 아직 자리 잡지 못한 정치, 경제, 문화, 사회 등 다양한 문제들이 산재했고 나름 대학생이 된 우리들은 삼삼오오 모여서 그런 이야기들로 밤새 진지하다 못해 비장한 토론을 벌이기도 했다. 지금 생각하면 제법 모자라는 구석도 있을 수 있지만 분명 가치 있는 고민들이었다.

전국 각지에서 모여든 아이들은 먼지만 가득한 주머니를 털어 막걸릿잔을 기울이며 며칠이고 대한민국의 현실과 미래에 대해 논했고 그 가운데 아이들은 어느덧 어른이 되어갔다.

대학 동기들과 함께, 아이였던 나는 커다란 세상에서 서서히 어른이 되어갔다.

정치(政治)라는 말이 사전적으로 국가의 권력을 획득하고 유지하며 행사하는 활동으로, 국민들이 인간다운 삶을 영위하게 하고 상호 간의 이해를 조정하며, 사회 질서를 바로잡는 역할을 한다는 뜻인데 지금 생각하면 당시 처음으로 정치적인 행동을 한 것이다.

그때 처음으로 공부하지 않는 안승대가 세상과 조우한다.

닥치는 대로 책을 읽었으나 이는 지적 호기심을 채우기 위함이었고 동서양 철학서, 사회학, 이데올로기, 정치학, 근현대사, 세계사, 현대 서양철학 등등 그냥 제정신이 아닌 듯 독서에 푹 빠졌다.

세상이 궁금했던 것 가운데 해결하지 못할 게 없었다. 그리고 책장을 넘길 때마다 종이책이 풍겨내는 그 특유의 냄새가 좋았다. 학업을 뒷전에 두고 그렇게 인생공부에 빠져 책을 읽고 정리하고 나가서 막걸리 한 되를 받아 놓고 토론을 늘어놓고 잠들곤 했다.

뒤에 기술하겠지만 세상 고민을 안고 그렇게 살아가며 소위 개론 수업을 업신여긴 대가를 복학 후에 혹독하게 치르게 된다.

훗날 당시 시대의 청춘으로 고민하고 행동했던 이유에 대해 각성하게 되

처음으로 사회와 나와의 관계에 대해 깊이 고민하고 행동했다. 제1회 사회복지 학생캠프에 참가했을 때였다.

는데 그것은 필자가 개인이면서 동시에 사회의 일원임을 깨달았기 때문이었다.

무슨 말이고 하니 살아 있고 존재하는 '나'는 원자단위로 이루어져 있고 원자는 끝없이 떨리는 최소단위로, 내가 살아 있다는 뜻은 그 '떨림'이 끝없이 이어지고 있다는 뜻이다.

그 떨림은 필자 혼자만의 것이 아니라 서로에게 영향을 주고받는 '울림'이 되어 사람과 사람 사이에서 영향을 끼친다.

즉, '존재의 떨림은 서로의 울림이 된다'라는 것인데, 개인과 개인, 개인과 사회의 관계 역시 끊임없이 서로 영향을 주고받는 파동의 연속이다.

이런 물리학적인 설명을 통해 개인은 독립적인 것이 아니라 우리와 세계에서 끝없이 영향을 주고받으며 존재하고 있었던 것이다.

당시 젊고 혈기가 왕성했던 필자가 사람과 사람 그리고 사회와 사람 속에서 고뇌하고 해결책을 찾기 위해 노력했던 것은 안승대가 처음으로 존재하는 사람으로 가치를 깨달았기 때문이며 이는 과학적으로도 맞아떨어지는 필연이었다.

대학은 그렇게 내 존재와 사회의 관계를 이해와 배움으로 청년 안승대에게 가르쳐 주었고, 시대의 청춘들이 풀어야 할 숙제를 보며 가슴을 치고 있던 그 시절 자신도 모르게 조금씩 조금씩 반드시 당면하는 또 하나의 커다란 현실과 마주하게 된다. 그것은 군대였다.

용기와 자신감 그리고 해병대

친구들이 하나·둘 군대에 가기 시작하자, 그제야 더욱더 냉혹한 현실을 직시하게 되었다. 남학생들은 대부분 2학년 때 군에 가는 게 일반적이라 나 역시 그렇게 대한민국의 건강한 남자라면 누구나 가는 군대에 가기로 했는데 그렇게 지원한 곳이 고향 포항에 있는 해병대였다.

지금에 와서야 하는 말이지만 당시만 해도 필자는 해병대가 어떤 곳인지도 몰랐다.

뭔가 남성스러움이 넘치고 할 수 있다는 의욕이 넘쳐 한번 해 보겠다는 의지로 갔다고 포장하면 좋겠지만 솔직히 그렇지도 않았다.

해병대에 간다고 했더니 가족들이 난리가 났고, 친구들은 약속이나 한 듯 '네가 왜?'를 남발했다. 당시만 해도 그런 주변의 반응이 심히 당황스러웠으나 지금 생각하면 내 결정은 내 인생을 위해서도 옳은 결정이었다.

부끄러운 얘기지만 혼란한 시대를 살아온 대학생으로 나름 세상 난제들을 해결하겠다고 고민하던 시절

포항 해병대 복무 시절 막 훈련을 마치고 찍은 사진이다.

이라 끼니의 소중함도 잊은 채 빈속에 막걸리를 들이키며 시간을 보내는 한심한 생활의 연속이었다.

그 결과 몸은 급속도로 약해져 있었고 체력이라는 것은 바닥에 떨어졌다. 훈련소에 입소하자 그 현실을 깨닫고 어린 시절 운동장을 뛰어다니던 안승대는 대체 어디로 갔는지 찾아와야겠다는 생각이 번쩍 들었다.

6주간의 훈련소 생활을 마치고 자대 배치를 받는데 내가 과연 이 힘겨운 군생활을 그것도 해병대에서의 생활을 이겨 낼 수 있을지 의문이 들었다. 그때 그 고민으로 필자는 인생에서 처음 '나'라는 존재에 대한 의혹으로 가득 차 있었다. 육체적으로 정말 힘들었던데다가 태어나 처음으로 나의 나약함에 대해 인정해야 했던 시기여서 그랬던 게 분명했다.
그리고 자존감이 떨어진 상태로 자대배치를 받았는데 당황스럽게도 필자는 자신이 가지고 있던 의문과 전혀 반대의 상황을 맞이했다.
엄격한 군율, 틀에 잡혀 있는 생활은 훈련소 6주간 힘들어했던 나를 스스로 부끄럽다고 생각하게 할 만큼 군 생활은 잘 맞았다.
물론 육체적으로 힘든 건 여전했지만, 그것을 역경이라고 생각한 적이 없을 정도로 생활에 잘 녹아들었다.
거기에 촉매가 된 것이 있었으니, 그것은 축구였다.
공과 함께 성장한 나의 능력을 본 선임들은 '서울대 나온 축구 잘하는 이상한 후임' 덕에 새로운 세상을 맞이했다.
고참들은 누구나 그런 내게 잘 대해줬고, 동기들은 눈빛만 봐도 꿀이 떨어졌으며 축구공은 나를 '신화 속 영웅들'처럼 빛나게 해주었다.
다행히도 빛나던 시절은 지나가고 해병대의 명성답게 엄청난 훈련이 기다리고 있었지만, 시작이 좋은 덕에 고뇌나 번민 없이 정말 '귀신 잡는 해병'으로 다시 태어났다.

당시의 훈련량은 그야말로 어마어마했다.

팀스피리트 훈련, 중대TTT(텍테컬 트레이닝 테스트), 주간 야간 사격, IBS전투수영, 그리고 그때 처음 도입된 100킬로미터 행군 등등 늘어놓을 수 없을 정도로 훈련과 훈련의 연속이었다.

그런 고난도 훈련 속에서 체력적 한계를 여러 번 겪었고 그런 역경은 그동안 찾아내지 못했던 또 하나의 나를 찾는 계기가 됐다.

예를 들어 한겨울 행군하는 가운데 반합에 해 먹어야 했던 찌개와 밥은 어려운 시절의 그 밥과도 달랐다. 그 거친 음식은 밥과 국이 가진 원형을 고스란히 안고 있으면서 땀과 눈물 그리고 생존이라는 다양한 가치가 녹아 있었다. 그렇게 반합을 싹 비우고는 다시 육체적 한계까지 끌어올리는 일이 해병대의 일상에서 점점 더 강인해지는 나를 찾을 수 있도록 도와주었다.

나중에 알게 된 일이지만 특히 필자가 입대한 그 시절 그 어떤 때보다 더 많은 훈련을 한 것으로 전해 들었다. 그것은 당시 대학생들이 군에 갔을 때 벌어지는 여러 가지 험한 일들과 혹시나 있을지 모를 괴롭힘을 상쇄시키기 위해 훈련에 훈련을 이어간 것이었다. 당시만 해도 끝없이 이어지는 훈련으로 육체적으로 고갈되는 일이 잦아서 원래 해병대는 그런 것이라고 생각했었다.

그런데 훗날 그렇게 훈련이 많았던 이유를 알게 되고는 당시 해병대 장성들의 앞을 내다보는 안목에 감탄하게 됐다.

그 덕에 3년이라는 시간 동안 내내 사람에 대한 나쁜 기억 하나 남기지 않은 채 전우애와 강인한 체력만을 안고 제대할 수 있었던 것이다.

가지 않을 것 같았던 3여 년의 시간은 의외로 훌쩍 지나갔다.

그 시간 동안 힘들고 고된 훈련의 연속에서 필자는 전투력 강한 군인으로 성장했을 뿐 아니라 삶의 깊은 곳에서부터 많은 변화를 겪었다. 규칙적인 생활 속에서 사람이 살아가면서 배워야 하는 필수적인 것들 그리고 분단된 한반도에서 군인으로서 대한민국 국민으로서 알아야 했던 모든 것들을 해병대에서 배웠다.

필자는 군대를 기점으로 '나'라는 존재가 완전히 구분되었다고 확언한다.

제대한 나는 정신적으로 육체적으로 완전히 새로운 안승대로 태어났다, 그것은 백지상태로 운동장을 뛰어다녔던 소년에서 시대의 아픔을 가슴에

품던 청년을 거쳐 어떤 고난 속에서도 싸워 이길 수 있는 강인한 대한민국 군인으로 변모했기 때문이다.

촌놈이 서울에서 느껴야 했던 문화적, 사회적 충격 속에서 작아졌던 자아는 해병대를 나오며 다시 강건하고 거대해졌고, 그때부터 정확하게 '나'는 무엇을 위해 살아야 하는지 방향성을 찾게 되었다.

필자는 이 시절의 자신이 당당하고 자랑스러웠다.

긴 시간 동안 나를 지탱하던 모든 것들이 새롭게 바뀌었고 청년 안승대가 새로운 목표를 향해 달려갈 수 있는 원동력이 되었으니 말이다.

고시준비, 새로운 출발선에 서다

·

80년대 대학생이었던 필자가 제대를 하자 90년대가 되어있었다.
의외로 이 두 시대 사이의 구분은 명확했는데 영원할 것 같았던 베를린
장벽이 무너지고 태어나 평생을 들어왔던 철의 장막 소련이 붕괴하면서
'냉전'이라 불렸던 한 시대가 역사의 저편으로 사라져 버렸다. 따라서 학
생운동과 사회참여운동의 구심점이 사라졌으며 처음 상경했을 때 무겁기
만 했던 시대의 난제들이 내가 없는 동안 해결되었거나 해결되어 가는 과
정에 있었다.
그것은 필자에게 큰 영향을 끼치는데 시대의 대학생이 고민해야 하던 문
제들이 사라지자 사회적 자아로서의 고민들은 오롯하게 나 개인의 성찰
로 넘어갔다.

복학과 동시에 내게 주어진 과제는 두 가지였다.
모든 복학생들의 업보인 '학점'과 졸업 후 무엇으로 먹고살 것인가였다.
먹고살 문제를 생각하면서 복학생의 신분이 되고 가장 먼저 발견한 것은
막걸리를 기울이던 친구들이 술집이 아니라 도서관에 앉아 있었다는 것
이다.
그들 역시 시대의 아픔이 치유의 수순에 들어가자, 자아에 대해 고민하다
가 나와 같은 문제에 봉착한 것이다. 하나같이 다양한 방향으로 준비를
했고 금융계나 대기업, 고시공부를 준비하기 위해 다시 엉덩이를 의자에

앉혔다. 그렇게 그들 사이를 부유하다가 내가 내린 결론은 '관료'가 되는 것이었다.

독자들은 분명 '그냥 고시준비를 한다고 하지 관료가 되는 것은 무엇이 냐?'고 의문을 가질 것이다.

하지만 고시 준비를 한다는 것과 관료를 하겠다는 말은 내게 있어 출발선 부터 달랐다. 독자들이 들으면 지독히도 고루하겠지만 앞에서 밝혔듯 필 자는 성리학에 기반한 사림 안향(安珦) 선생의 후손이다.

순흥안씨(順興安氏)는 고려 때부터 중앙정치와 지방행정에 두루 참여했 고, 조선시대에는 유학자와 문신들이 가득했다. 시조인 안자미(安子美) 선생부터 늘어놓기 시작하면 끝도 없는 관료들이 자리해 있다. 고려와 조 선의 정치와 학문발전에 크게 기여했음은 물론이고 충절과 청렴과 같은 유교적 가치를 중시하는 가문인 것이다.

고루하게도 나의 가슴에는 늘 이런 바탕으로 스스로를 생각해 왔으며 장 래를 생각하면서 '관료'가 되겠다는 방향성을 설정하게 되었다.

솔직히 말해 내게 관료라는 것은 선택이 아니라 운명같이 느껴졌다.

이런 생각을 바탕으로 복학과 함께 깊은 자기성찰에 들어갔다.

대기업은 공익보다 사익이 앞서고 개인적 영달을 생각하면 돈을 많이 주 는 회사에 다니는 게 맞다.

하지만 필자는 스스로를 '개인'으로만 생각한 적이 없다.

어쩌면 자신을 '사회적 자본'으로 생각하는 그 생각의 바탕은 어린 시절 부터 이웃들과 친구들 그리고 지역사회에서 감사의 마음을 느끼며 성장 해 왔는지도 모른다.

'나'라는 존재에 대해 가치를 깨닫고 그 가치를 조금 더 공익적인 방법으로 써야 하겠다는 의무감이 항상 자리했는데 복학 후 고시라는 구체적인 방향성이 보이자 매진하지 않을 수 없었던 것이다.

그렇게 목표를 설정하고 달려가는데 당시를 생각하면 그것은 또 하나의 커다란 도전이었다. '고시'라는 게 아무나 도전하는 것도 아니었고 더 큰 문제는 그동안 방황하던 대학생들이 너도나도 고시를 바라보기 시작했다는 것이다.

수요가 많은데 공급이 달리면 가격이 올라간다. 그 법칙은 국가고시에 있어서도 유효했는데 고시를 보려는 사람이 많아지면 시험의 합격선도 올라가고 문제도 어려워진다.

게다가 또 하나 넘어야 할 산이 있었는데 바로 학점이었다.

대학에 들어갔으면 1학년 때 개론 수업을 들으며 기초를 다져놨어야 하는데 국가와 민족을 생각하느라 등한시했던 학업의 업보가 드디어 현실로 다가온 것이다.

제대한 지 얼마 되지 않았던 필자는 준비된 체력을 바탕으로 학업에 대한 모든 능력을 한꺼번에 쏟아부었던 시간이었다. 말 그대로 모든 것을 갈아 넣었지만, 수업들은 하나같이 어려웠다. 교수들은 학점을 절대 후하게 주지 않았고 과목의 내용은 물론이고 공부하는 방법까지 어렵고 힘들어서 지금 생각해도 혀가 내둘릴 정도였다.

특히 경제학은 기억 속 저 어딘가 어둠으로 느껴질 만큼 버거웠다.

우선 제대하기 전에 멈춰있던 머리를 다시 회전시키는데 상당한 공을 들이고 규칙적인 생활 속에서 의지를 다졌다.

어차피 해야 하는 공부였으니 경제학을 정복한다는 생각으로 짬이 날 때마다 매진에 매진을 거듭했다. 경제학이라는 학문이 어려워서 그렇기도 했지만, 복학생이라는 생각에 미시경제학과 거시경제학을 동시에 듣는 호기를 부린 탓이기도 했다.

조금 시간을 둘 수도 있었지만 한번 목표가 정해지자, 무슨 일이 있어도 얼른 학과 공부를 마치고 고시준비에 들어가야겠다는 의미로 시작한 일이다.

수업의 난이도는 단연코 인생 최고라고 할만했다.

수업이 어렵다고 느낀 것도 태어나 처음이었다. 어려운 만큼 성적이 좋지 않았는데 이것 역시 태어나 처음으로 좋지 않은 성적을 받았을 때 기분을 깨달았다.

미시경제학은 그럭저럭 괜찮았는데 거시경제학은 당시 최고의 석학이었던 이창용 교수(현 한국은행 총재)가 하버드에서 갓 돌아와 원서로 수업을 하는 바람에 인생 최대의 도전 가운데 하나가 되어 버린 것이다.

오랜만에 밤낮을 가리지 않고 공부했다.

공부할 양이 방대해서 공부하고 정리하고를 반복해야 했으며 당시만 해도 거시경제학 공부가 관료가 되기 위해 넘어야 할 산이라고 생각할 정도였다.

그렇게 매진한 후 시험을 치렀고, 결과도 보지 않고 그 길로 바로 고시준비에 뛰어들었다. 이미 우수한 성적을 기록하겠다는 미련을 마음의 저 어딘가에 놓아버린 후여서 고시공부에 더욱 몰입할 수 있었다.

이 땅에 태어나 성적에 대해 마음을 놓아본 적이 한 번도 없었던 내게는 미련을 버린다는 것이 그리 쉽지 않았지만, 당시 내 가슴 속에는 졸업과 동시에 고시패스라는 목표가 분명히 서 있었기에 가능했던 것이다.

졸업과 동시에 고시패스.
누가 들으면 너무 과중한 것 아니냐고 생각할 수 있겠지만, 그렇게 목표를 설정할 수 있었던 것은 무엇보다 제대한 지 얼마 되지 않아 정신무장도 되어있었고, 체력도 유난히 좋은 상태였기에 가능했다. 지금 생각해도 모든 조건이 고시에 도전하겠다는 결심을 하는 데 아무런 어려움이 없었다.
경제학, 민법, 행정학 등 해야 할 공부는 산처럼 많은데 학점도 따야 하니까 복학 전 세상 고민을 가득 담았던 막걸리 사발에 날려 보낸 학점을 다시 채워야 했고 고시준비까지 해야 하니까 '제정신이 아니다'라는 표현이 정확하게 딱 맞는 말이다.
하지만 내 체질인지 천성인지 당시 할 수 있는 모든 역량을 투자하면서 그 스트레스 속에서 나 자신이 살아 있음을 느꼈다. 숨 쉴 수 없을 만큼 자신을 몰아가며 매진하면서도 그것이 힘겹고 괴롭다는 생각 따위는 한 번도 한 적이 없었기 때문이다.

돌이켜보면 그런 천성 때문인지 괴로움이라는 감정에 사로잡힌 적이 없었다.
목표를 잡고 하루하루 최선을 다하는 것은 어느 누구에게도 배운 적 없는 나만의 삶의 방식이다. 하루하루가 쌓이면 그것이 현실이 되고 현실은 미래의 바탕이 된다. 감당하기 힘든 분량의 공부 역시 그렇게 해결해 나갔다.

이 글을 쓰며 한가지 망각했던 기억 하나가 떠올랐는데 그것은 바로 생존을 위한 경제활동이었다. 1학년 때야 장학금에 기숙사까지 제공되었지만, 2학년부터는 자취를 해야 했고 당연히 돈이 들었다. 태어나 돈이라고 벌어본 적이 없던 나였지만 과외부터 공사판까지 안 해본 일이 없었다. 거기다 방학이면 아버지를 따라 공사장을 다니며 전기공사 일을 도우면서 생활비를 벌었다.

포항에서는 서울대 간 머리 좋은 아이로만 기억하는 분들이 많았지만, 그곳에서 맞이한 현실은 말 그대로 녹록하지 않았다.

복학을 하고는 상대적으로 몽환적이었던 1학년과는 전혀 다른 현실을 맞이했고 해야 하는 공부와 하지 않으면 안되는 고시준비 그리고 반드시 벌어야 하는 돈이 맞물려 숨 쉴 틈 없이 삶을 이어갔다.

그런 하루하루가 쌓이고 뚜렷하고 명확한 목표를 향해 뚜벅뚜벅 걸어갔다. 그리고 1차 시험 합격 소식을 듣자마자 필자는 기뻐할 틈도 없이 바로 2차 시험에 도전할 계획을 짰다.

1치 시험 합격자 대부분은 2차를 위해 마음 맞는 합격자들끼리 모여서 스터디를 하는데 1차에 붙은 친구와 함께 신림동 구석에서 제일 싸다는 고시원 하나를 찾아들었다.

주머니 사정으로 어찌어찌 찾아 들었지만 지금 기억해도 허름하다는 말이 무색할 정도로 구석진 곳이었다.

그곳에서 결의를 다지는데 우리뿐 아니라 전국에서 이제 막 고시준비를 하겠다고 찾아 들어온 학생들과도 안면을 트기 시작했다. 나름 같은 목표를 가지고 있는 다른 학교 출신들 그리고 나이와 고향, 성별이 다른 다양한 청춘들과의 교류는 늘 정해진 틀 속에서 사는 게 익숙한 내게는 상당히 신선한 경험이었다.

그런 만남과 만남 속에서 지금의 아내를 만나게 됐다.

이제 막 고시준비를 시작하겠다고 신림동 구석으로 찾아 들어온 아이 중에 유독 눈에 띄는 사람이 있었다. 울산여고를 졸업하고 이화여대를 다닌다는 그 친구에게 몇 마디를 건네보곤 그 명석함이 유난히 마음에 들었다. 나는 2차를 준비하고 있었고 그 친구는 1차를 준비하러 온 터라 나름 선배랍시고 이것저것 가르쳐 줬었는데 솔직히 그전까지 세상 걱정에 군대, 학업, 경제활동, 고시공부까지 겹친 인생이라 연애와의 거리는 일반인과 연예인과의 거리만큼이나 멀고 멀었다.

그런데 이 만남에서 처음으로 연애라는 단어가 내 세상 깊숙이 들어오게 된 것이다.

그렇게 시작한 관계였지만 이 또한 여느 연애와는 상당한 거리감이 있었다. 2차 시험을 준비하는 나와 이제 막 고시를 준비하는 사람 사이에는 애틋한 남녀 간의 애정과는 조금 다른 색깔의 동료애 같은 것이 존재했고 특히 나는 반드시 2차에 붙어야 한다는 목표가 뚜렷했다.

서로가 서로에게 도움이 되기를 바라며 배우고 가르치면서 목표에 매진하는 관계였기에 남들 하는 연애하고는 그 결이 달라도 너무 달랐다.

돌이켜 봐도 청년이었던 안승대가 소년 시절부터 생각하던 연애의 개념과는 괴리감에 가까운 거리가 있었는데 연애와 고시준비를 동시에 진행하는 형태여서 분명 현시점에서도 드문, 신개념 연애가 분명할 것이다. 어쩌면 그 또한 나답게도 남들과 달랐으며 그 덕에 고시준비의 효율은 더욱 좋아져 갔다.

그 덕인지 2차 시험에 무난히 합격해 고시패스라는 목표를 이뤘다.

그렇게 최종 시험에 합격했을 때가 1996년 9월이었다. 처음 목표 그대로 1997년 졸업했고 졸업과 동시에 고시를 패스하고 관료사회로 첫발을 내디디게 된다.

1997년 부모님과 함께 찍은 대학 졸업사진이다. 졸업과 함께 고시에 합격했다. 졸업의 기쁨보다 한고비를 넘겼다는 안도가 더 기억에 남는다.

고시 준비는 필자의 인생에서 또 하나의 거대한 도전이었으며 나름의 시련이었다. 반면 자신의 장점이 정면승부라고 말할 수 있을 만큼 항상 당면한 문제를 정면에서 스스로의 노력으로 풀어나갔다.

관료가 되기로 한 자신의 결정에 책임을 졌고 결국 필자는 관료로 공공의 인적 자산이 되어 새로운 세계에 발을 들인다.

공직자로서의 길

•

모두가 경험하는 젊은 날은 경험해 보고 싶은 것이 참 많은 나이다. 새로운 음식에서부터 경치 좋은 관광지, 낯설고 가슴 설레는 만남까지 인생의 빛나는 순간에 추억을 쌓고 젊음을 만끽하고픈 것이 일반적이다. 필자 또한 같은 젊은이였으니 당연히 그렇게 그 시간을 마음껏 즐기고 싶지 않았겠는가. 하지만 내게 삶은 목표와 시련 그리고 용기와 도전을 연속하며 한걸음씩 앞으로 나아가는 것이었고 방향과 목표, 노력에 더 큰 가치를 두었다. 하고 싶은 것을 뒤로하고 해야 하는 것을 선택하는 것은 젊은이로서 엄청난 용기를 요하는 일이다.

만약 누군가 빛나는 20대를 보내기로 한 그 용기의 끝에 무엇이 있는가 하고 물어본다면 대부분 '성공한 나'와 '풍요로운 미래'라고 대답할지 모른다. 반면 나는 그 끝에 '모두를 위한 나'가 있다고 말하고 싶다.

필자는 일반적으로 관료가 되겠다는 목표 그러니까 개인의 영달을 위한 목표로 학문에 임하지 않았다.

남들에게는 서울대학교 학생, 엘리트, 우월감 같은 말들로 회자되는 위치에 있었으나 그것은 내가 사회적 자본이 되겠다는 목표를 위한 수단일 뿐 그 자체가 나를 대변하는 의미를 지니지 않았다.

고시를 패스하자 내게는 앞으로 무엇을 해야 하는지 또 왜 지금까지 그렇게 힘겨운 나날들을 꾹 참고 노력하며 보냈는지 정확한 방향성이 보였다. 그것은 철저하게 나 자신이 공공을 위한 재원이 되겠다는 목표가 있었다. 나를 위한 삶보다 훨씬 값진 삶을 살기 위해 지금껏 노력해 온 것이 분명했다. 한 개인으로서의 안승대는 제2회 지방행정고시에서 합격한 후 바로 연수원에 들어가면서 공공재로 다듬어지기 위한 준비에 들어간다.

긴 시간 노력한 결과 고시에 합격하자 그 기쁨은 말로 다 하기 힘들었다. 남다른 성취감과 안도의 기쁨을 안고 연수원에 들어가자, 이제부터라는 생각이 먼저 들었다. 지금까지 해왔던 노력은 앞으로 할 일을 위한 밑작업이라고 생각했다. 그리고 연수원에 들어가자, 그 생각이 정확하게 맞아떨어졌다.

준거집단인 연수원은 수료가 끝날 때까지 동기들과 경쟁해야 하는 원형 경기장 같은 곳이었다.
시작하자마자 어마어마한 학습량에 압도됐는데 월요일부터 금요일까지 오전 9시부터 5시까지 6개 주제 20개 소주제에 모두 합해 155과목을 소화해야 했다.
정부의 기초적이고 전반적인 실무를 익히기 위해 7개월의 시간 동안 한정된 시간에 압축되어 높은 밀도를 자랑하는 학습량을 소화해야 하는 것이다. 이제 겨우 한숨을 쉬었는데 산을 넘자, 더 높은 산이 나타나는 격으로 필자의 도전은 이어졌다. 솔직히 지금도 어떻게 그 시간을 보냈는지 기억이 가물거릴 정도인데 그것은 시간이 지나서라기보다 연수원 교육과정에 완전히 몰입했었기 때문이다.

연수원 동기들과 함께 찍은 사진이다.
시간이 지나서 생각해보면 저 당시 사진을 조금 더 많이 남겨 놓을걸 하고 후회되는 부분이 있다.

준거집단이라는 형태가 가지는 힘은 어마어마하다.

피나는 노력으로 다음 단계로 올라온 사람들이 모여 있는 곳에서의 경쟁은 그 에너지의 수준이 달랐다. 대학에서도 그랬고, 군대에서 그랬으며 고시공부를 하면서도 또 고시를 통과한 이들이 함께 모인 연수원에서도 그랬다.

특히 연수원에서의 경쟁과 그로 인한 에너지는 그 수준이 월등히 달랐는데 그것은 내 앞의 상대와 대결하는 것이 아니라 오직 나 자신에 대해서 집중하는 싸움이기 때문이리라.

그런 가운데 결국 그 싸움은 전체의 등수로 발표되니 다방면에서 '혼신의 힘을 다한다'는 말의 뜻을 새삼 일깨워주었다.

필자 역시 익숙하면서도 새로운 그 싸움에 임했으며 그 결과 90여 명의 동기 가운데 3등으로 수료하는 성과를 보였다.

서민 행정가의 낯선 도전

·

수료식이 끝나고 처음으로 발령받은 곳은 경주였다.

경주시 총무과 실업대책상황실장으로 첫 발령이 난 필자는 태어나 단 한 번도 해본 적 없는, 낯설고 새로운 일만 가득한 공무원 조직에서 또 하나 의 도전을 시작했다.

처음 시작할 때 떨림을 아직 잊지 못할 만큼 그 낯설음에 적응하기 위해 서는 의지를 불태워야 했다. 젊은 혈기로만 일이 다 되는 것은 아니다. 모 든 일은 마음먹고 준비하고 결정하고 도전하는, 즉 과정과 용기가 동시에 필요한 것이다. 두려움 앞에서 젊은 필자는 스스로에게 다짐했다.

산처럼 높은 어려움을 넘고 넘어 여기까지 왔는데 관료로서 누구보다 잘 하자고, 그리고 그것을 위해 남과 다르게 타고난 나만의 적응력을 100% 가동하자고 말이다.

그런데 의외로 막상 일이 시작되자 공무원이 어떤 직업인이 무엇을 해야 하는지 금방금방 익히고 이해해 갔다. 주변인들뿐 아니라 본인마저 그런 자신에 대해 신선한 충격을 받았다.

어떻게 그렇게 빨리 공무원의 본분을 이해하고 적응해 갔을까?

의외로 그 대답은 간단했다. 그것은 필자 본인이 서민의 아들로 태어나 서민으로 성장했기에 가능했던 것이다. 서민의 위치에서 나 자신과 가족 그리고 주변인들이 정확하게 무엇을 필요로 하는지 잘 알았기 때문이다.

그 서민으로 태어난 필자가 공무원이 되었으니, 서민들이 공무원과 기관에 원하는 게 무엇인지 누구보다 정확하게 아는 건 당연한 일이다.

그렇게 공직자로서 길을 걷기 시작했다.
그리고 경주 서면 면장으로 발령받게 되자 이때부터 서민의 아들인 안승대가 깨달은 것들을 현실로 이끌어 낼 수 있는 기회를 맞이하게 된다.
경주 서면은 전형적인 지방농촌이다.
늘 소출을 고민하는 게 주민들의 일이었고 주민들은 사회적 결핍과 불편한 생활 환경을 운명처럼 받아들여 스스로 변화를 추구할 수 있는 에너지가 고갈된 상태였다.
당시 수도권을 제외한 지방 농어촌이 다 겪는 문제였는데 서면사람들을 만나면서 그 불편함과 소출에 대한 심적 불안함을 그냥 감수하고 살고 있을 뿐이라는 것을 깨달았다. 모두 잘 살고 싶은 욕구로 가득했지만, 막상 무엇을 어떻게 시작해야 할지 찾을 수 없었던 것이다.

필자는 서면 사람들의 현재 그리고 후대까지 이어지는 미래의 먹거리가 무엇인지 고민했다. 동네 구석구석을 찾아다니며 가축은 몇 두나 되는지 과수원은 어떤지 농작물을 얼마나 생산되는지 하나하나 확인했다.
그리고 촌로들을 찾아다니며 밤낮없이 막걸릿잔을 받으며 서면 사람들이 정말 필요한, 삶의 질을 높이기 위한 방법을 찾아다녔다.
한국인에게 발전 혹은 삶의 질을 얘기하면 무엇인가 대기업을 유치하고 건물을 짓거나 다리를 놓거나 하는 유형의 자산을 생각한다.
하지만 삶의 질을 개선하는 첫 단추는 삶을 영위하는 사람들의 바로 곁에서 하나씩 둘씩 문제점을 찾아 개선해 나가는 것이다.

필자는 서면 지역농축산물이 올바른 유통경로가 없는 것을 발견하고 판로개척을 위해 모든 노력을 기울이기로 했다. 일단 판로를 위해서는 마을을 알려야 했기에 서면 홈페이지를 직접 만들었다. 참고로 여기서 직접은 필자 본인이 직접 만들었다는 뜻이다.

당시에는 경주시 홈페이지도 없던 시절이었다.

서면 홈페이지 개설은 당시 말 그대로 센세이션이었다.

이제 막 PC통신에서 벗어나려고 하던 시절에 지금처럼 광 통신선이 집집마다 깔려있지도 않았던데다 전화선을 이용한 모뎀도 극히 일부 가정에나 있었던 시절이다. 홈페이지라는 개념은 대기업 정도에나 있었던 시절인데 본청도 아니고 일개 면 단위에서 홈페이지를 개설한 것은 당시만 해도 대사건이었다. 홈페이지 개설과 동시에 서면에 없었던 새로운 사업을 추진했는데 인터넷 정보센터의 설치였다.

면민들을 일일이 찾아다니며 이해를 구하고 시의원들을 설득해 최신 컴퓨터를 몇 대나 들여놓고는 당시로는 최고급이었던 프로젝션 TV까지 들여 거창한 인터넷 정보센터를 만들었다.

그런데 이게 생각보다 조금 다른 방향으로 자리 잡게 되었는데 낯설어하던 면민들이 조금씩 익숙해지길 기다리고 있던 즈음 어린아이가 있는 젊은 부부들 특히 주부들을 중심으로 이용 횟수가 늘어나기 시작했다.

당시 막 시작하던 인터넷 몰을 이용해 아이들 필수품부터 가정에 필요한 생활용품까지 주문하더니 급기야 인터넷을 활용한 교육콘텐츠까지 접속해서 서면 아이들에게 새로운 교육 패러다임을 만들어 낸 것이다.

네트워크가 구축되자 다음 단계로 지역에서 생산되는 농산물의 홍보와 판매를 하기 위해 공동브랜드를 만들었다. 이름하여 '오봉산'.

서면에서 나는 사과와 배 복숭아 그리고 각종 채소 등의 유인물을 만들고 우체국 택배를 활용하며 저농약 친환경 브랜드로 이미지를 구축했다.

필자는 더욱 적극적인 마케팅이 필요하다는 생각에 출향인사들의 목록을 만들어 직접 편지를 써서 출향민들의 고향 서면이 더욱 잘 살아야 한다고 브랜드 알리기를 독려했다.

그뿐 아니라 지역민들과 도롯가에 가판대를 만들어 판매를 하는가 하면 명절만 되면 인근 대구나 포항까지 트럭을 타고 직접 판매를 하러 가기도 했다. 한참 물건들을 팔다가 구매하는 사람들이 필자가 서면 면장이라는 것을 알고는 깜짝 놀라는 경우도 허다했다. 모르는 사람들에게 무엇인가를 판다는 것은 사실 쉽지 않은 일이었지만 내게 면민들과 함께하는 그 시간은 행정가로 당연히 공동체를 위해 수행해야 하는 임무였기에 기억에 깊이 남을 만큼 소중한 추억이었다.

서면이 경제적 삶의 질은 물론 문화적으로도 더 나은 방향으로 나아갈 수 있도록 고민하던 필자는 지역 교회를 찾아가 교회 주차장 부지에 농구장을 만들면 좋겠다고 건의했다.

면장이 직접 와서 그런 건의를 하리라 생각하지 못했던 목사님은 환하게 웃으며 환영해 주었고 주차장 주변에 안전막을 치고 우레탄을 깔아 제법 그럴듯한 농구장을 만들었다.

누구보다 운동을 좋아하는 나였으니 주차장이 농구장으로 변신하는 모습은 보는 것만으로도 대만족이었다.

그리고 시작한 서경주 길거리 농구대회.

말 그대로 아이들이 난리가 났다. 지금까지 학교 운동장에 서 있는 낡은 농구골대 하나에 매달려 있던 아이들은 정말 TV에서만 봤던 농구 골대를 보자 제정신이 아니었다. 그렇게 좋아하는 아이들의 환호성 속에서 옛 시절 그 나이 때의 자신이 떠 오른 것은 당연한 일이다.

변변한 운동기구 하나 없이 솔밭에서 운동장에서 뛰어다녔던 지난 일이 떠 오르며 살짝 눈가가 촉촉해졌다. 서면 아이들이 너도나도 모여들어 소리를 지르면서 다니는 모습에서 분명 그때 그 감정과 지금 아이들의 감정은 결이 같을 것이라고 생각했다. 만약 저 시절 내게도 나 같은 어른이 있었다면 아마 같은 반응을 보였을 건데 하며 제법 깊은 감성에 빠졌었다.

건천과 서면을 포함한 서경주 길거리 농구대회는 명성이 퍼지면서 대학생 농구선수들의 시범 경기도 개최되기에 이른다.

나의 첫 부임지였던 서면은 내게 소중한 추억과 커다란 교훈을 주었다. 주민과 행정가가 손을 잡으면 충분히 삶의 환경과 수준을 바꿀 수 있으며 올바른 행정은 어떤 결과를 낳을 수 있는지 본인만의 교과서가 되었다.

또한 서면에서의 시간은 훗날 내가 따뜻한 행정, 주민들과 함께 걸어가는 행정을 어떻게 실현해야 하는지에 대한 지침서로 행정가 스스로가 주민이라는 소속감이 있어야 민심이 바라는 행정을 펼칠 수 있다는 방향성을 제시해 주었던 것이다.

서면에서의 시간은 따뜻하고 귀중한 경험이었으며 필자의 인생에 정말 중요한 사건이 하나 더 발생하는데 신림동 구석의 허름한 고시원에서 토론으로 밤을 새우던 똘망똘망한 눈빛의 그 친구와 평생을 약속한다.

행정에 대해 조금 더 전문지식을 쌓고 싶은 욕심으로 경북대학교 행정대학원에 입학했다.
입학식 때 찍은 사진으로 가운데 뒤에 서 있는 사람이 필자다.

풀뿌리가 꽃을 피우다

•

지역사회를 위한 행정, 풀뿌리 행정의 의미를 몸소 체험했던 이 경험은 훗날 행정안전부로 올라가서 행정력을 펼치는데 큰 자양분이 된다.

게다가 완전히 바닥부터 시작해 주민들의 한 사람 한 사람의 목소리를 들어가며 펼쳐왔던 경험은 필자에게 행정에 있어 남다른 자신을 북돋아 주었다. 서민의 아들로 태어나 스스로 서민이었던 필자가 서민들의 목소리를 들으며 누구보다 지역사회를 이해하는 능력이 탁월한 것은 당연한 일이다. 거기다 필자 자신이 서민의 눈으로 행정을 바라보았기에 훗날 '정확하고 유능하다'는 평가를 받게 되었다.

2002년 경북으로 전입하며 행정안전부로 파견을 보냈는데 필자가 중앙정부에서 정말 '중앙에서 일하는 공무원'으로 갈고 다듬는 시간이 기다리고 있었다. 그 시간은 필자가 관료가 되고 이루었던 수많은 성과의 시작이었으며 긴 시간 '나는 어떤 행정을 펼치겠다'라는 생각을 현실화 할 소중한 기회였다.

2002년은 전국민이 월드컵으로 열광하던 시기다.

밤낮 할 것 없이 온 국민이 전국 방방곡곡에서 '대한민국!'을 외치며 저녁이 되면 호프집에는 빈자리가 없을 정도로 가득가득 찼고, 거리마다 태극기를 든 사람들로 넘쳐났다. 건국 이래 최초로 우리대표팀은 엄청난 성적을 거두며 이제 막 IMF의 그늘에서 벗어난 대한민국 국민들의 시름을 잠시나마 잊게 해 주었다.

그렇게 술렁이고 즐거웠던 분위기와는 달리 행안부에서의 2002년은 필자에게는 전혀 다른 세상에 던져진 한해였다.

시작하는 그날부터 필자에게 주어진 것은 과중하다는 말이 깃털처럼 가벼울 정도로 느껴지는 엄청난 양의 업무였다. 첫 출근날부터 '출근한다'는 말은 밤새고 다음 날 퇴근을 한다는 뜻이 되었다.

아마 이 글을 읽는 독자들은 이 말이 다소 과장이 섞여 있다고 생각할 수 있겠지만 토씨 하나 틀리지 않고 '밤새다'는 말이 '근무하다'와 동일했다.

정시 출근을 하고 퇴근은 다음 날 새벽이 되며 집에 도착해 문을 열면 새벽 3시였다. 중앙부처 사람들은 하나같이 능력 있는 사람들이었다.

당연히 그 능력 있는 사람들에게 처리할 수 있는 능력만큼의 일을 맡기겠지만 중앙부처에서 처리할 일들은 전국적인 분량이었고 늘 시간의 압박에 시달렸다. 첫날부터 필자가 들은 말은 "잘할 수 있지?"였다.

그 말에는 '어차피 일 잘하는 너를 데리고 왔으니까 알아서 열심히 하도록'이라는 과중한 의미가 내포되어 있었다.

그리고는 주어지는 일들은 어마어마해서 겨우 하루를 보내고 다음날 퇴근해 그날 출근하는 삶을 살아야 했다.

여기서 힘들다는 말에는 하나가 더 따라붙었는데 그건 바로 서울 생활이었다. 서울은 크고 사람이 많았으며 경쟁이 심하고 북적였다.

과도한 업무로 파김치가 된 공무원 아저씨에게 필요한 것은 숨 쉴 수 있는 휴식이었지만 서울에서의 생활은 그것과 전혀 달랐다.

모자라는 잠을 버스나 지하철에서 채워야 했고, 점심때가 되면 허겁지겁 내려와 누가 따라오기라도 하는 양 시간에 쫓겨가며 겨우 한 끼를 후딱 때우고는 다시 허겁지겁 복귀했다. 주말이나 휴일도 예외는 없었다.

토요일과 일요일도 해가 질 때까지 근무하는 게 불문율이었다.

일 잘하는 사람들을 전국에서 뽑아다가 혹사하는 것이 곧 조국과 국민을 위한 봉사라고 믿으며 사람을 갈아 넣는 게 당연한 것처럼 자리 잡은 곳이 중앙부처였다. 지금 생각해 봐도 그 당시 업무량은 한 개인이 감당하기에는 버거운 분량이라 어느 날 일을 하다가 문득 이러다가 죽을 수도 있구나 하고 생각했다.

그렇게 육체적 정신적으로 한계에 달하던 그 무렵 대한민국 건국 이래 처음으로 한가지 사건이 일어나는데 그 덕에 지친 나는 살길을 찾는다.

그것은 주5일제 도입이었다.

그렇다고 사치스럽게 이틀을 쉬게 해 줄 리는 만무했다.

그래도 토요일 하루는 내게 절대적 휴식이 주어졌다.

그 하루는 달콤하고 행복했으며 아무것도 하지 않는 것이 얼마나 소중한지 태어나 처음으로 깨닫게 해주었다. 휴식의 중요성에 각성한 것이다.

겨우 일주일에 하루 주어지는 휴식 그리고 그 휴식 속에서 필자는 생각했다. 항상 육체적으로 또 정신적으로 감당하기 힘든 정도의 일들이 인생을 거쳐 갔을 때마다 언제나 터닝포인트가 있었다. 사당오락이라는 말도 안 되는 말들이 당연히 되던 대입 때도, 시대의 흐름 속에서 힘들어했던 대학생 시절도 남보다 몇 배 힘들었던 군 생활에서도 고시공부를 시작했을 때도 그리고 공직의 길에 들어섰던 그 무렵에도.

한 번도 빠지지 않고 그 터닝포인트에서 잠시 쉬어가며 다음 도전을 준비했다. 중앙관료로서 시작된 선택한 삶에서 또 한 번의 역경을 이겨내며 인생의 터닝포인트를 무사히 넘겼고, 필자의 삶은 행정가로서 다음 막을 열었다.

서민을 위한 서민의 행정

·

당시 과중한 업무는 중앙 공무원인 개인을 놓고 본다면 나름의 하드 트레이닝으로 인지된다.

그 과정을 거치자, 필자는 관료로 다듬어지고 빛이 나기 시작했는데 국회의원 선거획정업무와 실무를 맡아 나름의 능력을 발휘한 일이다.
필자는 2002년도 6월 13일 지방선거, 그해 12월 19일 대통령선거, 이듬해 4월 국회의원선거를 치르기 위한 밑 작업을 도맡았다.
선거획정이라는게 인구기준, 행정구역을 읍면동까지 알아야 하는 복잡한 문제가 있는 데다 커다란 지도에 하나씩 다 표기하고 다시 그려가며 밑 작업을 해야 하는 일이다. 복잡한 알고리즘을 정확하게 이해하고 그걸 풀어내는 능력이 없으면 불가능한 일인데 처음 맡은 이 복잡한 업무를 남들 보기에도 제법 잘한 덕인지 훗날 선거상황실장에 선거의회과장의 자리까지 맡게 된다.

잘해야 한다는 강박관념도 있었지만, 행정구역 하나하나의 인구수까지 따져가며 일을 하면서 작은 동네의 중요성을 떠 올리며 일에 몰입했다. 크게 보는 능력도 필요했지만, 작은 것 하나하나를 놓치지 않으려는 노력이 더욱 중요했기 때문이다. 이 첫 임무로 나는 읍면동 같은 더 작은 지역에 대해 살뜰히 챙기는 남다른 스타일로 일을 처리해 나갔다.

중앙부처에서 나름 관리능력이 탁월하다는 평 때문인지 서기관 시절 외교통상부에 파견됐을 때 외교역량강화사업에 몸담게 됐다.

역량강화사업이라는 말은 역량을 강화하기 전에 해당 조직의 모든 것을 다 알아야 한다는 뜻이다. 그리고 조직 구성요소의 특성까지 파악해야 그 다음 역량을 강화할 수 있는 고난도 업무인 것이다. 필자가 막상 해당 부서로 가보니까 외교부 공관들이 100여 개나 되는데, 공관별로 규모가 달라서 통제가 쉽지 않았다.

필자는 평가를 하는데 가장 중요한 것이 기준이라 생각했고, 공관을 규모별로 4개 등급으로 나누는 작업부터 시작했다. 그리고 규모별로 기준을 세우고 혁신평가를 단행한 것이다. 지금 생각해도 필자는 정부 부처의 효율성이 얼마나 중요한지 누구보다 이해력이 빨랐고, 공적으로 활용하는 데 남다르긴 했었다. 당시 이 일을 하면서 스스로 느낀 것은 본인이 이런 종류의 일에 남보다 더 타고난 건 분명했다는 것이다. 누가 봐도 남보다 잘해 나갔으니 말이다.

행안부 서기관 시절인 2007년에는 개인적으로 기억에 남는 업무를 맡게 되는데 정부 수립 이래 최초로 다문화 실태조사를 직접 이끌었다.

지금에야 익숙한 단어가 됐지만, 당시만 해도 다문화라는 단어는커녕 온갖 인종차별적 언어가 넘쳐났었다. 게다가 그만큼의 이해도도 낮고 편견도 많았으며 그 와중에 실태조사가 되지 않았으니, 시간이 가면서 늘어나는 다문화가정과 사회적 편견 간의 충돌이 여기저기서 감지되고 있었다. 외국인들 2세와 코피노 문제 그리고 미국에서 미식축구 선수였던 하인즈 워드가 한국인 어머니에 대해 언급하며 유명해지면서 다문화에 대해 이제 막 관심이 많아 질 때였다.

외국만 해도 다양한 문화의 충돌로 국내정세가 혼란해지는 등의 일이 많았는데 국내에서는 실태조사가 한 번도 이뤄진 적이 없었다.

그도 그럴 것이, 고용과 관련해서는 노동부가 비자 및 출입국 업무는 법무부가 그리고 외국인 결혼 이민자에 대해서는 여성가족부가 각각 업무를 나눠서 하다 보니까 총괄해서 실태조사가 이뤄지지 못한 것이다.

당시 정부는 주관부서 배정에 곤란해하다가 결국 법무부로 정하긴 했는데 국내 출입국 관련해서 법무부가 파악하기 힘들어지자, 행안부에 업무가 할당됐고, 필자가 직접 조사에 임하게 됐다.

읍면동별로 전국을 구분했고, 국적별로도 세분화했으며 이 방대한 조사가 끝나자, 개국 이래 최초로 외국인실태조사를 완수하고 발표까지 하게 된다. 다문화인구에 대한 세밀한 실태조사는 훗날 이들에 대한 정책과 인권 향상까지 다방면에 걸쳐 큰 효과가 있었다. 그리고 이 실태조사 이후 다문화 인구에 관한 다양한 정책으로 대한민국이 국제화되는데 큰 기여를 하게 된다.

필자는 이 조사가 조사 차원에서 끝나면 안 된다고 생각했다. 다문화가정은 대부분 서민층을 형성하고 있고 이들의 법적인 테두리에서 보호되어야 더욱 건강한 사회로 나아갈 수 있다는 결론에 도달했다.

그 결과 일본 다문화 공생, 캐나다 다문화 행정 등 선진사례들을 모아 업무편람을 만들고 외국인 표준조례까지 만들었다. 여기다 전담인력까지 구성했으니 우리나라 다문화정착의 기초를 필자가 다졌다고 해도 거짓말이 아니다.

이런 노력의 결과로 일본의 교수들이 벤치마킹을 하기 위해 필자가 속해 있는 부처를 찾기도 했다. 일본은 독일과 함께 행정 선진국이기는 하나 지자체 단위로 관리되고 있어 중앙정부가 추진하는 일은 극히 드물었기 때문이다.

지방자치의 시대가 완성되기 위해서는 다양한 문제가 해결되어야 했는데 그 가운데 하나가 지방의회의 독립성이다.
의정활동이 독립적으로 보장되어야 경제와 협력의 기능이 강화되고 지방의 행정적 역량이 높아진다.
2012년 행정안전부 선거의회과장시절에 필자는 지방의회의 역량강화를 위해 월정수당 즉 지방의회의 의정활동비를 현실성 있는 수준으로 올렸고 그 후 두 가지 중대한 개혁을 단행했다.
하나는 인사권 독립문제였는데 의회 의장이 사무처 직원들을 임명할 수 있도록 했으며 현재 국회의원들의 보좌관과 같이 정책지원관 제도를 도입할 수 있도록 지원업무를 새롭게 만들었다.
지방의회에 이렇게 권한을 부여하려 한 것은 지역의 문제는 그 지역사람들이 가장 잘 알기 때문이다. 지방자치가 가능하기 위해서는 지역민들이 스스로 일어나기 위해 노력해야 한다. 그 방면에서 누구보다 잘 알고 있는 필자였기에 이를 위해 최선을 다한 것이다.

이렇게 부서마다 굵직한 성과를 내던 필자는 2022년 자치분권정책관 시절에 와서 나름 정점을 찍었는데 자율성과 분권이라는 두 마리 토끼를 잡기 위해 강원특별자치도법, 전북특별자치도법의 기초작업에 몰두했다.
당시만 해도 중앙부처에서는 이 같은 종류의 특별법에 대해 거부감이 강한 상태였으나 나름의 논리와 설득 과정을 거치며 그런 분위기를 상쇄시켰다. 지방의 문제는 누구보다 지방자치단체가 더 잘 아는 법이다.

즉 지자체의 자치권이 보장되어야 지역민들의 의견이 지방행정에 반영된다는 말이다. 당시만 해도 시·도의 3급, 시·군의 4급 이상 조직에 대해서는 행정안전부가 직접 제어해 왔다. 하지만 지자체에 자율성이 주어져야 자율적 행정을 펼칠 수 있다는 생각에 국 단위를 폐지하고 국의 설치를 시·도나 시·군·구가 자율적으로 할 수 있도록 제도를 개선했다.

또한 10만 미만의 군 단위 부단체장의 직급을 4급에서 3급으로 승급해 더 자율적으로 지역 행정을 이끌어 갈 수 있도록 했다.

필자의 이 같은 개선책들은 아무나 쉽게 생각하기 힘든 내용들이었다.

그 이유는 오랫동안 중앙에서 지방을 통제하던 방식을 정상으로 생각하는 고정관념 때문이었다. 그렇게 말만 많았던 지방자치를, 제도개선을 통해 이룩할 수 있다는 것을 몸소 실천했다.

지방시대위원회 출범을 위해 지방자치분권 및 지방행정체제개편에 관한 특별법과 국가균형발전특별법을 힘겹게 통과시켰다.

특히, 지방분권로드맵을 수립하며 도시 간 연합을 위한 특별지방자치단체 제도화의 기초를 놓은 일이 가장 기억에 남는다.

이 밖에도 지방행정국장 시절에는 행정안전부에서 처음으로 빈집정비사업을 실시했는데 이는 원래 농림부와 국토부에서 나눠왔던 일이다.

이렇게 가시적인 사업뿐 아니라 국민이 서로를 격려하고 배려하는 나눔 문화를 국가적으로 확산하기 위해 '온기나눔 캠페인'에 나서기도 했다.

다양한 기관·단체가 개별적으로 진행하던 자원봉사·기부·자선활동을 공동의 슬로건과 메시지를 내걸고 함께 진행했고, 지자체에 확산시켜 서로가 서로를 돕는 새로운 문화 창출을 위해 노력했다.

이렇게 필자는 매번 새로운 곳에 가서 일을 벌이고 남다른 성과로 인정을 받았다. 그것은 시민을 위한 행정을 하겠다는 의지와 열의가 바탕이 되었기에 가능한 일이었다.

제도를 고치고 새로운 아이디어를 추가하고 부작용을 최소화하며 무엇보다 시민의 편의와 안녕을 최우선으로 생각했다.

누군가는 이런 행동을 개혁이라고 말하지만 내게는 제도의 개선을 통해 꼭 필요한 행정을 펼치는 것일 뿐 개혁 같은 거창한 단어와는 어울리지 않는다.

그리고 당연히 그 행정의 중심에는 서민의 편의와 안정적 생활이 있다.

자전거 타는 행정부시장

·

이렇게 과중한(?)업무의 연속이던 시절 필자의 인생에 조금 다른 이야기 하나가 끼어 있는데 그것은 다름 아닌 자전거다.

2020년 울산광역시 기획조정실장으로 처음 울산 땅을 밟았을 때 울산은 고향 포항과 닮았으면서도 서로 다른 낯설음이 공존했다.

울산의 회색빛은 포항의 그것과 달랐는데 의외로 기억 속 포항사람들의 모습과 울산사람들의 모습은 비슷한 점이 많아 오버랩 되는 특이성을 가졌었다.

그것은 아마 어촌마을에서 시작해 산업도시가 된 역사를 공존하고 있으나 도시를 일군 산업의 시작이 다르기 때문이었을 것이다.

하지만 울산과 포항에서 만난 사람들이 삶을 대하는 태도는 상당히 흡사해 닮은 부분이 많아 보였다.

그런 면에서 오랜 서울 생활과 새롭게 건설된 도시였던 세종시에서의 생활과는 확실하게 구분되었다. 포항 사람인 내게 오히려 울산광역시 쪽이 훨씬 이해하기 쉽고 정도 갔다.

바닷가, 고래, 공장 그리고 사람들의 모습에서 포항의 그것과 비슷한 풍미가 있었기 때문일 것이다.

울산에서는 긴 시간 잊고 살았던 방법을 소환해 시민들과 만나는 특별한 경험을 했다.

처음에는 취미로 시작한 MTB지만, 이제는 도시행정을 위한 필수품이 되었다.

그것은 다름 아닌 자전거였는데, 울산광역시청 공무원들이 만든 동호회 가운데 산악자전거 MTB 동호회가 있음을 발견하고 자신도 모르게 쑥 하고 빨려 들어갔다. 뭔가 강한 의지가 있어 가입했다기보다 끌리고 당겼기에 빨려 들어갔다는 표현이 더 맞을 듯싶다.

MTB(Mountain Bike)라는 물건을 처음 접했을 때 그것은 묘한 매력이었다. 자전거지만 마실이나 생활을 목표로 하는 게 아니라 길의 종류에 상관없이 타고 다닐 수 있어서 인간의 의지와 정신적 쾌감이 동시에 작용하는 특별함이 있었다.

자전거의 본질은 그대로 가지고 있으나 레포츠를 위해 고성능으로 만들어진 물건이라 일반 자전거로 다니는 것과는 행동반경이 훨씬 넓었다.

처음에는 지역의 지리를 익히겠다는, 가볍고 단순한 이유로 시작했던 활동인데 어느 날부터 울산시 구석구석을 다니는 '순찰'로 발전하고 말았다.

자동차를 타고 다니며 보지 못하는 일상적이고 작은 문제들이 눈에 보이기 시작했다. 공사가 필요한 현장, 불합리한 문제들 그리고 무엇보다 시민들과 이야기를 나눌 수 있는 물리적인 시공간이 확보됐다.

그것은 그전에 생각하지 못했던 새로운 경험이었다.

민생의 현장을 파악하는데 MTB는 큰 역할을 하기 시작한 것이다.

여기에 하나 재미있는 사실은 공무원들만으로 구성된 동호회다 보니까 당연히 다 함께 움직이면서 현장에서 보고 들은 일들로 바로 해결할 수 있는 체계가 꾸려졌다. 처음에는 단순 동호회로 시작했는데 시간이 가면서 '기동순찰대'가 되었고 '민원해결동호회'가 된 것이다. 이는 공무원 사회에서 전례가 거의 없는 일이다. 그 덕에 지금까지 건강도 챙기고 지역민들과 소통을 하는 창구로 활용하고 있다.

그렇게 MTB동호회 활동을 이어 나가던 와중에 주말마다 찾는 본가에도 어느덧 이 MTB를 모시고 가는 게 당연한 일이 됐다.

필자가 태어나고 자랐으며 끝에서 끝까지 모르는 곳이 없다고 생각했던 포항이었는데 막상 자전거를 타고 다니면서 고향에 대해 더욱 많이 알게 됐다. 포항의 산길을 타고 올라가다 보면 읍면동 단위를 다니게 된다.

도시의 가장 기초단위를 다니며 시민들을 만나서 민의를 듣고 민생현장을 행정가의 눈으로 직접 확인할 수 있는 소중한 기회다.

MTB는 순수하게 내 밥심으로 굴러간다.

형산강 하구로 가서 낚시로 잡은 물고기를 어머께 가져다드리면 옛날 그 맛 그대로 매운탕을 끓여 주신다. 그리고 어린 시절 골목을 가득 메우던 구수한 밥냄새를 맡으며 밥그릇을 싹 비우고는 자전거를 타는 것이다.

어머니의 밥은 여느 밥과 다르다.

그것은 내가 어른이 되도록 피와 살이 되었고 공직자로서 존재하면서 의무에 충실할 수 있게 했으며 시민들의 목소리를 들을 수 있는 원동력이다. 그렇게 배를 채우고 밥심으로 자전거를 타면서 시민들과 만나고 현장을 확인하며 지역 민심을 더욱 깊이 이해하고 앞으로의 방향성까지도 생각하게 된다. 그런 면에서 어쩌면 자전거는 공직자에게 꼭 필요한 물건이 아닐까 싶다. 그렇게 보고 듣고 느끼기를 5년, 공직자 안승대는 민의를 듣고 도시를 읽으며 도시가 어떻게 살아가야 하는지 깨닫고 생각하고 실천해 나아갔다. 튼튼한 자전거와 두 다리 그리고 밥심으로 시민들의 목소리를 직접 드는 것은 내게 공직자로의 의무이자 삶의 방식이 되었다.

혹시 자신이 공직에 몸 담고 있는 독자가 있다면 자전거 타기를 꼭 권하고 싶다. 민의는 콘크리트 사무실에서는 절대 들을 수 없기 때문이다.

처음에는 취미로 시작한 MTB지만, 이제는 도시행정을 위한 필수품이 되었다.

안승대, 공직자로서 존재의 이유

•

필자가 누구보다 민의를 중시하는 이유는 사람이 모여 도시를 만들고, 그 도시는 결국 그 사람들의 인생과 얼굴을 닮아있기 때문이다.

도시를 만들어가는 절대다수는 서민이다. 그들의 마음을 읽지 못하면 엘리트 집단의 독단적 발전만이 강요되고, 민의가 아니라 데이터만으로 성공을 논하게 된다.

필자는 늘 민의가 바탕이 된 행정을 추구해 왔다.

누구보다 능동적으로 활약해 온 공직생활 속 제도개선의 중심에는 언제나 서민의 목소리가 있었다. 그것은 시민 개개인의 작은 떨림이 모여 내게 공직자로서 존재의 가치를 깨닫게 하는 울림으로 다가왔기 때문이다.

사회는 늘 불완전하다. 틀에 짜여 있지만, 그 틀 안에서 끊임없이 혼란이 이어진다. 나는 그 혼란의 틀 안에서 균형을 찾고 조화로운 흐름을 만들어 가는 것이 공직자로서, 그리고 공공재로서의 '안승대'가 감당해야 할 사회적 의무라고 믿는다.

공직사회는 숫자와 데이터, 그리고 근거들로 만들어지는 정책이 중심이다. 하지만 행정의 궁극적인 목표는 언제나 '사람이 잘 사는 방법'을 찾는 것이다.

사람과 사람이 서로에게 건네는 떨림과 울림은 사회를 움직이는 근본적인 힘이다. 나는 이 물리학적인 진동 속에서, 언제나 서민이 더 잘 살 수 있는 길을 찾아야 함을 배운다.

결국 행정은 사람의 마음에서 시작된다.
시민의 떨림이 내 안의 울림이 되고, 그 울림이 다시 도시를 움직인다.
그 순환 속에서 나는 공직자로 존재하는 이유를 찾는다.
그리고 그 울림이 포항이라는 도시를 더 따뜻하게, 더 사람답게 만들어갈 것이다. 내 몸과 마음의 고향인 포항에서 공직자 안승대는 가슴 속 깊이 전해지는 시민들의 마음을 안고 이 도시가 그들의 울림이 현실이 되도록 앞으로도 멈추지 않을 것이다.
나는 공직자이고 시민의 파장으로 도시를 움직이는 초석이 되는 의무가 있기 때문이다.

깊은 책임감 그리고 고향 포항을 향한 다짐

·

나는 왜 포항으로 다시 돌아왔는가

울산에서 필자는 도시의 성장과 부활 그리고 기존 산업의 바탕 위에 새로운 성장동력의 이식이 어떻게 이뤄지는지 몸소 배웠다. 그리고 그 경험 위에서 포항과 울산 두 도시를 바라봤다.

산업도시로 시작된 길 위에서 울산과 포항은 너무도 닮은 듯 보였다. 같은 시대의 공업화를 견인하며, 국가경제의 버팀목이 되었다는 자부심도 같았다. 하지만 두 도시는 같은 바탕 위에 서로 다른 결을 빚었다.

울산은 수소경제라는 새로운 문명적 전환을 향해 과감하게 걸어가고 있다. 산업의 패러다임 자체가 '탄소'에서 '수소'로 바뀌는 시대에 울산은 도시의 운명을 스스로 새롭게 쓰는 중이다. 공업의 도시에서 미래에너지를 중심으로 한 스마트 녹색도시로 변모하는 과정은 눈부실 정도다. 그 변화를 가까이에서 이끌며 나는 수없이 많은 가능성을 목격했고, 도시가 스스로의 미래를 결정할 수 있다는 사실을 확인했다.

그러나 그 눈부신 변화의 시간 속에서 정작 내 고향 포항을 향한 마음은 점점 무거워졌다. 울산이 전환을 이루는 동안 포항은 철강산업의 쇠퇴와 구조적 침체의 긴 터널 속에 남겨져 있었다. 도시의 활력이 꺼져가는 모습 속에서 필자는 자신의 고향에 대해서만큼은 안타깝게도 한 발짝 뒤에 서서 그 모습을 바라봐야 했던 것이다.

포항의 근간인 철강산업이 흔들리고 산업의 재편이 바로 필요한데도, 도시의 미래가 갈림길 위에 놓여 있으며 그 변화의 한복판에 서 있을 때도 필자는 도의적 존재적인 책임을 다하지 못했다는 생각이 진해지기만 했다. 도시를 살리는 일이 타인의 과제가 아니라 내 삶의 숙제라는 사실을 누구보다 잘 알고 있었던데다 오랫동안 키워온 능력을 내 고향을 위해 쓰지 못했기 때문이리라.

나는 도시가 사람의 얼굴을 닮는다고 믿는다.
그곳에 살면서 터전을 만들고 용기를 가지고 노력한 사람들의 얼굴은 그 도시의 모습이다. 포항에서 나고 자라 긴 시간 자신을 다듬어 온 필자는 그런 포항의 본모습을, 근면하고 성실한 사람들의 얼굴인 포항을 기억 속에서 끄집어내어 다시 활짝 웃게 해야 하는 의무를 깊이 느꼈다. 30년이라는 긴 시간 동안 도시행정을 고민해 온 필자는 서서히 하락하는 고향의 위상에 자신의 책무를 다하지 않은 무거운 책임감을 느끼는 것이다.

"나는 이제 고향 포항을 위한 책무를 다해야 한다."

필자는 이제 스스로가 무엇을 해야 할지 깨달았다. 도시행정가로 살아온 30년의 시간은 개인의 경력을 넘어 고향을 위해 반드시 써야 하는 경험과 노하우의 준비과정이다. 우리나라의 주요 도시에서 펼쳐 온 미래도시를 위한 산업의 전환 능력, 통찰과 비전, 행정의 혁신과 구조를 바꾼 경험들은 분명 포항이 다시 일어설 수 있도록 내가 품어야 할 '책무'였던 것이다.

그래서 필자는 마음 깊이 결심했다.

더 이상 포항의 침체를 먼 곳에서 바라보지 않고 책임의 자리로 돌아가겠다. 포항은 다시 일어설 수 있으며 다시 일어나야 한다. 그리고 필자는 무엇이 축 늘어진 포항에 필요한지 누구보다 잘 알고 있다. 가치 있는 행동, 책임과 실천으로 고향 포항에 활력을 불어넣어 도시의 미래를 다시 그리려 한다.

필자는 긴 시간 갈고 닦은 모든 경험, 도시가 다시 뛰기 위해, 필요한 전략과 행정의 힘, 산업의 전환을 설계할 수 있는 능력, 그리고 무엇보다 시민의 마음을 모아 내어 고향 포항에 미래와 희망을 설계하겠다.

공직자 안승대에게 포항이 본래 도시의 얼굴을 찾도록 하는 것은 숙명이자 포항 시민과의 약속이다.

내가 걸어온 모든 시간이 포항을 위한 준비였기에 이제는 그 시간을 고향 포항의 내일로 증명할 차례인 것이다.

이을 승(承), 세상과 나를 잇는 이름

•

나의 이름은 안승대다.

처음에 통성명을 하면 대부분 내 이름의 '승'자를 '이길 승(勝)'으로, '대'자를 '큰 대(大)'로 생각한다. 그러나 내 이름의 '승'은 '이을 승(承)'이다. 어렸을 때 나는 그 사실이 마음에 들지 않았다.

'이기다'는 분명하고 강한 느낌이 있는데, 왜 하필 '이을'이라는 모호한 뜻의 한자를 이름에 썼는지 이해하지 못했다.

어린 시절의 나는 도전과 경쟁 속에서 성취감을 느끼며 자랐다.

그래서인지 내 이름의 '승'이 '이길 승(勝)'이기를 바랐다. 물론, 이미 지어진 이름을 바꿀 수는 없었다. 다만 가끔 한자로 이름을 쓸 때면, 그 '승'자가 조금은 아쉬웠다.

그런데 지금 이 땅에서 반세기를 살아보니, 그 이름의 의미가 결코 우연이 아니었다는 것을 깨닫는다.

어쩌면 '이을 승(承)'이라는 그 한 글자에, 내가 걸어온 길과 앞으로 나아가야 할 방향이 모두 담겨 있었던 것은 아닐까.

어린 시절 송도솔밭과 백사장에서 친구들을 모으던 일, 중학교와 고등학교 운동장에서 아이들을 하나로 모아냈던 기억, 그것들이 이미 '승(承)'이 의미하는 길이었던 것이다.

시대의 고민을 품은 청년 시절에도, 강철같은 해병대원으로 성장하던 때에도, 고시를 통과해 공직의 길에 들어서면서도 나는 언제나 사람을 모으고, 사회를 잇고, 제도와 제도를 연결하는 일을 해왔다.

제도를 개선하고 능률적인 행정을 펼치는 과정은 정보를 모으고 정리하며 종합해 결론을 도출하는 일의 연속이었다. 또 제도의 보완점을 네트워크화하여 타 부처와 지자체에 공유하며 함께 발전하는 구조를 만들어왔다. 나는 제도를 고칠 때마다 항상 사람과 사람, 사람과 사회의 연결고리 속에서 그것이 어떻게 작용할지를 고민했다. 그리고 그 고민이 행정의 본질을 이루었다.

이제 나는 도시를 새롭게 꿈꾼다.
도시 본연의 기능 위에 인공지능(AI), 사물인터넷(IoT), 빅데이터, 디지털트윈, 자율주행 등 혁신 기술을 융합해 스마트도시로 나아가는 흐름 속에서, 나는 스스로 '인간 플랫폼'이 되기를 자처한다.

행정전문가로서 나는 어느 날부터인가 내 이름의 '승(承)'자가 결코 허투루 지어진 것이 아님을 깨달아 갔다. 어린 시절의 불만은 사라지고, 이제는 그 이름이 내 인생의 방향을 가장 정확히 말해주는 단어가 되었다.

그리고 그 이름의 뜻처럼, 나는 앞으로도 사람과 사람, 도시와 도시를 연결해 협력의 네트워크를 만들고, 혁신기술을 통해 도시의 대통합을 이끌 '플랫폼'이 되기로 다짐한다.

이름은 결국 한 사람의 운명을 비추는 거울이다.

'이을 승(承)'이라는 이름처럼 나는 사람과 도시, 과거와 미래를 잇는 다리가 되고자 한다. 나의 행정은 언제나 누군가의 노력 위에 서서 그 뜻을 이어가고, 또 다음 세대에게 전달될 것이다.

연결의 끝에서 새로운 시작을 만들어가는 일, 그것이 내가 '안승대(安承大)'라는 이름으로 살아가야 할 이유이자, 앞으로 걸어갈 길이다.
그리고 그 길의 끝에는 도시의 빛나는 미래가 자리하고 있을 것이다.

내가 읽은 책들

다시, 신화를 읽는 시간(MYTHS TO LIVE BY, BY JOSEPH CAMBELL)
(권영주 옮김)

이 책은 신화학의 거장 조셉 캠벨 교수의 인생과 철학 특강을 엮은 것으로 1972년 조셉 캠벨 재단에서 발간했고 2020년 10월 한국어로 번역 발간됐다. 조셉 캠벨은 1904년 뉴욕에서 태어나 1987년 세상을 떠났는데 최고의 신화해설자로 불리는 동서양은 물론 세계 신화를 두루 섭렵한 신화종교학자이자 비교신화학자이다.

내가 조셉 캠벨을 처음 접한 것은 래리 달리오가 쓴 '원칙들(PRINCIPLES)'이라는 책에서이다. 래리 달리오는 자신이 '원칙들'이란 책을 쓰게 된 계기가 조셉 캠벨의 '천의 얼굴을 가진 영웅(THE HERO OF A THOUSAND FACES)'을 읽고 나서란다. 자신이 비록 신화 속 영웅은 아니지만 세상에서 떨어져 나와 모험을 통해 고난을 겪고 이를 극복하면서 세상에 도움이 되는 어떤 요긴한 것을 얻어와 이를 전파함으로써 세상을 더욱 발전시킨 영웅들처럼, 래리 달리오 자신도 세상에 작은 기여를 하고 싶었기 때문이란다. '원칙들'은 래리 달리오가 워터브릿지라는 세계적인 금융회사를 키워오면서 경험하고 익힌 경영철학과 말 그대로 원칙들을 정리한 책이다.

인류의 출현

죽음에 대한 인식과 그것을 초월하려는 욕구가 신화로 이어지는 첫걸음이다. 개인이 태어난 사회집단은 개인을 보살피고 지켜준다. 그 집단은 그가 태어나기 훨씬 이전부터 존재했고, 그가 죽어서도 사라지지 않을 것이다. 인간은 이 공동체에 참여하게 됨으로써 죽음을 초월한 삶을 알게 된다. 인류는 동질성과 함께 차별성도 있다. 지구상에 존재해 온 사회체계와 지난 수천 년간 인간의 세계관에 영향을 끼친 지식, 즉, 자연의 방식이 그만큼 다양하기 때문이다. (수렵부족 vs 채집부족)

의례

의례(Ritual)의 기능은 깊은 곳에서 인간의 삶의 형태를 부여하는 것이다. 신화는 의례를 정신적으로 뒷받침해 주며 의례는 신화를 물리적으로 실행한다. 그 사회에 적절한 방식으로 삶을 뒷받침해 주며 사회를 성숙하게 해주는 신화와 의례는 창의적 선구자와 예술가의 통찰을 통해서만 생겨난다. 형식은 삶이 웅장하고 명확하게 표출되는 매개수단이며 단순히 형식을 깨기만 하는 것은 인간뿐만 아니라 동물의 삶에도 불행이다. 의례와 예법은 모든 문명을 구성하는 형식이기 때문이다(다도, 소네트, 스포츠, 정원, 케네디 국장 등 예시). 특히, 문명은 최고의 형식이 유지되는 곳에서만 살아 남는다. 원시 기본신화에서 신(동물, 토템이즘)을 죽여 해체하고 땅에 묻자, 식용식물이 자라나 부족을 먹여 살렸다. 삶이 죽음에서 태어나는 식물계의 순환 과정은 인간 신화와 의례의 본보기가 되어 주었다.

이후 기원전 3500년경 메소포타미아에서 최초의 도시국가 문명이 출현했던 시기에 사회의 시선은 땅에서 하늘로 옮겨갔다. 태양과 달, 눈에 보이는 다섯 행성 등 7개의 천체가 수학적으로 움직인다는 점이 신관들에 의해 밝혀지면서 우주적 질서 개념이 사회의 모델이 됐다. (황제의 옥좌 = 천국의 이미지)

신화적 상징의 가장 중요한 효과는 사람을 각성시켜 삶의 에너지로 인도한다는 것이다. 감응이미지(Affect Image)로 감정 체계에 직접 호소하며 반응을 즉각 이끌어낸다. 이는 일종의 공명효과로 존재와 믿음에서 하나인 모든 구성원을 하나의 영적 유기체로 통합해 준다. 성경의 상징은 5~6천년 전 고대 수메르의 천문관측과 이제는 신뢰할 수 없는 인류학을 바탕으로 하고 있어 오늘날 감응을 일으킬만한 것이 못 된다고 할 것이다.

사랑의 신화, 전쟁과 평화의 신화

사랑은 삶 못지않게 강하다. 의식을 갖기 이전 태초의 존재가 우리를 움직이는 동력이고, 사랑의 결합을 경험함으로써 우리는 만물의 바탕이 되는 창조행위에 동참하게 된다. 쇼펜하우어는 '도덕성의 기초'라는 글에서 "도덕적인 행동을 유발하는 유일한 동기는 우리 모두가 존재의 근본에서 하나라는 진실, 공감(Compassion)"이라고 했다. 그와 상대방이 사실은 하나라는 진리를 본능적으로 인식하고 그에 따라 행동하는 것이란다. 기쁨의 고뇌와 슬픔의 달콤함이 지상에서 사랑의 본질이다.

생명은 다른 생명을 먹어야 존재할 수 있다는 끔찍한 필연성으로 인해 전쟁신화를 들으며 자란 나라, 부족, 민족이 살아남아 후손들에게 자신의 삶을 뒷받침해 준 신화를 물려줬다. 동물계에서도 육식동물이 초식동물에 비해 일반적으로 더 강할 뿐만 아니라 더 똑똑하기도 하다. 거의 모든 전쟁신화에서 적은 괴물이며 그것을 죽임으로써 지상에서 유일하게 진정으로 중요한 인간의 생활질서(자기부족)를 수호한다는 게 기본 개념이다. 서구의 2대 전쟁신화는 일리아드와 구약성경이다. 구약성경에서 유일신이 언제까지고 한쪽 편만 든다. 일리아드의 배경인 그리스에서와 달리 적은 인간 이하의 존재로 취급된다. 아랍에도 신이 허락한 전쟁 신화가 있다. (Jihad, 성전) 이 두 전쟁신화는 오늘날에도 충돌이 끊이지 않고 대립하고 있다. 페르시아의 전쟁신화는 자라투스트라(조로아스터) 신화였다. 세계의 종말과 죽은 자의 부활 같은 개념이 조로아스터교의 종말론에서 영향을 받았다. 메시아가 와서 모든 나라를 멸하고 이스라엘조차 일부만이 살아남을 것이라는 위기감 속에서 기독교가 태어났다. 잘 알려진 금욕적 평화신화는 인도의 자이나교이다.

내면으로 떠난 여행 : 조현병의 연구

신화의 영웅, 샤먼, 조현병 환자의 내적 여행은 원칙적으로 동일하다.

조현병을 앓는 현대인의 심리상태의 통상적인 패턴은 다음과 같다. 먼저 사회질서와 맥락으로부터 탈피하거나 벗어난다. 이어 시간상 뒤로, 정신적으로는 내면으로 깊숙이 물러난다. 그곳에서 잇따라 뒤죽박죽이고 공포스런 경험을 하고 나면 이윽고 (운이 좋을 경우) 중심을 잡아주고 충족감과 조화, 새로운 용기를 부여해 주는 만남들이 있다. 그런 다음 돌아와 새로운 삶으로 다시 태어난다.

이에 비해 영웅은 평범한 일상의 세계에서 벗어나 초현실적인 경이의 영역으로 모험을 떠난다. 그리고 그곳에서 우화적 힘들과 조우하고 결정적인 승리를 거둔다. 영웅은 다른 사람들을 이롭게 해줄 힘을 얻어 그의 신비스러운 모험에서 돌아온다. 이것이 신화의 패턴이자 정신적 공상의 패턴이기도 하다.

인도의 요가수행 또한 의도적인 조현병이다. 양쪽 다 내면의 깊은 바다로 뛰어든다는 점에서 동일하나 헤엄칠 수 있는 다이버냐 헤엄칠 수 없는 다이버냐 차이다. 이 바닷속 물은 신화에 등장하는 우주적 원형의 물로 실제로 존재하며 세계 어디에서나 동일하다. 다양한 전통에서 다양하게 표현되고 있으나 전형적이고 본질적인 형태와 거기에 담긴 개념은 놀라울 정도로 동일하다. 심리학자 카를 융은 그것을 '집단 무의식의 전형'이라 부르며 인류에게 공통되는 정신구조와 연관된다고 한다. 경이로운 뇌를 바탕으로 한 본능체계의 표현이라는 것이다.

젊은 세대에게 전달하는 신화는 그들이 평생 속할 환경과 풍요로운 관계를 맺게 해줄 메시지를 주도록 하는 것이 중요하다. 이런 교육을 잘못받은 개인은 신화학 용어로 '황무지(Waste Land)'라는 상황에 처해져 세계와 단절된 조현병 환자가 된다.

신화에는 네가지 기능이 있다고 본다. 첫째, 신비적 기능은 우주의 수수께끼에 대해 경외심과 감사의 마음을 갖게 해준다. 둘째, 당대의 지식과 과학, 세계의 이미지를 제공해 주는 것이다. 오늘날 모든 종교가 제시하는 세계상이 적어도 2천년 전의 것이라는 사실만으로 심각한 단절의 원인이 된다. 셋째, 주어진 특정 도덕질서, 즉 사회규범을 승인하고 뒷받침하며 각인하는 것이다. 넷째, 젊은 세대가 건강하고 정신적 균형을 잃지 않고 보람 있는 인생을 살 수 있도록 인도하는 기능이다.

세상 바깥으로 떠난 여행 : 달 위를 걷다

인간을 왜소하게 만들고 신성과 떨어뜨려 놓은 것은 과학이 아니다. 오히려 우리는 우주에서 우리의 가장 내적인 본질을 확대한 상(IMAGE)을 재정립하게 될 것이다. 1969년 7월 20일 닐 암스트롱의 달 표면을 디디는 마술적 순간을 통해 우리 모두 지구가 얼마나 작은지, 이 아름답게 빛나는 회전체의 표면에 우리가 얼마나 위태롭게 자리하고 있는지 우리 눈으로 직접 봤다. 외부로 떠나는 달 비행은 곧 우리 자신 안으로 내면으로 나가는 것이었다. 이로 인해 인간의 의식은 변화하고 심화되고 확대됐다. 새로운 영적 시대가 시작된 것이다. 우리는 기원전 4000년 고대 수메르문명의 천체 관측에 필적하는 신화영역의 변혁을 목격한 것이다. 그로 인해 해체될 것은 신과 인간의 세계뿐 아니라 그 시대에 영감을 받아 만들어낸 국가의 세계이기도 하다.

우리는 가장 멀리 떨어진 우주에 관해서도 여기 지구에서 인간이 계산해 낸 것이 맞아떨어지는 것을 보았다. 이곳에 없고 저기 어딘가에 있는 법칙이란 없다. 이곳에 없고 저기 어딘가에 있는 신도 없다. 신은 이곳에 있을 뿐 아니라 우리 안에 마음속에 존재한다.

인간이 대지나 나무에서 식물처럼 자라는 것으로 그리는 신화는 많다. 우리는 지구의 자연산인 것이다. 우리가 지적 생명체라면 우리를 낳은 지구 또한 지적인 에너지 체계를 갖는 지적존재여야 한다. 그렇다면 우리는 지구의 눈과 귀와 마음이 아닐까. 지평의 확장은 언제나 의식의 확장을 가져왔다. 자연의 본질에 대한 더 넓고 깊은 통찰을 가지게 되기 때문이다.

결론 : 지평의 소멸

지구에서는 우리를 갈라놨던 모든 지평이 무너졌다. 이제 우리는 자신이 속한 곳에 사랑을 주고 다른 곳에 공격성을 투사할 수 없다. 지구라는 이 우주선에 다른 곳이 없기 때문이다. '다른 곳'과 '국외자'를 계속해서 가르치는 신화는 이 시대에 필요한 것이 아니다.

기독교나 유대교 등 오늘날 종교가 영적으로 빈약한 것은 자민족 중심주의적 역사주의의 결과다. 문명 간 교류가 없었던 과거의 작은 세상에서는 충분했지만, 지금은 아니다. 국가라는 개념은 세계라는 개념 앞에서 빠른 속도로 작아지고 있다. 최소한 생태 위기가 우리를 하나로 만들어 줄 것이다. 이제는 과거에 사람들이 하나가 되는 것을 막았던, 지역에 한정되고 사회정치학적으로 구속되는 여러 다른 종교 형태가 필요 없다. 우리는 지구의 눈과 마음으로 보고 생각한다. 우리는 우주의 마음이다. 그러니 당연히 우주의 법칙과 우리의 법칙이 같지 않겠나!

새로운 신화는 민족의 비위를 맞춰주는 게 아니라 개인을 깨워 그들 자신을 알게 해주는 것이 목적인 신화이어야 한다. 한 사람 한 사람이 각각의 방식으로 모든 것과 하나인 이 세계에 지평은 없다.

이 책은 1961년부터 1971년 사이 조셉 캠벨이 한 강의와 저서 중에서 발췌해 엮은 것으로 50년이 지난 2020년 현재 읽어도 깊은 울림을 준다. 이는 신화가 우리 내면

깊숙한 곳의 본능과 맞닿아 있기 때문일까? 그 사이 양자역학, 우주, 생명의 기원, 의식 등에 대한 과학적 지식의 지평은 더 넓어졌다. 죽음과 사후세계에 대한 두려움 등 종교와 신화에 대한 우리의 갈망은 여전하지만, 현재의 종교가 이를 충분히 채워 주고 있는지는 의문이다. 시대변화에 맞는 새로운 신화가 필요해 보인다는 점은 그때나 지금이나 같다. 캠벨은 '천의 얼굴을 가진 영웅'이라는 책에서 "세상이 영웅을 만드는 것이 아니고 영웅이 세상을 이끌어간다"는 말로 마무리했다. 개인을 깨워 자신을 알게 된다면 누구나 영웅이 될 수 있다.

2부
/
위대한 도시

도시는 생각의 힘으로 성장한다.

•

칼럼은 내게 자신의 주장을 논리적으로 풀어 쓰는 글이 아니다.
그것은 전문가인 필자의 마음을 비추는 거울이며, 시민과 행정을 잇는 따뜻한 다리다. 나는 행정을 하는 사람으로서 시민의 삶 한가운데 있으며 그 삶의 온도와 숨결을 글로 담아내고자 한다.

시정(市政)은 언제나 숫자와 제도, 절차로만 설명되기 쉽다.
하지만 행정의 본질은 결국 '사람'이다. 시민 한사람 한사람의 목소리가 행정의 방향을 정하고, 그 작은 의견들이 모여 도시의 내일을 만든다. 나는 그 소리를 듣고 또 시민들과 다시 나누며 도시의 미래를 설계한다.
내게 칼럼은 그 나눔의 창구이자, 행정의 언어를 시민의 언어로 번역하는 과정이다.

칼럼을 통해 나는 시가 추진하는 정책과 비전을 시민들과 공유한다.
행정의 큰 틀 속에서 어떤 고민이 있었는지, 왜 그 결정을 내릴 수밖에 없었는지를 진실하게 설명하려 한다. 정책은 언제나 숫자보다 사람을 향해야 하고, 계획은 문서 속에 머물러서는 안 된다. 내가 쓰는 글은 그것을 통해 시민과 함께 걷고자 하기 위해 존재한다.

도시가 추진하는 방향은 성장의 확장이 아니라, 삶의 질과 도시의 품격을 함께 높이는 변화다. 지속 가능한 도시, 미래세대가 머물고 싶은 도시를 만들기 위해 행정은 효율보다 공감, 속도보다 방향을 중시해야 한다. 나는 칼럼을 통해 그 '방향'을 시민들과 함께 점검하고, 함께 만들고자 한다.

칼럼은 내게 '설명'이 아니라 '대화'다.
시민과 행정이 만나 마음을 나누는 소통의 자리, 서로의 생각이 오가며 신뢰를 쌓는 과정이다. 그래서 나는 오늘도 글을 쓴다. 글로 말하고, 글로 듣고, 글로 이어진 도시의 온기를 믿기 때문이다.

나의 칼럼은 행정의 언어를 넘어, 한 사람의 마음으로 다가가길 바란다. 그리고 그것이 이 도시가 함께 성장해 가는 또 하나의 시작이 되기를 소망하는 나의 마음이다.

1

미래를 여는 해오름동맹

해오름동맹, 제조강국 대한민국의 신성장 엔진

2025.3.31. 영남일보

울산광역시 행정부시장 안승대

울산과 포항, 경주 3개 도시는 2016년 6월 울산~포항 간 고속도로 개통을 계기로 해오름동맹상생협의회를 결성하고 인구 200만명, 경제규모 95조 원의 광역경제권 조성을 협약했다.

산업 보국의 엔진

1960년대 초 대한민국은 경제개발 5개년 계획을 통해 국가 역량을 산업화에 집중했다. 1962년 발표한 제1차 계획을 시작으로 1996년까지 총 7차에 걸친 경제개발로 한국경제는 선진국 도약의 발판을 마련할 수 있었고, 울산과 포항을 비롯한 동해남부권이 제조업 성장을 견인했다. 제1차 계획(1962년~1966년)에 따라 울산은 1962년 국내 최초 특정공업지구로 지정되었고 석유화학, 조선, 자동차를 주력산업으로 육성해 조국 근대화를 이끌었다. 화학·철강·기계공업 건설에 목표를 둔 제2차 계획(1967년~1971년)으로 1968년 포항제철이 설립되었다. 1, 2차 계획의 성공 후 문화와 관광에 눈을 돌린 정부는 1975년 경주에 보문관광단지를 개장했고, 1993년 울산과 접한 외동 지역에 자동차부품단지가 조성되었다.

지난 60여 년간 포항에서 철강을 생산하면, 경주가 부품을 만들고, 울산은 부품을 조립해 자동차를 완성하는 식으로 산업벨트를 이뤄 대한민국을 성장시켜 온 것이다.

인구감소와 산업구조 전환 위기

2020년 수도권 인구가 비수도권을 추월한 후 대학은 물론, 지식기반산업과 서비스업 일자리가 많은 수도권으로 청년들이 지속적으로 유입되면서 지방은 소멸 위기에 처했다.

해오름동맹 도시는 제조업 부진 영향이 겹쳐 인구감소가 더욱 심각하다. 2015년 195만명에서 2024년 183만명으로 6% 이상 줄었는데 이는 같은 기간 전국 감소율의 10배에 달한다. 지역경제 성장률도 전국 평균에 한참 못 미친다. 이에 더해 전 세계가 첨단산업으로 전환을 가속화하는 가운데 석유화학, 자동차, 철강 등 울산과 포항의 주력산업이 중국과 미국 영향으로 불확실성이 커지고 있어 특단의 대책이 필요한 시점이다.

위기의 돌파구가 산업구조 혁신과 신성장산업 육성에 있다는 것은 명확하다. 기존 주력산업의 포토폴리오를 고부가가치·친환경으로 첨단화·고도화·디지털화하고 이차전지, 수소, 바이오 등 신성장산업으로 생태계를 재정비해야 한다. 2023년부터 추진해 온 「해오름산업벨트 지원에 관한 특별법」(이하 해오름특별법)은 울산과 포항, 경주가 경제동맹을 맺어 산업수도권으로 도약하겠다는데 목표를 두고 있다. 미래첨단산업의 글로벌 경쟁력을 확보할 수 있도록 규제 해소와 국가 지원 등 제도적 뒷받침이 절실하다는 것이 제안 이유이다.

해오름특별법 신속 제정 필요

해오름특별법은 2024년 8월 포항과 경주 국회의원 전원이 참여한 가운데 박성민 국회의원의 대표발의로 그 해 11월 국회 행안위 전체회의에 상정되었다.

울산·포항·경주를 '해오름산업벨트'로 정의하고 산업구조 혁신과 첨단산업 육성을 입법 목적으로 하면서 권역 발전계획 수립, 국가 지원과 특례 등을 규정하고 있다.

이 중 에너지산업 지원, 개발제한구역 해제, 국가산단 지정, 산업인력 양성, 광역교통망 구축 등은 산업수도권의 지속적 성장과 경쟁력을 높이는 데 기여할 수 있는 핵심적 사항이다.

해오름특별법은 지역의 산업적·경제적 위기 극복을 넘어 대한민국이 제조강국의 위상을 회복하는데 절실한 제도적 기반인 만큼 골든타임을 놓치지 않도록 신속한 법제화에 국가적 차원에서도 관심을 기울여야 한다.

해오름동맹, 국가균형발전과 분권의 새로운 모델

울산·포항·경주는 신라문화권으로 1500년 전 서라벌은 인구 100만명의 세계 4대 도시 중 하나였다고 한다. 주민 설문조사에서 51.1%가 '세 도시는 하나의 지역'이라고 답할 정도로 정서적으로도 가깝다.

해오름동맹 결성 후 문화관광 등 다양한 협력사업을 추진해 왔고 10년차를 맞은 올해는 해오름동맹광역추진단이 출범해 교류협력에 더욱 속도가 붙고 있다. 이차전지, 수소, 원자력 등 첨단산업 분야에서도 활발한 산학연 협업이 진행되고 있으며, 포스텍과 유니스트 등 세계적 대학이 협력을 강화한다면 시너지 효과는 더욱 클 것이다.

올해는 민선 지방자치 30주년을 맞는 의미 있는 해이다. 지난 10년간 광역행정을 성공적으로 수행해 온 해오름동맹이 특별법 제정을 발판으로 산업문화수도권으로서의 위상을 회복하고 국가균형발전과 분권의 새로운 모델로 우뚝 설 것으로 확신한다.

해오름동맹 상생발전과 소통강화를 위해 '제32회 경주벚꽃마라톤대회'에 참가하고
해오름동맹 홍보부스를 운영하는 직원들을 격려했다.

해오름동맹을 글로벌 산업수도권으로

2025.6.12. 경상일보

울산광역시 행정부시장 안승대

울산·경주·포항은 한국사를 통틀어 가장 오랜 기간 존속하며 천년왕국이라는 별칭을 가진 신라의 수도권으로, 1,500년 전 서라벌은 인구 100만 명에 달하는 세계 4대 도시였다. 강력한 군사력을 바탕으로 철강과 금속제련 기술이 뛰어나 경제적으로 풍요로웠고, 문화도 번성하였다. 멀리 서역의 아랍인과 페르시아인들 사이에서 '황금의 나라', '미지의 이상향'으로 여겨졌다고 한다.

역사적·지리적 강점을 배경으로 이 지역은 대한민국 산업화를 이끌었고, 대한민국 경제를 성장시켜 온 주역으로 자리매김했다. 포항에서 나고 자라 경주와 울산에서 공직을 역임하고 있는 필자에게는 더 없는 큰 자부심이다.

최근 지역 내 인재와 자본의 수도권 유출은 심화되고 지속가능성을 위협하는 수준까지 이르렀다. 울산·경주·포항은 2016년에 '해오름동맹'을 출범시켜 경제, 교통, 관광, 해양 등 다양한 분야에서 더 끈끈한 협력과 상생의 길을 모색하기 시작했다.

올해로 10년 차에 접어든 해오름동맹은 이제 새로운 전환점에 서 있다. 딥테크가 주도하는 경제 환경의 변화는 기존 산업의 첨단화와 고도화를 통한 산업 생태계의 재정비를 요구하고 있다. 울산·경주·포항 세 도시는 축적된 경험을 바탕으로, 더 큰 시너지 효과를 창출할 수 있는 혁신 사례를 만들어 가야 한다.

해오름 권역의 기술 선도 대학, 첨단 연구 시설, 글로벌 기업을 유기적으로 연계하여 대한민국 제조분야 기술창업의 핵심 허브로 육성할 필요가 있다. 지·산·학·연 협력의 파트너십을 기반으로 지역 앵커기업의 자본과 기술 수요를 연결하는 '해오름 기술창업벨트'를 구축하면 어떨까.

포항의 철강 소재, 경주의 부품 생산, 울산의 완성품 제조로 이어지는 기존 밸류체인을 최대한 활용하고, 첨단소재·AI·친환경 에너지산업 분야로 확장하여 초광역 기술창업 생태계의 시너지를 극대화해야 한다. 지역대학(UNIST, POSTECH, 울산대, 한동대, 동국대, 위덕대)의 원천 기술과 국가핵심 연구기관(한국화학연구원, 문무대왕연구소, 포항산업과학연구원)의 실증 지원, 그리고 글로벌 기업(현대자동차, HD현대중공업, SK에너지, S-Oil, 고려아연, 포스코)의 신기술 상용화로 이어지는 밸류체인을 구축할 수 있다. 특히 포항 방사광가속기, 경주 양성자 가속기는 반도체, 고성능 배터리, 바이오 신약개발, 친환경·경량 도심항공(UAM), 자동차 부품 등 첨단 산업의 기술 개발과 상용화를 위한 핵심 인프라로 기능한다. 한수원의 SMR(소형모듈원자로) 또한 AI 데이터센터 등 급증하는 전력 수요에 대응하기 위한 미래 에너지 핵심 기술로 신산업 분야 활용도가 기대된다.

제조 분야의 혁신적인 스타트업 육성에 큰 역할을 하고 있는 포항 포스코의 '체인지업그라운드'처럼, 글로벌 수준의 울산 스타트업 파크 조성과 울산과학기술원(UNIST)의 창업중심대학 지정, 민관이 협력한 1조원 규모의 해오름 기술창업 벤처펀드 조성도 필요하다. 이 사업들은 기술과 시장을 연결하는 해오름 창업 정책의 핵심이 될 것이다.

해오름 기술창업벨트는 지방정부·대학·기업이 협력으로 이루어낸 혁신 클러스터의 대표 성공 사례인 미국의 '리서치 트라이앵글 파크(Research Triangle Park, RTP)'처럼 대한민국판 성공 사례로 키워나갈 필요가 있다. RTP는 전통 제조업 중심지인 미국 노스캐롤라이나주에서 침체된 지역경제 활성화와 지역인재 유출 방지를 위해 기획된 프로젝트로 롤리(Raleigh), 더럼(Durham), 채플힐(Chapel Hill) 등 세 도시에 위치한 노스캐롤라이나주립대, 듀크대, 노스캐롤라이나대를 삼각형으로 연결한 연구 중심 혁신클러스터다. 현재 IBM, 시스코(Cisco), 화이자(Pfizer) 등 250여 개의 기업이 입주하여 혁신 기술을 지속적으로 창출하고 새로운 산업 생태계를 구축해 오고 있다.

해오름동맹은 인공지능(AI)과 제조혁신이라는 공동의 목표를 향해 진화하고 있다. 규모의 경제를 이룬 '해오름 기술창업벨트'가 함께 시너지를 내며 서로의 강점은 연결하고, 약점을 보완하며 함께 성장해 가야 한다. 지자체 협력의 모범사례가 되어 지역경제에 새로운 활력을 불어넣고, 세계에서 경쟁하는 글로벌 기술창업 허브로 도약하자. 서라벌의 풍요로움과 번성함을 되살려 세계의 젊은 처용들이 모여드는 글로벌 창업 수도권으로 자리매김하길 희망해 본다.

지난 2025년 10월 14일 울산·포항·경주 상공회의소가 한자리에 모여 해오름 동맹 업무협약을 진행했다.

울산시와 포항·경주시 간 행정협의체인 '해오름동맹' 차원에서 산업벨트를 형성하고 육성하는 방안을 중점적으로 논의하기 위해 2024년 12월 12일 울산 롯데호텔에서 '해오름동맹 정책토론회(포럼)' 을 개최했다.

산업 수도에서 글로벌 제조 AI 허브로

2025.8.4. 울산제일일보

울산광역시 행정부시장 안승대

최근 울산에 새로운 변화의 신호탄이 울렸다. SK와 아마존웹서비스(AWS)가 초대형 AI(인공지능) 데이터센터를 구축하기로 한 것이다. 데이터센터라고 하면 흔히 서버를 모아놓은 시설 정도로 생각하기 쉽지만, 이번 AI 데이터센터는 울산의 산업 지형과 도시 구조를 바꿔낼 강력한 추진력이 된다.

울산은 자동차, 조선, 석유화학, 비철금속 등 주력산업을 중심으로 대한민국 산업화를 이끌어 왔다. AI 시대의 기술 발전과 산업 구조 재편은 그 속도가 점점 빨라지고 있다. 울산도 이에 대응한 새로운 성장 동력이 필요한 시점이다.

대통령 직속 AI 정책 총괄인 하정우 AI미래기획수석비서관이 강조한 '소버린 AI'는 이 전환기의 핵심 키워드다. 소버린 AI란 국가가 AI 기술과 데이터를 독자적으로 보유하고 통제해 전략적으로 활용할 수 있어야 한다는 개념이다. 글로벌 의존도가 커지는 지금, AI 주권은 기술 경쟁을 넘어 산업과 안보의 문제로 연결되고 있다.

울산은 그 실현을 뒷받침할 조건을 갖춘 도시다. 방대한 산업 데이터와 제조 현장을 보유한 데다, AI 데이터센터는 소버린 AI를 뒷받침할 중요한 기반이 된다. 지난 6월 AI 데이터센터 출범식에서 SK의 최태원 회장은 AI 스타트업 육성, 인재 양성, 공공 수요 창출 등 AI 생태계 조성 과제를 정부에 제안하며, 울산을 제조 AI 혁신의 거점으로 삼을 것을 건의했다. 특히 "대한민국에서 제조업은 모든 산업을 이끄는 중추이지만 AI 접목이 부족하다"며, "울산을 AI특구로 지정하고 제도적 규제 샌드박스를 통해 제조 AI를 키워갈 필요가 있다"고 강조했다. 이는 울산이 왜 AI 시대의 중심지가 되어야 하는지를 잘 설명한다.

AI는 독립된 기술이 아니다. 인재, 인프라, 산업 구조, 정책이 상호작용하며 함께 공진화(Coevolution)해야 제 기능을 발휘한다. 울산은 AI 인재 양성 기반을 확대하고 있다. 초중고부터 대학까지 연계된 교육 체계를 갖춰가고 있으며, 울산과학기술원의 'AI 노바투스 아카데미아'와 같은 산업 실무형 교육도 진행하고 있다. 지역 기업의 AI 전환과 자율제조를 실현할 기술개발 지원도 확대하고 있다.

AI 컴퓨팅 인프라도 다변화해 나간다. AI 데이터센터 유치와 함께 수중 데이터센터를 위한 실증연구도 진행한다. 여기에 양자 기술 확보, 대통령 지역 공약인 고자기장 연구소 설립 등 차세대 컴퓨팅 기반도 확대할 예정이다. 제조 AI 기술의 성능 검증과 실증을 위한 자율제조 검증센터 건립도 추진하고 있다. 여기에 울산이 보유한 수소, 해상풍력, 원자력 등 풍부한 친환경 에너지 자원과 분산에너지 특화지역 지정은, 이런 인프라를 안정적으로 지속가능하게 운영할 수 있는 강력한 기반이 된다.

AI를 산업과 도시에 연결하는 매개체가 있다면 이러한 기술 인프라가 보다 더 실질적으로 잘 작동할 수 있다. 디지털 트윈은 바로 그 핵심적인 연결 수단이 된다. 물리 시스템을 디지털로 구현해 도시 운영과 산업 현장에 AI가 작동할 수 있는 기반을 제공한다. 이런 연결을 통해, AI가 기술 영

역을 넘어 도시 구조와 시민의 삶에 자연스럽게 스며들 때 비로소 진정한
혁신이 가능해진다. 혁신의 주체는 언제나 사람이기 때문이다.

울산이 지향하는 'AI 수도'란 AI를
통해 산업 경쟁력을 강화하고, 도시
의 공간 구조와 정책의 상호작용으
로 발전하며 성장하는 것이다. 이러
한 공진화 여정의 시작점에 AI 데이
터센터가 있다. 대한민국 산업 수도
를 넘어, 제조 AI 혁신을 이끄는 글
로벌 AI 허브로 나아가자.

울산AI데이터센터 출범식에서 최태원 회장과 함께

울산형 디지털 트윈 기반 차세대 의료AI플랫폼 구축회의

지역성장을 이끄는 전략적 규제혁신

2025.8.27. 울산신문

울산광역시 행정부시장 안승대

역대 정부는 기업과 시민의 성장을 가로막는 규제를 '전봇대', '손톱 밑 가시', '모래주머니' 등으로 비유하며, 이를 해소하기 위한 제도적 장치를 지속적으로 마련해 왔다. 규제샌드박스, 규제자유특구, 지역특화발전특구 등은 산업과 지역의 자율성과 혁신 역량을 높이기 위해 도입된 제도로, 규제를 유연하게 적용하는 동시에 세제 혜택 등 재정적 지원도 한다.

미래 전략산업인 AI, 수소, 바이오, 해양에너지 등은 기술성과 시장성을 확보하기 위해 초기 실증이 필수적이다. 관련 법령의 부재, 기존 규제의 적용 한계로 인해 실증 자체가 어려운 경우가 많다. 다양한 규제특례 제도를 전략적으로 활용해 신산업 육성의 기반을 마련할 필요가 있다.

올해 5월 '암모니아 벙커링 규제자유특구'로 지정되면서, 법적 규제로 불가능했던 이동식 탱크로리를 활용한 육상과 해상 간 벙커링이 국내 최초로 가능해졌다. 울산이 글로벌 친환경 선박 연료 시장에서 선도적 입지를 확보할 것으로 기대된다.

이어 '분산에너지 특화지구' 최종 후보지로 선정되어 지정을 눈앞에 두고 있다. 분산에너지 특화지구는 울산시가 제정을 주도한 「분산에너지 특별법」 시행에 따라 도입된 제도로 생산자와 소비자 간 전력의 직접거래를 허용하는 특례가 주어진다. 특구 지정으로 전기요금이 낮아지면 데이터센터, 반도체, 이차전지 등 전력 다소비 산업의 유치를 촉진할 수 있다. 수소연료전지, 태양광, 풍력 등 신재생에너지 기업유치에도 탄력이 붙을 것이다.

최근 SK텔레콤과 아마존웹서비스의 7조 원 규모의 100MW급 AI 데이터센터 유치에 성공했다. 데이터센터 운영에 있어 안정적이고 경제적인 전력 공급은 핵심 요소이다. 향후 분산에너지 특화지구와의 연계는 강력한 시너지가 될 것이다.

이를 토대로 10배인 1GW급 아시아·태평양 AI 허브 조성을 추진 중이다. 각종 규제완화와 정부차원의 전략적 지원을 이끌어 내기 위해 울산을 '비수도권 AI 특구'로 지정해 줄 것을 정부에 공식 건의했다.

울산시는 대규모 신산업 분야의 규제 혁신뿐만 아니라, 시민과 기업이 일상과 현장에서 체감할 수 있는 생활밀착형 규제 개선에도 적극 나서고 있다. 급변하는 사회환경에 기존 제도가 부합하지 못해 발생하는 불편사항에 대해, 현장의 목소리에서 해답을 찾는다.

기업현장지원단, 찾아가는 규제혁신추진단을 운영해 시민과 기업의 애로사항을 현장에서 직접 듣고 규제개선 과제로 관리한다. 민관합동 규제발굴단, 민생규제 아이디어 공모전 등 민생규제 발굴 채널을 다각화해서 시민 참여를 유도하며 규제개선에 대한 체감도를 높인다.

일례로, 현행 건축법은 기존 건축허가 완료 전까지는 신규 건축신청을 제한하고 있어, HD현대중공업 등 대규모 공장의 공장동 신·증축 시 허가 지연으로 인한 투자 차질이 빈번히 발생해 왔다. 이에 울산시가 지속적으로 건의한 결과, 국토교통부가 다수 건축행위를 동시에 허가할 수 있도록 건축법 개정을 추진하고 있다.

실질적인 성과도 나타나고 있다. 현대자동차 전기차 신공장 건설은 통상 3년 이상 걸리던 행정절차를 전담공무원 파견으로 각종 인허가를 동시에 추진해 1년 이내로 단축시켰다. 에쓰오일 샤힌 프로젝트에서는 법령 개정을 통해 기존에 임대가 불가능했던 인근 미활용 산업용지를 야적장 등으로 활용할 수 있도록 규제를 완화하였고, 이를 통해 30억 원 이상의 물류비용도 절감했다.

이처럼 규제혁신은 단순한 제도 정비를 넘어 시민과 기업의 자율성을 확대하고 지역 성장을 이끄는 전략적 행정수단이다. 이제는 중앙정부 주도의 일률적인 규제완화 방식에서 벗어나, 지역이 주도적으로 규제를 설계하고 중앙은 이를 제도적으로 지원하는 분권형 규제혁신 체계로의 전환이 필요하다.

최근 최태원 대한상공회의소 회장이 제안한 '메가 샌드박스'는 이러한 흐름에 부합하는 새로운 전략이다. 지역별로 미래 핵심산업을 지정하고, 인재·인프라·파격적 규제완화·인센티브 등 전방위 지원을 통해 지역을 역동적인 혁신 거점으로 육성하자는 구상이다.

특히, 울산이 유치한 AI 데이터센터와 같은 융합형 신산업은 전력, 정보통신, 환경, 보안 등 다양한 분야의 규제가 복합적으로 얽혀 있어, 단일 제도나 법령만으로는 실질적인 규제혁신이 어렵다. 이러한 복합 규제를 신속하고 유연하게 해소하기 위해서는 '신산업 규제혁신 플랫폼'으로의 '메가 샌드박스' 도입이 절실하다.

울산은 이미 다양한 규제특례 제도를 선도적으로 운영하며 규제혁신 역량과 신산업 기반을 고루 갖춘 대표적인 혁신도시로 자리매김해 왔다. 이러한 울산을 'AI 특구'로 지정하고, 동시에 '메가 샌드박스' 시범도시로 운영한다면, 이는 대한민국 규제혁신 생태계의 대전환을 이끄는 선도모델이 될 것이다.

2024년 11월 5일 부산 벡스코에서 열리는 대한민국 지역 대포럼에서 울산의 미래동력 관련 발표를 하고 있다.

수소트램으로 이어가는 새로운 미래

2025.10.14. 경상일보

울산광역시 행정부시장 안승대

울산은 오랫동안 '산업수도'라는 이름으로 불려 왔다. 하지만 이제는 AI 수도, 수소 선도도시, 친환경 스마트 교통도시라는 새로운 비전을 향해 나아가고 있다. 그 중심에 바로 수소트램이 있다. 수소트램은 단순히 새로운 교통수단이 아니라, 울산의 미래 경쟁력을 상징하는 혁신이자 시민 생활을 바꾸는 변화의 시작점이다.

울산은 동서축의 도시철도 1호선이 설계·시공입찰에 성공하여 현재 설계 중이며, '26년 착공', '29년 개통'을 목표로 진행 중이다. 남북축의 2호선은 하반기 예비타당성조사 대상사업 선정되면 '32년 개통'을 목표로 추진할 계획이다.

동구로 가는 3호선, 원도심 활성화를 위한 4호선까지 진행되면 약 1조 5,000억원이 투입되며, 총 연장 48km의 촘촘한 도시철도망이 모두 구축될 것이다. 지난 7월 건설이 확정된 "울산~양산~부산 광철도"와 '26년 9월 개통될 동해선 광역전철 북울산역 연장 등 철도를 통해 울산 시민의 삶의 반경, 기회, 그리고 경제활동이 획기적으로 확장될 전망이다.

도시철도는 높은 건설과 운영비용을 고려하지 않을 수 없다. 미래세대의 부담 완화와 수소 선도도시라는 이점을 살려 많은 장점이 있는 수소전기 트램으로 선정했다.

첫째, 수소트램은 깨끗한 도시를 만드는 친환경 교통수단이다.

수소트램은 매연이 없다. 동력을 생산하는 과정에서 오직 물과 공기만을 배출하기 때문에, 도심의 대기질을 개선하는 데 큰 역할을 한다. 자동차와 버스가 뿜어내는 미세먼지 대신, 깨끗한 공기를 되돌려주는 교통수단이라고 생각하면 된다. 1호선만 해도 매년 약 520만 명이 소비할 수 있는 청정공기 3,300톤을 생산한다. 이는 곧 시민의 건강과 직결된다.

둘째, 수소트램은 편안하면서도 조용한 이동환경을 만들어 준다.

수소트램은 차가 도로 위를 달릴 때와 달리, 진동과 소음이 크게 줄어든다. 저소음 설계로 주거지와 가까운 구간에서도 소음이 적어 쾌적한 생활환경을 보장한다. 또한 정해진 노선과 스케줄로 운행되므로 예측 가능하고, 약속시간을 지켜주는 교통수단으로써 시민의 출퇴근 스트레스를 줄여준다.

셋째, 수소트램은 울산이 선도하는 수소경제의 상징이다.

울산은 이미 수소산업의 메카로 자리 잡고 있다. 여기에 수소트램이 더해지면, '생산-저장-운송-활용' 전 과정을 아우르는 완벽한 수소 생태계가 구축된다. 울산에서 만들어진 수소가 울산의 도로 위를 달리는 트램에 쓰이며, 시민의 발이 된다. 이는 단순한 교통수단을 넘어 울산 경제와 산업의 미래를 보여주는 상징이 된다.

넷째, 트램은 교통복지를 실현하는 수단이다.

트램은 일반 시민뿐만 아니라 교통약자도 편리하게 이용할 수 있다. 저상형 차량으로 설계되어 보도에서 트램 내부까지 휠체어, 유모차, 노약자 모두 쉽게 승하차할 수 있어, 시민 누구도 소외되지 않는 이동권 보장을 실현한다. 건설비도 지하철의 3~4분의 1 수준으로 효율적인 사업과 주민과의 접근성을 높이는 최상의 대중교통 인프라이다.

마지막으로 도시 이미지와 관광 자원으로서의 가치다.

트램은 단순히 이동수단을 넘어, 도시의 새로운 풍경을 만든다. 국내외 관광객에게 울산의 미래지향적 이미지를 각인시키며, 새로운 랜드마크가 될 수 있다. 글로벌 AI수도로서의 울산의 위상은 물론, 시민이 자랑할 만한 스마트 도시 브랜드를 강화하는 계기가 될 것이다.

울산 수소트램은 단순히 교통문제만을 해결하는 사업이 아니다. 깨끗한 환경, 편리한 이동, 산업 경쟁력 강화, 교통복지 실현, 그리고 도시의 새로운 얼굴까지 담고 있는 울산의 미래 선언이다. 시민이 매일 체감할 수 있는 변화를 만들고, 울산이 세계적인 친환경 대중교통 도시로 나아가며, 관광 인프라로서 원도심 활성화에도 기여하게 된다.

울산은 경주시 외동읍의 자동차 부품단지와도 수소트램으로 연결하기 위해 해오름 동맹 사업의 일환으로 추진을 적극 고려하고 있다.

또 다른 해오름 동맹 도시인 제 고향 포항에는 KTX포항역이 도심 외곽으로 이전하면서, 중앙상가를 비롯한 원도심의 공동화가 심각한 수준이다. 울산의 사례를 접목하여, 고속철도 포항역과 구포항역 등 구 시가지를 연결하는 수소트램을 도입한다면, 원도심 재생과 관광 활성화를 통해 도시 경쟁력을 향상시킬 수 있을 것이다.

동해선 개통으로 열려진 동해안 시대에 해오름 동맹이 초광역 경제권의 중심도시로 도약할 수 있도록, 수소트램으로 한 줄 한 줄 이어가는 미래지향적인 흐뭇한 구상을 해본다.

2025년 11월 1일 포항 경북콘텐츠기업지원센터에서 열린 '탄소중립의 필요성과 생활 실천방안' 세미나에서
'친환경 수소트램으로 환경과 원도심을 살린다'를 주제로 강연했다.

수소트램

나는 자동차, 꿈이 현실이 된다

2025.11.11. 울산매일

울산광역시 행정부시장 안승대

누구나 한 번쯤 도로가 꽉 막힐 때, 공상과학영화 속 "하늘을 날아다니는 자동차"를 상상해 보았을 것이다. 그 꿈이 울산에서 현실이 된다.

신규 도로 건설에는 1km당 수백억의 막대한 예산은 물론, 용지보상과 민원 유발 등 사회적 마찰과 비용을 끝없이 발생시킨다. "도심항공교통(UAM: Urban Air Mobility)"은 도시 간 이동시간을 획기적으로 단축시켜 도시 운영의 효율성을 극대화하고 환경문제에도 적극 대응할 수 있다. 울산은 친환경적인 수소연료전지 UAM 생태계를 선점함으로써 미래 모빌리티 혁명을 주도하고, 도시의 경쟁력을 발전시켜 나가고 있다.

국토교통부가 울산을 K-UAM 통합 실증지로 선정한 것은 울산이 가진 산업적 잠재력과 지리적 이점을 국가 차원에서 인정했다는 증거이다. 이 실증 사업은 UAM 상용화를 위한 기술적 안전성 확보를 최우선 목표로 한다. 울산은 실제 도심 환경에서 비행체 성능, 항행 시스템, 버티포트(이착륙장) 운영, 그리고 가장 중요한 교통 관리 시스템(UTM) 등을 통합적으로 검증하는 핵심 역할을 맡게 된다. 이 실증 경험을 바탕으로 기술 개발은 물론, 안전 기준과 운항 규정 마련을 선도한다. 기존 자동차, 조선 등 주력 산업에서 축적한 기술 역량을 UAM 실증에 투입하는 것은, 기존 산업의 성공 경험을 미래 산업으로 확장하는 중요한 교두보가 될 것이다. UAM 통합 실증지로서의 울산은 미래 모빌리티 혁명을 선도하고 도시의 경쟁력을 근본적으로 재편하는 시대적 사명을 띠고 있다.

UAM 기체 개발 성공과 상용화의 관건은 경량화와 지속 가능한 동력원 확보에 달려 있다. 초기 전기 배터리 기반 UAM은 장거리 운행과 특히 상용화 단계의 빠른 회전율(충전 속도) 확보에 명확한 한계를 지닌다. 이러한 혁신 방향은 기존 자동차 산업의 궤적과 일치한다. 현대자동차와 같은 선도 기업들은 기존 내연기관차에서 전기차(EV)로의 전환을 이끌었고, 이제 이 전동화 기술을 UAM으로 확장하고 있다. UAM 동력원을 에너지 밀도가 압도적인 수소 연료전지로 신속히 전환할 경우, 긴 항속 거리와 빠른 충전 시간을 동시에 확보할 수 있다. 울산은 국내 최대 생산지이자 수소 시범도시로, 이미 완벽한 수소 생산, 저장, 운송 인프라(수소벨트)를 보유하고 있다. 이 수소 벨트를 UAM 운영 시스템에 연계하여 수소 생산, 저장, 활용에 이르는 수소 UAM 생태계를 선제적으로 구축한다면, 기술 추격자가 아닌 수소 UAM 산업 표준을 제시하는 글로벌 리더로 도약할 수 있다.

울산은 공장 지대와 산이 많아 도로 교통망이 복잡하지만, UAM은 이러한 지형적 제약을 극복하고 최단 거리 이동을 가능하게 한다. UAM의 진정한 가치는 도심 내 이동 효율성을 넘어, 울산과 인접 지역의 지리적 한계를 극복하는 데 있다. 해안선을 공유하며 지리적으로 인접해 있는 울산·포항·경주 해오름동맹 도시의 경우, UAM으로 더 가까워진다. 울산의 대규모 산업단지와 포항의 연구개발(R&D) 및 철강 생산 시설, 경주의 문화·관광지를 수분 내 초고속으로 연결할 수 있다. 이는 도시 간의 경제적 시너지를 극대화하고, 초광역 경제권 형성을 가속화하는 핵심 동력이 된다. 더 나아가, 울산항 인근 도서 지역 및 해양 산업 시설과의 접근성도 혁신적으로 개선하여 해양 물류와 비즈니스의 영역을 확장할 수 있다. 바다와 섬을 효율적으로 이동하는 능력은 부유식 해상풍력단지나 수중데이터센터, 해상 국가정원, 바다목장 등 장래 울산과 포항, 경주가 가진 해양 경제의 잠재력을 활짝 열어줄 것이다.

UAM은 21세기 도시의 경쟁력과 직결된 미래 산업의 표준이자 공간 혁신이다. 벌써 미국, 중국 등 기체 개발이 완료되어 상용화를 위한 인증 마지막 단계에 이르렀다.

지금이야말로 울산이 수소 UAM 산업의 글로벌 선두 주자로 치고 나아갈 최적의 시점이다. 울산은 기체 경량화 기술력, 세계 최고 수준의 수소 벨트 인프라, 그리고 통합 실증 경험이라는 삼박자를 갖추고 있다. 시와 지역 기업, 연구기관은 긴밀한 협력을 통해 수소 UAM 상용화 로드맵을 구체화해야 한다. 여기에는 기술 개발 투자 확대, 안전을 전제로 한 규제 샌드박스 도입, 그리고 전문 인력 양성이 포함되어야 한다. 수소 UAM은 울산의 심장을 미래 산업 혁명의 박동으로 다시 뛰게 할 가장 강력한 열쇠이다.

동쪽 태화강역에서 태화강을 따라 서쪽 울산 KTX역까지 하늘을 나는 자율주행 택시를 타고 가면서 국가정원을 구경할 날이 머지않았다. 호미곶도 마찬가지다.

도심항공교통UAM 실제 크기 모형 시승

울산UAM 버티포트 예상 모형

바닷바람과 물로 만드는 수소에너지

2025.11.19. 울산매일

울산광역시 행정부시장 안승대

생명의 근원인 물(H_2O)은 수소와 산소로 구성된다. 우리가 어릴 적 과학시간에 배운 물을 전기분해(수전해)하는 방식을 활용하면 탄소배출 없이도 수소생산이 가능하다. 원소들 중 최초로 만들어진 수소는 우주물질의 75%를 차지하는 가장 풍부한 원소이기도 하다.

기후위기가 가속화되면서 에너지 전환은 더 이상 선택이 아닌 생존의 과제가 되었다. 산업수도로 성장해 온 울산은 이러한 시대적 흐름 속에서 탄소중립 실현의 해답을 수소에서 찾고 있다.

산업수도로서 쌓아온 생산기반과 기술역량을 바탕으로, 누구보다 앞서 수소산업의 가능성을 현실로 만들어왔다. 2013년 세계 최초로 수소전기차를 양산했고, 수소생산과 수소배관망, 인구 대비 수소차 보급률 전국 1위로 수소경제의 선도도시로 자리매김했다.

「수소그린모빌리티 규제자유특구」를 통해 수소선박, 수소지게차, 이동식 충전소 등을 실증하여 수소 모빌리티 산업의 안전성과 가능성을 입증했다. 2025년부터는 「암모니아 벙커링 규제자유특구」에서 '트럭-투-쉽(Truck to Ship)' 방식의 벙커링 실증이 시작되고 선박용 청정연료 전환의 핵심 거점이 될 전망이다.

작년 준공된 「수소 시범도시 사업」의 핵심인 '수소아파트'는 주거단지에 연료전지를 직접 공급하는 세계 최초의 모델이다. 북구 양정동과 태화강역 일원에 약 10㎞의 수소배관망과 통합운영관리센터를 구축하고, 주거·상업·공공시설에 수소연료전지를 보급했다. 2025년부터는 「수소도시 사업」이 본격 추진되고 있다.

지난달에는 현대자동차 울산공장에 내연기관 엔진과 변속기 생산 설비를 허물고 차세대 수소연료전지 생산을 위한 신공장 기공식을 개최했다. 이 수소연료전지는 2028년 본격 양산에 들어갈 예정이다.

울산의 수소산업은 이제 청정수소 생산으로 확장하고 있다. 지금까지 생산되고 활용된 대부분의 수소는 그레이(Gray) 수소이다. 석유화학 공정 등에서 부수적으로 발생하는 부생수소와 석탄이나 천연가스 등 화석연료에 열을 가해 추출한 개질수소로 분류된다. 이산화탄소(CO_2)가 배출되어 친환경성에 한계가 있다. 생산과정에서 이산화탄소를 포집할 경우 블루(Blue) 수소라고 한다.

청정수소는 생산 과정에서부터 탄소 배출이 없거나 극히 적은 수소로 궁극의 에너지원이다. 국제사회가 청정수소의 생산과 이용에 역량을 집중하고 연관 기술 개발을 주력하는 이유이다.

울산항 일대에서는 청정수소 물류허브 조성사업이 본격화된다. LNG·암모니아 등 친환경 연료 인프라를 확충하고, 2030년 이후 연간 300만 톤 규모의 그린암모니아를 도입할 계획이다. 이렇게 수입된 그린암모니아는 분해 과정을 거쳐 청정수소로 전환된다.

울산항 동쪽 52km 외곽 배타적 경제수역 내에 원전 5기에 해당하는

5.8GW 규모의 부유식 해상풍력발전단지가 조성되고 있다. 에퀴노르 등 5개 민간투자사가 울산시 면적만큼의 규모로 각 발전단지 구역별로 조성 중이다. 바다에 부유체를 띄워 그 위에 발전기를 올리고 바람의 운동에너지로 블레이드를 돌려 전기를 생산하는 방식이다.

시간당 최대 14MW의 전력을 생산할 수 있는 풍력발전기 약 400기 정도가 설치될 예정이다. 풍력발전기 1기는 부유체(플랜트), 터빈(발전기), 타워(약 150m), 블레이드(직경 약 230m)로 구성되는 어마어마한 철강소재 수요처이기도 하다.

바람으로 생산된 전력은 산업체에 공급될 뿐 아니라, 그린(Green) 수소를 생산하는 데 활용될 예정이다. 그린수소는 풍력이나 태양광과 같은 자연에서 얻은 전기로 수전해하여 생산되는 청정수소이다. 이를 통해 재생에너지의 간헐성을 보완하면서 수소 형태로 에너지를 저장하고 공급하는 순환형 구조가 완성된다.

울주군 서생면 새울원자력본부에서는 10MW급 원전 전력을 활용한 핑크(Pink) 수소 생산 실증사업도 진행 중이다. 원전의 안정적 전력을 이용해 수전해로 분해하여 생산되는 핑크수소도 탄소를 배출하지 않는 청정수소이다.

해상풍력과 원전이 함께 만드는 청정수소는 울산의 새로운 에너지 자립 구조를 상징한다. 특히 울산의 해상풍력 발전을 통한 수소생산 모델이 경주, 포항 등 해안 도시들로 확산된다면 국가 RE100 달성을 더욱 촉진할 것이다.

울산은 수소를 매개로 산업과 도시를 움직이고, 시민이 함께 기후위기를
극복하는 미래를 그려가고 있다. 바다의 바람으로 수소를 만들고, 그 수
소로 AI산업을 키우며, 시민의 일상을 바꾸는 도시, 글로벌 청정에너지
허브로 도약하고 있다.

현대 수소관에서 수소경제완성 모형 관람

THE GOD EQUATION

(단 하나의 방정식, 미치오 카쿠, 2021)

열: 작은 공처럼 생긴 여러 개의 분자들이 끊임없이 움직이고 충돌하면서 나타나는 통계적 현상

맥스웰 방정식, 전기장과 자기장의 관계

- 변화는 전기장이 자기장을 만들고, 이 자기장이 전기장을 만들고, … 전기장과 자기장이 교차하며 뒤바뀌는 파동
- 전기장과 자기장의 진동으로 이루어진 파동이 형성되어 혼자 힘으로 나아감 (빛의 속도와 거의 일치)
- 적외선(Infrared, 붉은색 뒤에 숨어있는 빛), 자외선(Ultraviolet, 벌은 볼 수 있음), 우리는 전자기파 중 파장이 시세포의 크기와 비슷한 것만 볼 수 있음 (가시광선)

상대성 이론

- 시간과 공간을 통합하고, 질량과 에너지를 통일
- 빛의 속도로 달려도 빛은 여전히 광속으로 나아감 (맥스웰 방정식, 아인슈타인), 시간과 공간이 달라져야 함
- 중력과 가속운동 포함 → 일반상대성 이론, 자유낙하시 무중력상태, 중력이 작용하는 이유는 공간이 휘어져 있기 때문

양자역학

- 원자 내부에서 작용하는 핵력의 존재
- 핵력이 지구 내부에 열을 공급하여 냉각을 늦춤, 방사성 붕괴(Radioactive Decay)는 수십억 년에 걸쳐 서서히 진행되기 때문에 우라늄 같은 방사성 원소들이 지구 중심부에 꾸준히 열을 공급
- 막스 플랑크, '뜨거운 물체는 왜 빛을 발하는가?' 라는 의문에서 출발, 에너지가 뉴턴의 예상과 달리 연속적인 양이 아니라 양자(Quanta)라는 불연속적인 덩어리로 이루어져 있음, 플랑크 상수
- 에르빈 슈뢰딩거, 전자와 같은 입자/파동의 거동하는 방정식 유도. 멘델레예프의 주기율표도 완벽하게 재현
- 디랙의 전자이론, 전자의 스핀[1](Spin)이 자기장을 만듦. 전류가 흐르지 않은 막대자석의 자기장은 금속 내부에 갇힌 전자의 스핀에 기인한 현상
- 파동의 실체는 각 위치에서 전자가 발견될 확률(베르너 하이젠베르크의 불확정성 원리). 주어진 위치에 전자가 존재할 확률을 파동함수로 주어짐
- 우라늄에 중성자를 빠른 속도로 발사하면 둘로 쪼개지면서(붕괴) 더 많은 중성자가 튀어나옴. 연쇄반응(Chain reaction)을 이용하여 에너지를 극대화

양자혁명 응용

- 트랜지스터, 전자의 흐름을 제어하는 일종의 밸브, 작은 신호를 크게 증폭
- 레이저, 수소와 헬륨으로 채워진 튜브에 전류를 흘려보내 에너지를 주입하면 기체에 들어있는 수십억 개의 전자들이 일제히 더 높은 에너지준위로 점프
- 양자역학을 이용하여 DNA 분자구조 해독(제임스 왓슨과 프랜시스 크릭), 초단파장 빛을 이용한 X선 결정학(산란되는 패턴을 분석해 결정 속 분자의 세부구조 파악)

---

1) 스핀에는 두 종류가 있다. 양자역학의 단위를 사용했을 때 스핀은 정수(0, 1, 2, …)이거나 반정수(1/2, 3/2, …) 이다. 스핀이 정수인 입자는 우주에 작용하는 힘을 서술하는 입자로 광자와 양밀스입자(스핀=1) 그리고 중력자(스핀=2)가 있는데 이들을 보손(Boson, 인도의 물리학자 사티엔드라 보스)이라한다. 보손은 힘을 매개하는 입자이다. 스핀이 반정수인 입자는 물질을 구성하는 입자로 전자, 뉴트리노, 쿼크(스핀=1/2) 등이며 페르미온(Fermion, 엔리코 페르미 이름에서 따옴)이라 통칭한다.

핵력

- 원자핵이 양성자의 척력을 극복하고 견고하게 유지하는 것은 이들 사이에 전기력 외에 핵력이 추가로 작용하기 때문
- 원자핵의 내부를 탐험하려면 엄청나게 빠른 속도로 탐사 입자를 발사하는 입자가속기(Particle Accelerator)가 필요
- 강력은 양성자와 중성자가 세 개의 쿼크로 이루어져 있다(양밀스장; 글루온)는 겔만의 대칭에 기초. 약력은 전자와 뉴트리노 사이(양밀스장; W입자와 Z입자)의 대칭에 기초하여 전자기력을 결합한 이론

힉스 보손 – 신의 입자

- 중력, 빛(전자기력), 핵력(약력과 강력)은 빅뱅까지 거슬러 가면 하나로 통일(마스터 대칭을 만족하는 초힘)
- 빅뱅 이후 우주가 팽창하고 온도가 낮아지면서 대칭이 몇 개의 조각으로 분해(대칭붕괴, Symmetry Breaking) ⇒ 이 과정 설명을 위해 힉스보손(Higgs Boson) 등장 "우주의 모든 현상은 전자와 광자의 중첩된 작용[2]" (리차드 파인만)
- (생명) 전자의 이동에 양성자 이동 동반 현상
- (광합성) 광자를 흡수한 전자의 이동. (반도체 레이저) 전자가 광자를 방출

전자의 기원

- 빅뱅(138억 년 전) 이후 1천만 분의 1초 플라즈마 상태(우주의 온도가 너무 높아서 모든 입자들이 지금과 같은 일상적인 물질을 구성하지 못하고 낱낱이 분해된 상태, 전자, 양성자, 빛 등등), 지금은 영하 270℃ 근처로 식음
- 우주가 식어가다 임계온도에 도달하면 얼어붙는 게 아니라 어떤 장(Mater Field, Force Field)이 출현(Higgs Field)

---

2) 리차드 파인만, 일반인을 위한 파인만의 QED강의(생명은 어떻게 작동하는가, 박문호, 2019, p125)

- 빅뱅 이후 38만 년 수소 생성(양성자가 전자 포획), 빛 탈출(우주배경복사; 전자와 충돌하지 않고 팽창하는 우주를 자유롭게 광속으로 달리게 됨)
  ※ 태양 흑점(어둡고 온도가 낮은 지역)은 강한 자기장과 플라즈마 덩어리로 지구 자기장과 결합해 자기력선을 따라 극지방으로 이동(자기폭풍과 오로라), 지구 대기의 전자 밀집지역인 전리권을 교란

우주의 구성

- 양성자, 중성자, 전자 등 입자 5%(전자는 이중 0.5%) : 수소 75%, 헬륨 23%
- 암흑물질 25%, 암흑에너지 70%(아인슈타인 우주상수 + 힉스장: 공간 팽창)

원자

- 원자핵(양성자 + 중성자) + 전자(-), 원자의 질량은 양성자(+) + 중성자
- 1 수소, 2 헬륨, 3 리튬, 6 탄소, 7 질소, 8 산소, 92 우라늄(까지 자연적 생성 가능) 등 118개 원자
- 핵분열: 우라늄 원자핵에 중성자를 넣어 쪼개면 원자폭탄
- 핵융합: 플라즈마 상태에서 두 개의 원자핵이 무거운 원자핵으로 결합하는 과정에서 발생하는 질량 손실이 열과 빛 에너지로 변환($E=mc^2$)되는 과정, 중수소(2H, 바닷물 풍부)와 삼중수소(3H, 리튬으로 생성)를 원료
- 방사능 동위원소는 양성자 수는 같지만, 중성자 수가 다른 상황, 탄소 동위원소 3개(탄소12, 탄소13, 탄소14)
- 방사능 시계, 원자별로 반감기 차이, 불안정 원자만 해당(중성자 관여, 원자가 자발적으로 붕괴해 다른 원자로)
- 모든 생물은 탄소12와 탄소14의 비율이 일정(1조:1)하고 호흡(광합성) 작용으로 대기 중 비율과 같다(영점화 : 죽을 때, 이후 탄소14 (반감) 소멸에 따른 비율차이로 연대 측정 가능), 우주선 때문에(질소 핵 양성자를 때려 중성자로)질소가 탄소14로 끊임없이 바뀌므로 짧은 반감기(5,730년)에도 탄소14는 대기 중 미소멸

원자핵과 입자

- (원자핵) 양성자 + 중성자 : 각각 3개의 Quark(Uud)로 구성
- 끈 이론 : 물질의 최소단위, 끈의 진동패턴에 따라 물질입자(페르미온)과 매개입자
  (보손)
- 물질입자 (스핀 : 반정수)

전자(Electron)	뮤온(Muon)	타우
전자 뉴트리노	뮤온 뉴트리노	타우 뉴트리노
위(Up) 커크	맵시(Charm)커크	꼭대기(Top) 커크
아래(Down) 커크	이상(Strange) 커크	바닥(Bottom) 커크

- 매개입자 (스핀 : 정수) : 글루온(강력), 광자(Photon, 전자기력), w, z입자(약력), 중
  력자(Gravition, 중력)

협력을 잘하는 사회가 발전한다
2020.1.3. 충청투데이

안승대 행정중심복합도시건설청 기획조정관

사피엔스, 초협력사회, 낯선 사람들과의 동행 ... 모두 인간과 집단, 사회에서 협력의 중요성을 강조하고 있는 책 제목들이다. 인간은 인지능력을 바탕으로 상호 신뢰관계가 형성됐고, 언어 문자 등 소통 수단을 통해 대규모 협력이 가능하게 됨에 따라 지구의 주인이 됐으며, 오늘날과 같은 문명의 발전을 이뤘다는 내용이다. 물론 대립되는 집단 간 전쟁이나 기후변화 등 문제도 일으켰지만 말이다.

생물학적으로도 식물과 동물 등 지구상의 모든 생물들이 오랜 세월 동안 환경에 맞게 가장 효율적으로 진화해 최적인 종들이 살아남았지만, 인간만이 상호협력을 특출나게 잘했기 때문에 가장 번성할 수 있었다는 것이다. 이에 더해 인간은 공감능력과 자기 절제, 이성의 합리적 추론 능력이 발달해 문명화됐기 때문에 폭력과 전쟁이 점차 줄었고 따라서 인류의 긴 역사를 통해 볼 때 지금은 장기 평화의 시대라고 말하는 학자도 있다.

개별 기업이나 도시, 국가도 생물처럼 환경변화에 잘 적응해 번성하기 위해서는 구성원들이 상호 협력해 목표달성에 최대한 기여할 수 있게 해야 한다. 이를 뒷받침하듯 빌 게이츠는 기업 내 정보의 개방과 공유의 중요성을 역설하면서 정보의 공유와 전달 속도를 높일 수 있는 디지털 신경망을 구축하는 것이 기업의 IQ를 높이는 지름길이라 했다. 성공하기 위해서는 조직 전체로부터 최고의 아이디어를 빠른 속도로 이끌어내야 한다는 것이다. 또한 '아는 것이 힘이다' 라는 말에서 힘은 지식을 보유하는 것이 아니라 공유하는데 있다고도 했다.

사실 우리가 아는 대부분의 지식이나 기술의 혁신은 이전의 많은 사람들이 축적해 놓은 지식이나 기술의 토대 위에서 창의성을 발휘했기에 한 단계 도약이 가능했으므로 우리는 지식공동체 속에서 서로 협력해 온 셈이라고 할 수 있겠다.

최근 공론조사(Deliberative Polling)라는 말을 한 번씩 접하게 된다. 공론조사는 특정이슈에 대한 공론화 과정에서 연령, 성별, 직업, 소득수준 등에 따라 무작위로 추출한 시민대표(지역주민 전체를 축소했는 의미에서 이를 '소우주·Microcosm'라 한다)들이 충분한 정보를 제공받아 상호 토의를 거쳐 공적인 판단을 내리도록 하는 것으로 단순히 찬반의견을 묻는 여론조사와는 차이가 있다. 우리나라에서는 신고리 원전 건설재개 등에 활용됐고, 캐나다 브리티시콜롬비아 지방정부는 시민의회를 구성해 선거제도 개편안을 지방의회 대신 마련한 것으로 알려져 있다.

시민들의 참여와 이성에 따른 합리적 판단을 이끌어 내면서 참여자들의 의견이 모아져 비교적 공정하고 객관적인 결정이 이뤄진다는 점에서 다양하게 변형된 형태들이 활용되고 있다. 방청객 투표로 우승자를 결정하는 TV 노래 경연 프로그램이 인기를 끌고 있고, 최근 행정안전부는 각 부처의 혁신성과에 대한 국민체감도를 국민참여단이 유사한 방식으로 평가한 바 있다.

행정중심복합도시건설청도 공유마당마을이라는 특화단지 조성이나 스마트시티 리빙랩 등을 통해 시민들이 아이디어로 도시문제를 해결할 수 있는 지식 공동체가 촉진될 수 있도록 행정도시 계획과 건설 단계에서부터 노력하고 있다.

그렇다면 개인에 비해 국가나 도시간 협력은 어떠할까? 잘 알려져 있다시피 국가간에는 국제연합(UN)을 비롯해 유럽연합(EU), 아세안, 세계무역기구(WTO) 등 다양한 협의기구가 활발히 활동하고 있다. EU는 심지어 유로라는 공동화폐를 발행하고 EU의회 의원을 회원국 국민이 선거로 직접 뽑는다. 도시간에도 미국이나 유럽 등 선진국가에서는 다양한 협력제도를 시행하고 있다. 일본에서도 비교적 최근인 2010년 교토부, 돗토리현, 오사카시 등 12개 부·현·시가 참여한 간사이 광역연합이 출범했다.

우리나라도 시민간 협력을 촉진시켜 지식공동체를 더욱 공고히 해야 함은 물론이고 지역의 경쟁력을 높일 수 있도록 도시간 협력적 거버넌스를 제도화하는 방안에 대해 지혜를 모을 때가 됐다.

도시의 승리효과, 연결성을 높여야 극대화된다

2020.1.31. 충청투데이

안승대 행정중심복합도시건설청 기획조정관

왜 도시 사람들이 빨리 걸을까? 도시에는 15% 규칙이 있다고 한다. 도시 규모가 커질수록 15% 정도 효율성이 높아진다는 의미인데 물리적 효율성뿐만 아니라 사회적 상호작용도 그렇단다. 대도시일수록 정보의 흐름도 빠르고 교통도 빠르며 휴대폰 통화량도 많아 삶의 모든 면에서 더 빠르고 더 치열하다. 바쁜 사람들이 공명효과를 일으켜 다른 사람들의 발걸음도 빨라지게 한다는 것이다.

영국의 리버풀시는 더 빨리 걷는 시민을 위한 빠른 보행길을 설치했다고도 한다. 미국의 산타페 연구소에서 각국의 많은 도시 데이터를 분석한 결과인데 저프리 웨스트 교수가 쓴 스케일이란 책에 언급된 내용을 좀 더 자세히 살펴보자.

도시는 크게 물리적 인프라와 사회적 네트워크로 구성된다. 이 중 물리적 인프라는 건물, 도로·철도, 전기, 상하수도, 가스, 통신망 등으로 구성되는데 여기에는 경제학에서 언급되는 규모의 경제가 적용된단다. 인구가 배로 늘어날 때, 이 같은 물적 인프라는 단지 85%만 늘어도 충족이 되므로 인프라 설비가 보다 효율적이 될 뿐만 아니라 이에 따른 에너지 소비도 적고 따라서 이산화탄소 배출량이나 오염도 그만큼 적어진다는 논리다. 미국, 일본, 독일 도시의 경우, 인구가 2배일 때 주유소 수는 1.85배만 늘어나 15% 적다는 것이다. 사회경제적 네트워크 측면에서도 동일하게 15% 규칙이 적용되는데 평균임금, 전문 직업가 수, 특허출원 건수, 도시 총생산 등이 인구가 2배가 될 때 2.15배로 15% 더 증가한다고 한다.

도시의 1인당 특허건수를 보면 인구가 2배 증가할 때 2.15배 증가했다. 범죄율 증가, 전염병 전파 등 사회적 병폐에도 이 규칙이 동일하게 적용된다고 한다. 이러한 물리적 인프라와 사회적 네트워크라는 서로 다른 두 유형의 네트워크가 통합돼 상호작용하기 때문에 더 큰 시너지 효과를 나타낸다. 도시는 본질적으로 공원, 식당, 카페, 스포츠경기장, 박물관, 도서관, 영화관, 공공광장, 오피스빌딩 등 적절한 인프라를 제공해 사회적 연결성을 증진시킨다. '도시의 승리'라는 책이름(애드워드 글래저 지음)에서도 암시되듯이 도시는 사람을 모으고 상호작용을 촉진시켜 새로운 아이디어를 창조하고 기업가 정신을 북돋아 새로운 부를 창출하는 힘이 있다. 도시에서의 다양한 사회 문화적 활동이 혁신적인 사고를 강화시켜 결국 도시가 승리한다는 것이다. 이는 도시의 사회적 네트워크가 개인 간 연결성을 최적화함으로써 사회적 자본을 극대화한다는 사회적 다윈주의(Social Darwinism) 주장과도 일맥상통한다. 리차드 플로리다 교수 등이 세계 도시의 경제력, 재정력, 글로벌 경쟁력, 삶의 질 등 기존 지표들을 종합한 슈퍼스타도시지수(Superstar City Index)를 측정한 결과, 뉴욕, 런던이 가장 높고, 동경, 홍콩, 파리, 싱가포르, 로스앤젤레스, 서울 순으로 높게 나타났다고 한다.

결국, 대도시는 다양성과 전문성, 창의성, 혁신성을 갖추고 더 치열하게 경쟁해 점점 더 발전한다. 2019년 말 우리나라 수도권 인구가 처음으로 50%를 넘었고, GTX 등으로 도시와 도시 간 초연결됨에 따라 발전이 가속될 것이다. 이에 비해 인구가 감소하고 있는 지역에서는 상호협력을 통해 경쟁력을 높이려는 노력들을 보이고 있다.

대구시와 경북도는 경제와 관광분야 시책을 함께 개발해 공동추진하고 행정통합까지 하는 방안을 연구하고 있다고 한다. 충북의 증평군, 진천군, 괴산군, 음성군은 역할과 기능을 분담하고 필수 인프라를 공동으로 건립해 운영하기로 공유도시 업무협약을 체결한 바 있다. 행정중심복합도시는 2030년까지 50만 명을 목표로 건설되고 있다. 세종시 전체로 봐도 80만 명에 불과하다.

수도권은 물론, 세계의 다른 대도시권과도 경쟁할 수 있기 위해서는 대전을 비롯한 인근 도시와 도로, 철도 등 물리적 인프라를 더욱 촘촘히 하고 사회경제적 교류가 보다 활발히 이뤄지도록 연결성을 높일 필요가 있다.

도시간 연대가 보다 효과적일 수 있다

2020.2.28. 충청투데이

안승대 행정중심복합도시건설청 기획조정관

네트워크 과학은 커뮤니티, 조직, 범죄, 테러리스트, 혁신, 생태, 건강, 질병, 언어, 문자 등에 적용된다. 특히, 최근 유행하고 있는 코로나바이러스 같은 전염병 확산에 대한 정확한 예측과 효과적인 방역대책을 세우는 데도 네트워크 과학은 필수적이다. 개인이 사회적 네트워크에 참여하는 방식에 따라 전염병 확산 패턴이 달라질 수 있기 때문이다.

몇 가지 네트워크 이론을 소개해 본다. 우선, 옥스퍼드대 로빈 던바(Robin Dunbar)교수의 이름을 딴 던바 넘버(Dunbar Number)라는 게 있다. 소셜 네트워크 최대수가 150이란 얘긴데 아무리 발이 넓은 사람도 진정한 사회적 관계를 맺는 사람은 150명에 불과하다는 법칙이다. 그중에서도 끈끈한 관계를 유지하는 가까운 친구는 15명 이내, 가장 절친한 친구나 가족은 5명 정도란다. 이를 토대로 설명하는 인적 네트워크 구조는 친밀도 등에 따라 단계적으로 5, 10, 50, 150명으로 구성된다고 한다. 로마 군대를 비롯한 군대조직, 회사, 정부기관, 대학연구기관 등 다양한 조직에 활용되고 있고 성과 극대화에 최적화된 숫자인 것으로 평가된다.

스탠리 밀그램(Stanley Milgram)의 실험을 통해 밝혀진 작은 세상 현상(Small World Phenomenon)도 있다. 사람들 사이 6단계 정도의 연결고리를 거치면 모두가 서로 연결되는 네트워크 현상인데 6단계 분리 법칙이라고도 한다. 아프리카 오지의 낯선 사람으로부터 아는 인맥으로 6단계만 거치면 세종시에 있는 나에게 편지가 전달되더라는 실험으로, 흔히 세상이 참 좁다고 표현하는 것과 같다. 던버 넘버를 적용해 단계별로 1인당 인적 네트워크 수가 50명씩이라고만 해도 6단계를 거치면 156억 2,500백만명(50×50×50×50×50×50)이 되는데 세계인구 77억 명을 훨씬 초과해 버린다.

네트워크의 힘을 보여주는 또 다른 사례는 마크 그라노베터(Mark Granovetter)의 약한 연대효과다. 친밀한 관계를 유지하기 위해서는 시간과 비용이 많이 드는데 비해 약한 연대는 적은 비용으로 보다 효율적인 관계를 유지할 수 있다. 약한 연대의 힘은 친한 소수로부터 시작된 사회적 습관(Social Habit)이 또래 압력(Peer Pressure)에 의해 어떻게 광범위한 사회운동으로 확장돼 사회변혁이 이뤄지는지 설명하는 데도 유용하다.

국가 간 공동번영과 평화를 보장하기 위해 연대를 한다. 국제평화 유지를 목적으로 1945년 결성된 범세계적인 기구인 국제연합(United Nations)은 회원국 수가 193개다. UN의 모태가 된 것은 영구 평화론을 기초로 한 칸트의 세계 평화론인데, 국가간 자유교역이 이뤄지고, 국가별로 민주주의가 정착되며, 이를 기반으로 국가간의 연합인 국제기구가 활성화된다면 세계 평화가 이뤄진다는 주장이다. 유럽연합은 1957년 로마조약에 따라 6개국으로 출발한 유럽경제공동체(EEC)가 확장해 현재는 27개 국가가 가입해 있다. 독자적인 법률과 집행기구를 두고 1979년부터 보통선거로 유럽의회 의원을 선출하고 있고, 유럽중앙은행을 통해 유로라는 단일화폐를 발행하기까지 끈끈한 관계로 발전했다. 미국도 독자적인 헌법과 의회를 가진 50개의 주정부로 구성된 가장 강한 연대의 연합정부로도 볼 수 있다.

행복도시를 중심으로 도시에서의 네트워크 구조를 상상해 본다. 세종시와 인근 도시는 대전, 천안, 청주, 공주 등 5개이고, 동심원을 조금 더 키우면 여기에 13개 시군이 추가된다. 충청권 전체로는 25개 지자체가 된다. 여기에 대전·충청을 관할하는 금강유역환경청, 대전지방국토관리청 등 특별지방행정기관 20여 개까지 더하면 45개가 된다. 이들 기관의 대표를 각각 2~4명씩 선발할 경우 150여 명이 된다. 던바 넘버 체계와 얼추 비슷해진다. 도시간 느슨한 형태의 연합체를 구성해 발전시킨다면 충청권 공동번영을 앞당길 수 있지 않을까.

내가 읽은 책들

PLATFORM REVOLUTION

(Geoffrey G. Parker, Marshall W. Van Alstyne, Sangeet Paul Choudary ; 2016)

Uber, Alibaba, Facebook, Amazon, Airbnb, Youtube ...

1. 플랫폼의 의의

- 새로운 비즈니스 모델, 사람과 조직과 자원을 연결하는 새로운 기술을 사용
- 상호작용적 생태계에서 엄청난 양의 가치가 창조되고 교환
- 정보가 중요한 재료
- 외부의 생산자들과 소비자들 사이에서 가치를 창조하는 상호작용, 이러한 상호작용에 열린 참여적 인프라를 제공하고 이들 사이의 Governance(지배구조) 조건을 설정
- 사용자들간의 접속(Matches)을 극대화하고 상품, 서비스, 사회적 화폐(Social Currency)의 교환을 촉진함으로써 모든 참여자들을 위한 가치를 창출

Pipeline Business vs 플랫폼 구조(복잡한 관계)

Pipeline Business	플랫폼 구조
– 비효율적 Gatekeeper에 의존 – Linear value chain	– 데이터 기반 Tools로 Community Feedback Loops를 창조 – Invert the firm ; it turns inside out

2. 네트워크 효과 : 플랫폼의 힘

- 네트워크 효과의 두 측면(Demand Economies of Scale, Supply Economies of

Scale) with Positive Feedback

사례) 우버, Riders Attract Drivers and Drivers Attract Riders

- 규모의 수요경제는 Social Network, Demand Aggregation, App Development 등 더 큰 네트워크가 사용자에 더 많은 가치를 만드는 효율성으로 발생

  사례) 전화 네트워크의 가치는 네트워크 가입자 수 증가에 비선형적으로 증가 (Nonlinear or Convex Growth)

- 마찰없는 진입(Frictionless Entry), Effective Curation : Negative Network Effect 방지, Data Driven Network Effect

* 기업의 경제활동 4가지 분류 : Asset Builders, Service Providers, Technology Creators, Network Orchestrators

※ Invert the Firm; It Turns Inside Out

- 네트워크 효과가 현존하는 경우 조직의 관심을 안쪽에서 바깥쪽으로 옮겨야 함

- From Employees to Crowds, from in-house R&D to Open Innovation =〉 Management of Externalitiees

3. 플랫폼 디자인 성공원칙 : Architecture

- Exchange of Information, Goods and Service, Currency

- ① the Participants(생산자와 소비자), ②the Value Unity(Information Factory, Quality Control, 생산과정 직접 미관여), ③the Filter =〉 Core Interaction

- 플랫폼의 3가지 핵심 기능(Pull, Facilitate, Match) 강화

* (Pull) Keeping the Interest of Users, Creat a Constant Stream of Self Reinforcing Activity, Multi-user Feedback Loop

* (Facilitate) Creative Tools for Collaboration and Sharing, 사용 장벽 제거

* (Match) 알고리듬(데이터 수집 처리 분석), Filters, 유용 정보, More Rewardings

- the Gradual Addition of New Interaction, Ideas for New Interaction Emerge from Experience, Observation Andnecessity

- 시스템이 명확하게 하위시스템으로 분할될 때 잘 정의된 Interfaces를 통해 하나의 전체로 잘 연결되고 소통(Modularity), Successfully Evolve from an Integral to a

Modular Architecture
- APIs(Application Programming Interfaces), Facilitate Access by External
Entities to Core Resources

4. 전통산업에서 플래폼사업으로 전환 : Disruption

- (1단계) Efficient Pipelines Eat Inefficient Pipelines (2단계) Platforms Eat
Pipelines
- ① Reconfiguring Value Creation(가치창출) to Tap New Sources of Supply
② Reconfiguring Value Consumption(가치소비) by Enabling New Forms of
Consumer Behavior ③ Reconfiguring Quality Control(품질관리) Through
Community-Driven Curation
- ① De-Linking Assets from Value ② Re-Intermediation ③ Market(Unorganized)
Aggregation

5. 플랫폼 출범 전략 : Launch

- (1) the Follow the Rabbit Stategy (비플랫폼 프로젝트를 성공모델화) : ①
Staging Value Creation ② Designing the Platform to Attract One Set of Users
③ Simultaneous on Boarding
- (2) the Piggyback Strategy(다른 플랫폼 사용자를 끌어오는 Value Unit을 창조)
(3) the Seeding Strategy (4) the Marquee(대형천막) Strategy(Key User 공략 인
센티브 제공) (5) the Single Side Strategy (6) the Producer Evangelism Strategy
(7) the Big Bang Adoption Strategy(예외적으로 전통적 Pusu 마케팅 사용) (8)
the Micro Market Strategy
- Viral Growth : the User to User Launch Mechanism

6. 현금화 : Monetization

- ① 거래 수수료(소비자) ② 소비자 집단에 대한 접근 수수료(생산자) ③ 강화된 접근
(생산자) ④ 강화된 Curation(품질보증, 구독 수수료)

7. 개방성 : Openess

- 플랫폼의 생태계에 따라 개방성의 적정 수준에 대한 미세조정 필요, 개방할 것과 소유할 것
- 3가지 개방성에 대한 결정 : ① 관리자와 후원자 참여, ② 가치를 어떻게 나누며, ③ 사용자 참여
- Artful Curation을 통한 개방성의 제한

8. 지배구조 : Governance

- 규정(Laws), 규범(Norms), 프로그래밍 코드(Architecture), 시장(Markets)
- 스마트 자기 거버넌스 원칙 : 내부 투명성(Shared Vocabulary and Tool Set)과 참여, 정당하고 공정한 거버넌스가 부를 창출
- 거버넌스는 항상 불완전, 그러므로 거버넌스 매커니즘은 자기치료 되어야 하고 진화를 촉진해야 함

9. 평가와 측정지표 : 플랫폼 Metrics

- (스타트업 단계) : ① Liquidity(Percentage of Listings Lead to Interactions, the Ratio of Active Users) ② Matching Quality(Excellence in Product or Service Curation) ③ 신뢰(위험 수위)
- (성장 단계) : 생산자와 소비자 비율, 생산자 참여 빈도, Interaction Failure, Producer Fraud 등
- (성숙 단계) : Drive Innovation, High Signal to Noise Ratio, Facilitate Resource Allocation
- 측정지표는 단순(Simplicity)함이 좋고 Actionable, Accessible, Auditable 해야 함

10. 플랫폼 경쟁전략

- ① 플랫폼 접근을 제한함으로써 Multihoming 방지(필수 자산에 대한 배타적 접근) ② 혁신을 강화하고 혁신의 가치를 포집 ③ 데이터 가치를 지렛대로 ④ 인수합병을

재정의(파트너를 사는 것보다 적정거리를 유지하면서 생산가치 일부분 소유) ⑤ 플랫폼 Envelopment(인근 플랫폼 기능을 효과적으로 흡수) ⑥ 강화된 플랫폼 디자인

11. 플랫폼 사업 성장에 따른 규제 이슈

- 플랫폼 접근, 공정 가격, 데이터 프라이버시와 보완, 정보자산에 대한 국가 지배, 세금 정책, 노동규제, 소비자와 시장에 대한 잠재적 조종
- 현행의 승인기반(Permission Based) 규제장치의 일정부분을 최소한으로 유지하면서 데이터 기반 책임성을 담보하는 비승인 시스템 사용 효과를 극대화하는 것이 가장 바람직

12. 플랫폼 혁명의 미래

- 플랫폼 혁명에 적합한 산업 : 정보 집약산업, Industries with Non Scalable Gatekeepers, 고도 분절적 산업, 극단적 정보 비대칭 산업
- 플랫폼 혁명에 저항 산업 : 고도 규제 산업, 고 실패비용 산업, 자원 집약 산업
=> ① 교육(글로벌 교실 플랫폼) : MOOCs, Duolingo, Minerva Project
  ② 헬스케어(다양한 분절적 시스템을 연결) : 환자 정보 보호하면서 여러 정보 자원을 광범위하게 통합
  ③ 에너지(from Smart Grid to Multidirectional Platdorm) : Enhanced Metering Tools 을 사용, 분산된(신재생)에너지 생산, 공유, 보호, 저장, 관리 등 통합
  ④ 금융(Money Goes Digital)
  ⑤ 물류와 수송
  ⑥ 노동과 전문직 서비스(플랫폼이 일의 본질을 재정의)
  ⑦ Government as Platform : 플랫폼 모델을 모든 수준의 정부에 적용, the City of San Francisco Open Data Policy(DataSF), the Promotion of Data Based Initiatives, A Single Central Portal, Providing Tools Enable the Building of Apps Using Data
  ⑧ 사물인터넷(A Worldwide Platform of Platforms)

2

스마트 시티

- 스마트도시, 빠른 실천이 필요한 때다
- AI돌봄, 기술이 만드는 따뜻한 복지
- 울산여행도 인공지능으로 스마트하게
- 디지털 트윈! 도시 산업 경쟁력의 핵심 열쇠

스마트도시, 빠른 실천이 필요한 때다

2025.2.20. 울산매일

울산광역시 행정부시장 안승대

한때 미래 기술로만 여겨졌던 스마트도시는 이제 우리의 현실이 되었으며, 혁신 기술이 융합되면서 도시의 모습을 근본적으로 변화시키고 있다. 인공지능(AI), 사물인터넷(IoT), 빅데이터, 디지털 트윈, 자율주행 등 혁신 기술이 융합되면서 스마트도시는 더 이상 먼 미래의 이야기가 아닌 현실이 되고 있다.

특히, 글로벌 기업들은 앞다투어 스마트도시 조성 프로젝트에 나서며, 도시 설계의 패러다임을 바꾸는 핵심 동력으로 작용하고 있다.

글로벌 기업들의 스마트도시 선도

스마트도시는 글로벌 기업들에게 미래를 위한 핵심 사업 기회로 자리 잡고 있으며, 각 기업은 자사의 강점을 살려 다양한 형태의 스마트도시 프로젝트를 추진하고 있다. 2025년 CES에서 발표된 일본 도요타의 우븐시티(Woven City) 프로젝트는 미래 모빌리티와 도시 모델을 현실로 보여준 혁신적인 사례로 주목을 받았다. 일본 후지산 인근에 조성된 이 도시는 자율주행 교통 시스템, AI 기반 에너지 관리, 스마트홈 등 혁신적인 도시 인프라를 실현하고 있으며, 단순한 스마트도시 건설을 넘어 미래 도시의 생활과 모빌리티 패러다임을 변화시키겠다는 도요타의 전략적 방향성을 보여준다.

사우디아라비아의 네옴시티(NEOM)는 석유 의존 경제에서 첨단기술·친환경·신산업 중심의 국가 경제구조 전환을 목표로 하는 5,000억 달러 규모의 초대형 프로젝트로 수많은 기업들이 여기에 참여하고 있다.

현대자동차는 싱가포르에 글로벌 혁신센터(HMGICS)를 설립하여 자율주행 모빌리티, 스마트 물류, AI 기반 제조 기술을 실증하고 있다.

구글(알파벳)의 사이드워크 랩스는 캐나다 토론토에서 자율주행 기술과 AI 기반 도시 관리를 실험했으나 규제 및 프라이버시 문제로 중단된 사례도 있다.

세종·부산 스마트시티 국가시범도시 조성 중

우리 정부도 혁신기술이 집약된 세계적인 스마트도시 선도모델을 조성하여 국가 성장 동력으로 삼기 위해 백지상태인 개발지구 2곳을 선정하여 국가시범도시 사업을 추진하고 있다.

세종 5-1생활권은 보행자 친화적인 모빌리티를 중심으로 AI·데이터허브, 스마트 물류 등 21개 서비스를 제공할 계획이다.

부산 에코델타시티는 친수도시와 로봇 특화도시를 핵심으로 하여 수열·수소 전지 등 신재생에너지를 활용한 에너지 자급자족 도시를 컨셉으로 하고 있으며, 사전 기술체험 및 피드백을 위해 56세대 규모의 리빙랩형 단독주택단지 '스마트 빌리지'를 구축·운영하고 있다.

산업도시 울산에 맞는 스마트도시 모델

울산은 대한민국 대표 산업도시로, 자동차, 조선, 화학 등 주요 산업의 중심지로서 산업의 디지털 전환이 매우 중요하다. 이것은 단순한 기술 전환을 넘어, 글로벌 경제와 지속 가능한 도시 생태계를 구축하는 데 핵심적인 역할을 한다.

울산은 세계 최대 규모의 조선소와 자동차 공장을 보유해 첨단 기술과 산업 자원을 활용할 수 있는 강점을 가지고 있다. 디지털 트윈과 자율운항 기술은 스마트 항만과 물류 혁신을, 전기차·수소차·자율주행·UAM 기술은 모빌리티 혁신을 이끄는 핵심 요소가 된다. 또한, 풍부하고 저렴한 전력 인프라는 데이터센터 등 고전력 기반 산업 유치에 적합한 환경을 제공해 첨단 산업 생태계 조성을 더욱 가속화할 수 있다.

이처럼 주력 산업과 신기술의 융합은 지역 경제 다각화와 글로벌 경쟁력 강화뿐만 아니라, 새로운 일자리 창출과 시민 삶의 질 향상에도 기여할 것이다.

모두가 만족하는 지속 가능한 스마트도시 실천

울산이 산업적 강점을 활용해 기술과 산업을 융합한다면, 혁신적이고 지속 가능한 스마트도시 모델을 선도하는 도시로 자리 잡을 것이다. 이를 위해 울산은 2022년부터 5개년 스마트도시 계획을 수립하고 교통, 환경, 안전, 복지, 산업·경제 등 7개 분야에서 스마트도시서비스를 단계적으로 도입하고 있다. 특히, 중구 혁신도시와 성안동 일대에는 자율주행·스마트교통·자원재생·헬스케어 등 14개 혁신 기술 서비스가 집약된 거점형 스마트도시를 조성하고 있으며, 시 전체로 서비스를 점차 확대해 나갈 계획이다.

하지만 스마트도시는 기술 혁신만으로 만들어지지 않으며, 개인정보 보호, 지속 가능한 개발, 법·제도적 정비가 함께 이루어져야 하고 무엇보다도 시민들의 적극적인 참여가 중요하다.

스마트도시는 단순한 기술의 집합이 아니라, 시민들의 삶을 변화시키는 실질적인 혜택을 제공하는 공간이어야 한다. 도시 인프라와 기술이 시민의 일상과 조화를 이루도록 설계되고, 지역 사회, 기업, 정부가 긴밀히 협력하여 시민들의 목소리를 정책과 기술 개발에 반영할 때 비로소 모두가 만족하는 스마트도시가 완성된다.

에너지 효율적이면서 지속 가능한 도시 발전을 위해 스마트도시로의 전환은 세계 도시간 치열한 경쟁속에서 살아남기 위한 필수 과제이다. 최근 중국의 딥시크 등 AI 기술 발전 속도가 무섭다. 이제는 속도와의 싸움이다.

2024년 9월 5일 울산직업교육센터 개관식에서 가상현실을 체험하고 있다.

도심항공교통을 가상환경에서 체험하는 라이징포트

AI 돌봄, 기술이 만드는 따뜻한 복지

2025.3.11. 경상일보

울산광역시 행정부시장 안승대

AI 돌봄서비스는 새로운 시대 패러다임

"밥 뭇나?" 어르신들의 대표 질문을 해석하는 방법은 다양하다. 함께 밥 먹던 가족에 대한 그리움과 태엽 시계에 밥 주던 젊은 시절의 회상이 담겼을 수도 있다. 이제 AI 돌봄 로봇이 추론을 더 해 대화를 이끌어가며 섬세하게 감정을 진단하고, 고독감 해소에 필요한 정서적 돌봄을 제공할 것이다. 인간과 비슷한 모습으로 가격까지 저렴한 휴머노이드 로봇이 집안일을 거들어 줄 날이 다가오고 있다. 최근 10년간 울산의 고령화 속도는 전국 17개 시도 중 가장 빠르다. 홀몸 노인 가구의 증가도 전국 평균 수치를 앞서고 있다. 일자리를 찾아 전국에서 모였던 청년은 어느덧 노인이 되었고, 연간 100만 명이 태어난 60년대 말~70년대 초반생도 곧 노인층에 진입한다. 작년 한 해 출생아 수가 25만 명이 채 되지 않으니, 미래 세대의 어깨는 더욱 무거워질 것이다.

AI 일상화로 돌봄의 질 제고

최근 한국의 지방자치단체에서 다양한 AI 돌봄 기술을 활용하고 있다. 서울시는 '고립예방플랫폼 똑똑'을 통해 사물인터넷(IoT)과 AI 기술을 활용해 스마트 돌봄 서비스를 제공하고 있다. 전력 사용량과 빛 변화를 감지해 위기 상황을 사전에 예방하고, AI가 전화를 걸어 안부를 확인한다. 대전시는 'AI 돌봄로봇 꿈돌이'를 보급하여 독거노인의 정서적 안정을 지원하고 있으며, 광주 동구는 AI 기반 놀이 데이터 분석을 통해 영유아 발달장애를 조기 발견하는 '놀이발자국' 프로젝트를 추진하고 있다. 울산시에서도 1인 가구를 대상으로 AI 스피커 기반 돌봄서비스를 제공하고 있다. 24시간 긴급 구조도 가능하며, AI 상담사가 주 2회 안부를 확인하고 있다. 울주군에 거주하는 80대 독거노인이 AI 스피커에 본인의 위급상황을 알려 119를 통해 구조된 사례가 있다. 6,500여 가정에 응급호출기, 화재 및 활동량 감지기 등 사물 인터넷(IoT) 기반의 장비를 설치해 응급 상황이 발생하면 자동으로 119 위급상황 신고가 가능한 응급안전안심서비스도 제공하고 있다. 코로나19 팬데믹 때는 아동의 그림 관찰을 통해 심리와 감정, 행동 분석을 AI 모바일 앱으로 진행해 아동 발달검사에 활용하기도 했다. 이러한 사례들은 AI 돌봄의 발전 가능성을 보여준다.

앞으로 돌봄서비스는 개인 맞춤형으로 지속 발전할 것이다. 심박수, 혈압, 움직임을 실시간 모니터링하거나, 행동 분석과 감정 분석으로 치매와 같은 위험 요인을 조기에 발견해 의료 서비스와 연계할 것이다.

복지 자원을 최적화하는 알고리즘 작동

복지 자원을 경제적이고 효과적으로 최적화하는 데에도 AI 기술이 활용되고 있다. 지난해 11월부터 전국 229개 시군구에서 복지 위기 가구를 찾는데 AI 전화로 초기상담을 시행하는 것이 대표적이다. 이전까지는 복지 위기 의심 가구를 사회복지공무원이 일일이 전화로 상담을 진행해 복지 수요를 파악한 후 심층 상담을 진행하고, 이후에 가구 방문을 하는 순서로 진행되었다. 도입된 AI 전화 초기상담은 복지 위기 징후가 감지된 가구원에게 시스템을 통해 문자 메시지를 발송해 전화를 받을 수 있도록 사전에 안내하고, 이후 대상자가 전화를 받게 되면, 복지 도움이 필요한 지를 파악하는 초기상담을 진행하게 된다. 지자체 담당자는 시스템에서 상담 내용을 확인한 후 심층 상담, 가구 방문 등을 통해 복지 지원 여부를 검토하게 된다. 손이 모자란 복지 현장에서는 업무 효율성이 높아져 위기가구를 신속하게 발굴하고 지원하는데 큰 도움이 된다고 한다.

울산시에서도 국민청원, SNS(소셜 네트워킹 서비스), 복지 실태조사 보고서와 설문 데이터를 AI 기술을 활용해 분석하고, 그 결과물을 복지 행정과 직원 교육 등에 활용하는 방안을 다각적으로 시도하고 있다.

개인 데이터 보호 등 풀어야 할 과제

AI 활용에 따른 법적, 윤리적 문제는 풀어야 할 과제로 남아있다. 최근 딥시크(DeepSeek) 보안이나 프라이버시 문제가 대두되면서 민감 정보 유출과 데이터 위변조 등 악용 가능성을 경고하고 있다. 그럼에도 AI 기술과 복지정책 융합은 우리의 삶을 보다 안전하고 편리하게 도와주는 혁신적 변화를 선도할 것이라는데 이견이 없다. 보다 적은 비용으로 최상의 돌봄서비스를 제공함으로써 미래 세대의 짐을 덜어 줄 AI 기술 진화에 보다 적극적으로 대응하자. AI 일상화 시대다.

울산 남구는 인공지능(AI) 말동무 로봇 '장생이'보급사업의 효율적인 운영을 위해 남구청 6층 대강당에서
수행기관 생활지원사 100명을 대상으로 조작 방법에 대한 교육을 실시했다. (출처 : 울산매일)

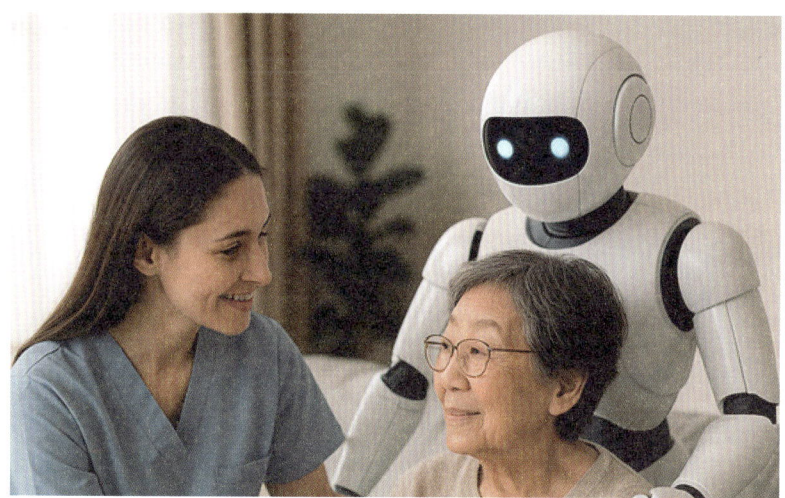

내가 읽은 책들

THE BRAIN - THE STORY OF YOU

(David Eagleman, 2015)

CHILDHOOD PRUNING(가지치기) : 대리석에 동상 드러내기

- 뇌세포 수는 아이와 어른이 동일, 어떻게 연결되느냐에 따라 유연성 차이
- 태어날 때 뉴런은 미연결, 2~3세까지 가지가 자라 One Hundreds Trillion(100조) 시냅시스로 연결, 이후 어른(25세)까지 사용하지 않은 가지를 쳐내 절반으로 줄어듦
- 우리는 우연히 마주치게 되는 세상에 의해 조각됨
- 어른이 돼도 뇌는 끊임없이 변함(런던 택시 운전사, 아인슈타인의 뇌), 기억의 적 (Enemy)은 시간이 아니라 다른 기억이고, 우리의 과거는 믿을만한 기록이 아님

뇌는 눈결정(Snowflake) 같이 고유

- 우리는 각자의 유전자와 경험에 조정되는 궤적 위에 있고 결과적으로 각 뇌는 다른 내부 삶이 있음
- 각자에게 무언가의 의미(Meaning)는 삶의 전체 역사에 기초한 연결망이 전부임

실제(Reality)란 무엇인가 ; 환상(Illusion)

- 우리의 실제의 인식은 외부에서 일어나는 일보다는 뇌 안에서의 일과 더 관련됨 (Electrochemical signals)
- 뇌의 1/3이 보는 일(Mission)에 관여함(Dedicated)
- 뇌는 도시와 같음, 모든 것이 네트워크된 상호작용에서 생겨남(도시 경제는 어디?)
- 우리의 감각을 이용해 매 순간 실제를 재구성하는 것이 아니라 이미 뇌안에 구축

되어 있는 모델과 감각정보를 비교하는 것임(They are gathering bits of data to feed the world inside your skull)
- 뇌가 우리에게 전체 그림(Full Picture)을 주지 않는 것은 비싼 에너지를 현명하게 쓰기 때문임(Energe Wise), 뇌는 우리가 쓰는 칼로리의 20%를 사용
- Trapped on a Thin Slice of Reality, 우리는 뇌가 말하는 것을 믿음(Schizophrenia; 꿈 상태가 깨어있는 상태를 침입), Every Brain Tells a Slightly Different Narrative

누가 지배하는가

- As a Skill Becomes Hardwired, It sinks Below the Level of Conscious Control
- 의식적 마음은 우리 정신 과정의 빙산의 일각(Sigmund Freud), Nudge(부드럽게 넌지시 무의식 뇌를 이끎)
- 지구상 모든 인간 뉴런이 서로 영향을 주기 때문에 어느 개인이 무얼 할지 정확하게 예측하는 것은 불가능함

어떻게 결정하는가

- 선택하기 위해 뇌와 몸은 긴밀히 소통한다(몸으로부터 오는 물리적 신호)
- 과거 경험, 현재 상황(Power of Now), 미래 예측(보상과 연계, Prediction Error)
- People Structure Thing in the Present that their Future Selves can't Misbehave

DO I NEED YOU?

- Half of us is other people, our social skills are deeply rooted in our neural circuitry(=> Social Neuroscience)
- 이야기(Storytelling)는 뇌 순환구조의 중요한 단서임(Our Brains are Primed for Social Interaction)
- 뇌는 누가 믿을만한지 누가 아닌지를 본능적으로 앎, 다른 사람의 감정을 미세한 얼굴표정 등에 기초해 끊임없이 분석함(Mirroring)

- Empathy(Built-in Facility to Feel Another Person's Pain), without Interaction a Brain Suffers
- Altruism, Kin Selection, Group Selection, Real Progress is Only Possible with Alliances
- Dehumanization is a Key Component of Genocide, Propaganda(neural manipulation) 필요

WHO WILL WE BE?

- 기술과 생물의 새로운 결합(Artificial Hearing and Vision)
- 뇌는 정보를 얻는 한 어떻게 얻는지는 상관없음
- What if you could feel data? all Thanks to the Brain's Talent at Extracting Patterns(=> Sensory Augmentation)

DIGITAL IMMORTALITY

- 86 Billion(860억) Neurons × 1만 Connections =>(860조) the Unique Pattern of the Quadrillion(1,000조) Connections (Your Connectome)
- 하나의 뇌는 정보처리에 Zettabyte 용량 사용 필요, 이는 뇌기능의 절반에 해당되며 나머지 절반은 생각, 느낌, 인지 등 의식 활동 등에 사용
- Get Enough of These Basic Brain Cells Together, Interacting in the right ways, and the mind emerges.

울산여행도 인공지능으로 스마트하게

2025.3.13. 울산제일일보

울산광역시 행정부시장 안승대

최근 관광산업은 디지털 기술의 발전과 함께 빠르게 변화하고 있다. 여행객들은 단순한 관광을 넘어 맞춤형 경험을 중시하며, 여행 계획부터 이동, 숙박, 결제에 이르기까지 보다 편리하고 효율적인 서비스를 원하고 있다. 이에 따라 인공지능(AI), 사물인터넷(IoT), 빅데이터 분석 등의 첨단 기술을 접목한 스마트 관광이 새로운 표준으로 자리 잡고 있다. 스마트 기술을 활용한 관광 서비스는 실시간 정보 제공과 개인 맞춤형 추천을 가능하게 하여 여행자의 만족도를 높이고, 관광산업의 경쟁력을 강화하는 역할을 한다.

특히, 스마트 관광은 여행객과 관광 공급자 간의 원활한 소통을 지원하며, 빅데이터를 활용한 예측 기반 서비스로 관광 수요에 보다 유연하게 대응할 수 있도록 돕는다. 예를 들어, 모바일 애플리케이션을 통한 실시간 관광지 혼잡도 안내, 인공지능 기반 여행 일정 추천, 디지털 결제 시스템 및 증강현실/가상현실(AR/VR) 가이드 서비스 등이 관광객들의 여행 편의를 극대화하고 있다. 이러한 스마트 기술의 활용은 기존 관광산업의 한계를 극복하고, 보다 지속가능한 관광 모델 구축에 기여할 수 있다.

이에 따라 국내 주요 지방자치단체에서도 인천e지, 터치수원, 대구트립, 여수엔 등 스마트 관광 플랫폼을 적극적으로 도입·운영하고 있다.

스마트한 여행의 필수! 더 스마트해진 「왔어울산 3.0」

울산시는 2022년 문화체육관광부가 주관하는 스마트 관광 공모사업에 선정되면서 스마트 관광도시 조성사업을 본격 추진하였다. 이 사업을 통해 관광객들에게 최적화된 울산여행 경험을 제공하는 「왔어울산」 앱을 개발하였다. 기술과 데이터 융합을 통해 관광 경험의 질을 향상시키고, 관광 생태계의 지속가능성을 확보하는 것을 목표로 한다. 사용자 중심의 서비스 제공, 다양한 정보 통합 및 활용을 핵심 전략으로, 고래를 주제로 킬러 콘텐츠를 구성하고 울산의 고유 브랜드를 강화하여 차별성을 확보한다. 또한, 방문객의 빅데이터를 구축하여 스마트 관광산업 추세를 분석하고 향후 관광 정책 수립의 기초자료로도 활용할 계획이다.

「왔어울산」앱은 이러한 스마트 관광의 핵심 도구로 자리를 잡아가고 있다.

'23년 6월부터 서비스를 시작한 「왔어울산 1.0」은 교통·음식·숙박 등 다양한 관광 서비스를 통합 제공하는 플랫폼으로, 최적 경로 탐색, 숙박·식당·카페 등 원스톱 예약·결제 기능을 지원하였다. 이후 「왔어울산 2.0」에서는 축제와 행사 기간 활용 가능한 웨이팅 서비스, 울산시티투어·관광택시 예약, 지역 소상공인 정보 제공 기능을 추가하였다.

이번에 기능이 더욱 보완된 「왔어울산 3.0」은 보다 고도화된 기술을 활용하여 여행자 편의성을 극대화하였다. 생성형 인공지능(AI) 기술을 기반으로 공유가 가능한 개별 맞춤형 여행 일정 추천 기능을 제공한다. 또한, 추천 관광지와 연계된 유튜브나 네이버 블로그 정보를 실시간으로 제공하여 여행객이 보다 쉽게 정보를 획득할 수 있도록 하였다. 울산 뿐만 아니라 포항과 경주의 주요 관광지까지 연계하는 해오름동맹지역 여행

코스를 추천하고 있다.

울산 농어촌민박 플랫폼을 구축하고, MZ세대의 여행 성향과 추세를 반영한 '울산 TALK' 기능을 추가하여 사용자 경험을 공유토록 하였다.

울산의 매력을 더욱 편리하게 제공합니다

관광산업은 하루가 다르게 변화하고 있으며, 이에 대응하기 위한 스마트 관광 또한 계속 진화하고 있다. 스마트 관광은 여행자의 개인 맞춤형 요구뿐만 아니라, 데이터 분석을 통한 정밀한 관광정책 수립이 가능하다. 지역 경제 활성화와 관광 산업의 지속가능한 발전을 도모하는 핵심적인 역할도 수행하고 있다. 「왔어울산 3.0」은 이러한 흐름에 부합해 관광객에게 보다 효율적이고 편리한 여행 경험을 제공할 것으로 기대된다. 앞으로도 울산시는 포항시, 경주시와도 협력하여 지속적인 플랫폼 고도화를 통해 스마트 관광도시로서의 경쟁력을 한층 강화해 나갈 것이다.

이제 울산의 다양한 관광지를 더 쉽고, 더 편리하게 스마트한 방식으로 여행할 수 있게 되었다.

3월, 봄의 시작과 함께 겨우내 움츠러들었던 여행에 대한 갈망이 다시 살아나는 시기이다. 「왔어울산 3.0」과 함께 맞춤형 추천을 받아 나만의 여행계획을 수립하고, 봄기운 가득한 울산에서 새로운 여행을 시작해 보자.

"왔어울산" "그래 ! 역시 ! 울산"

디지털 트윈! 도시 산업 경쟁력의 핵심 열쇠

2025.4.7. 울산신문

울산광역시 행정부시장 안승대

전 세계적으로 디지털 전환이 가속화되면서 산업과 도시 관리의 패러다임이 빠르게 변화하고 있다. 그중에서도 디지털 트윈 기술은 현실 세계를 가상 공간에 정밀하게 구현하여 데이터 기반의 분석과 시뮬레이션을 가능하게 함으로써 도시 행정의 효율성을 높이고, 지속 가능한 발전을 지원하는 핵심 기술로 자리 잡고 있다.

디지털 트윈(Digital Twin)은 물리적 세계를 가상으로 재현하여 실시간 모니터링과 예측 분석을 수행하는 기술로, 제조업, 건설, 도시계획, 의료 등 다양한 분야에서 활용되고 있다. 특히 인공지능(AI)과 사물인터넷(IoT) 기술이 접목되면서 행정 서비스의 혁신과 시민 편익 증대에 기여하고 있다.

대표적인 사례로, 세계 최초의 3D 도시 디지털 트윈 플랫폼인 '버추얼 싱가포르(Virtual Singapore)'는 실시간 데이터 시뮬레이션을 통해 초정밀 스마트 도시 관리를 실현하고 있다.

울산의 디지털 트윈 도입과 스마트 도시 전환

울산시는 디지털 트윈 기술을 적극 도입하여 스마트 도시로의 전환을 추진하고 있다. 데이터 기반의 과학적 행정을 구현하기 위해 디지털 트윈 플랫폼을 구축하고, 효율적이고 지속 가능한 도시 환경 조성에 집중하고 있다.

2023년 '데이터 허브'를 구축하여 지역 안전을 예측하고 실시간 민원 동향을 분석하는 서비스를 도입함으로써 시민의 요구를 보다 신속하게 파악하고 대응할 수 있도록 하였다. 또한, 온실가스 배출 및 흡수 데이터를 수집하여 도시 전체의 탄소 현황 지도를 제작하고, 기후 변화 대응을 위한 탄소중립 모델을 개발하였다.

2024년에는 행정정보와 공간정보를 융합한 AI 기반 검색 모델을 구축해 시민에게 일자리, 맞춤형 관광, 산업단지 입주기업, 재난대피소 정보를 제공하고 있다. 2025년에는 석유화학 시설과 지하배관의 안전 관리를 강화하기 위해 산업단지 통합관제 플랫폼을 구축하고, 유해물질 배출과 화재를 24시간 관제해 시민 안전을 확보할 계획이다. 또한 2026년까지 울산 전역에 최신 고정밀 전자지도, 3차원 건물·수목 데이터, 정밀도로지도 등 다양한 3차원 공간정보를 구축해 도시 인프라를 체계적으로 관리할 예정이다.

울산·경주·포항, 초광역 디지털 트윈 생태계 구현

울산시는 해오름동맹(울산·경주·포항)과 연계하여 초광역 디지털 트윈 생태계를 조성하는 방안도 모색 중이다. 울산의 자동차·조선·화학 산업, 포항의 철강·소재 산업, 경주의 문화·관광 산업을 디지털화하고, 빅데이터 기반의 디지털 트윈으로 연계해 스마트 초광역 산업 클러스터를 구축하는 것이 목표다.

이러한 초광역 협력을 통해 제조업 경쟁력 강화, 비용 절감, 친환경 산업 전환, 관광산업 활성화 등 다양한 효과를 기대할 수 있다.

디지털 트윈 확산을 위한 과제와 대응 전략

디지털 트윈 기술이 산업과 도시의 디지털 전환을 가속하는 핵심 도구인
만큼, 데이터 신뢰성 확보, 보안 강화, 표준화, 투자 효과 분석 등의 과제
도 함께 해결해야 한다. 다양한 도시 데이터를 수집하기 위해 스마트 도
시 기반 시설이 필수적이며, IoT 센서 통신 기술, 이종 데이터 간 표준화,
대용량 데이터 처리용 클라우드 컴퓨팅 기술 및 플랫폼, 데이터 처리 과
정에서의 보안 기술이 필요하다. 정부는 기술 개발뿐만 아니라 정책적 지
원, 협업 생태계 조성, 보안 강화 전략 등 종합적으로 접근하고 있다. 디지
털 트윈이 단순한 기술적 유행을 넘어 지속 가능한 혁신 도구로 자리 잡
기 위해서는 이러한 문제들에 대한 철저한 대응이 요구된다.

AI와 디지털 트윈의 융합, 미래 도시 혁신의 핵심

최근 생성형 AI 기술이 급격히 발전하면서, AI를 접목한 디지털 트윈이
더욱 정교하고 지능적인 시스템으로 발전하고 있다. 단순한 가상 모델을
넘어, AI가 스스로 학습하고 최적의 결정을 내리는 시스템으로 진화함으
로써 도시와 산업 전반에서 혁신을 주도하고 있다.

울산이 추진하는 디지털 트윈 기술은 데이터 기반의 과학적 정책 수립과
지속 가능한 도시 발전을 위한 핵심 전략이 될 것이다. 울산시는 AI와 결
합한 디지털 트윈을 통해 산업과 도시를 혁신하며, 더 안전하고 효율적인
도시 환경을 조성하는 것이 목표다. 이는 울산이 대한민국을 넘어 글로벌
스마트 도시로 자리매김하는 중요한 전환점이 될 것이다.

한성숙 중소벤처기업부 장관이 참석한 가운데 2025년 11월 19일 경남 창원 컨벤션센터에서
'지역 AI 대전환 비전선포식'이 열렸다. [출처] 대한민국 정책브리핑

내가 읽은 책들

연결의 힘 디지털 미(DM : Digital Me)

(앞으로의 10년 빅테크 수업 미래를 바꿀 4가지 메가테크, 조원경, 2022)

아바타, 자비스(JABIS, 아이언맨의 AI 비서), 시리(Siri) …

- 인공지능 기술의 본질은 예측기술이며, 노이즈(불필요한 것)가 많은 데이터에서 패턴을 인식하고 이를 해석
- 개인정보를 관리하고 적극적으로 활용하는 마이데이터 : 데이터 민주주의 구현

※ 플라톤 : 이데아, 하이데거(Martin Heidegger) : 언어는 존재의 집

DM은 디지털 인격체

- 한 개인의 모든 데이터나 지식이 디지털로 저장되기 때문에 불멸의 존재가 됨
- 개인 전자 기록 보존소, 개인 데이터 저장시스템, 디지털 발자국(Digital Foot Print), 개인 수준의 바이오의학 데이터의 디지털화
- DM과 AI는 인간의 대체제가 아닌 보완제(열정, 끈기, 집념 등 인간의 비인지적 능력, 음악미술 등 예술은 대체 불가)
- 디지털 트윈과 클론 프로젝트, 메타버스, 거울세계, 블록체인 아트테크, NFT(메타버스에서 DM은 아바타, NFT는 아바타들의 활동연료)

※ 메타 클론(Meta Clone, 가상 현실 속 하나의 Persona) : 사용자와의 대화를 통해 생각, 습관, 기억에 대한 정보를 습득하고 딥러닝을 통해 지속적으로 학습하여 사용자의 특성을 지닌 자유대화가 가능한 페르소나 형성 프로젝트

DM의 역할

- 더 많은 지식으로 일반적 작업 수행 지원, 반복적인 일 떠맡고 사람 노력을 줄임
- 다른 DM과 상의하여 의사결정을 최적화(집단지성 발휘), 통신비용 절감
- 복제할 경우 동시에 여러장소에서 작업 가능
- 고인과 같이 현재 미존재 사람들, 과거의 자신이나 미래의 자신과도 소통 가능
- 나에게 딱 맞는 맞춤형 조언 기능(알츠하이머로 기억이 사라질 때, 내가 선택의 기로에 있을 때 등)

DM 기술과 관련된 과제들

- 사람들의 다양한 행동으로부터 지속적으로 배우고 지식을 업데이트 할 수 있는 물리적 환경 설정이 전제되어야 하고, 디지털로 저장된 정보는 다양한 응용프로그램(API)에 사용될 수 있어야 함
- ① 데이터 마이닝(Data Mining) : 대규모로 저장된 데이터 안에서 체계적으로 통계적 규칙이나 패턴을 분석하는 과정, 가치있는 정보 추출
  ② 딥러닝(Deep Learning) : 스스로 학습할 수 있도록 인공신경망을 기반으로 체계적으로 구축한 기계학습(Machine Learning)의 한 분야로 수많은 데이터 속에서 패턴을 발견한 뒤 사물을 구분하는 정보처리 방식을 모방
  ③ 강화학습(Reinforcement Learning) : 경험을 통해 실력을 쌓아가는 것, 머신러닝의 일종으로 성공하면 보상을 얻고 실패하면 벌칙을 받는 과정이 있음
  ④ 자연어 처리(Natural Language Processing)
  ⑤ 클라우드 환경의 조성
  ⑥ 뇌컴퓨터 인터페이스(Brain Computer Interface), 뇌파를 읽어 텔레파시로 소통 목표(신경기술기업 뉴럴링크 Neuralink)

3

도시를 다듬다

- 뉴빌리지, 도시공간을 연결하다
- 빈집정비, 도시 활력의 척도다
- 지역 맞춤형 조직 혁신이 경쟁력을 높인다
- 청결, 글로벌 초일류 도시로 가는 첫걸음
- 새마을운동, 세계와 미래로 이어간다

뉴빌리지, 도시공간을 연결하다

2025.4.2. 울산매일

울산광역시 행정부시장 안승대

"새벽종이 울렸네, 새아침이 밝았네, 너도나도 일어나 새마을을 가꾸세!" 이 노래 가사는 1970년대 전국을 뒤덮었던 새마을운동의 상징적인 노래였다.

새마을운동은 농촌지역의 환경을 개선하고, 주민들의 자발적인 참여로 지역사회를 발전시키려는 노력의 일환으로 시작되었다.

이 운동은 단순한 물리적 환경개선에 그치지 않고, 공동체 의식을 고취하며 "하면 된다"는 국민 모두의 의식을 변화시킨 중요한 역사적 전환점이 되었다.

그 결과, 농촌지역에서 시작된 변화는 점차 전국적으로 확산되어 경제적 발전과 더불어 사회적 통합을 이뤄냈다.

2024년판 새마을운동, 뉴:빌리지 사업 출범

정부는 지난해 1970년대의 새마을운동을 현대적인 방식으로 재구성한 도시재생 프로젝트인 뉴:빌리지 사업을 발표했다.

전면 재건축·재개발이 어려운 노후 저층 주거밀집지역에 다양한 생활 인프라를 공급해 아파트 수준의 정주환경을 제공하는 사업으로 현 정부에서 추진하고 있는 도시재생사업의 새로운 패러다임이다.

새마을운동이 농촌을 중심으로 전개되었다면 뉴:빌리지 사업은 노후된 도시 지역을 개선하고 주민들이 실질적으로 체감할 수 있는 변화를 만들어 가려는 시도이다.

정부는 이 사업을 통해 기존의 대규모 재개발 방식에서 탈피하여 지역주민들의 의견을 반영한 맞춤형 지역개발을 추진하고 있다.

2024년 뉴:빌리지 사업 공모 울산 3개소 선정 성과

정부는 2013년 '도시재생 활성화 및 지원에 관한 특별법'을 제정한 이후 다양한 유형의 사업을 추진해왔다. 지난해에는 '뉴:빌리지' 사업유형 신설을 통해 도시재생의 패러다임을 민생 중심의 노후 주거지 개선사업으로 전환해 주민들의 삶의 질 향상에 더욱 초점을 맞추어 추진한다.

특히, 울산은 지난해 처음으로 도입된 2024년 뉴:빌리지 도시재생사업 공모에서 전국 32개소 선정사업 중 3개소가 선정되는 쾌거를 이루었다.

우리시에서 선정된 3개 지역은 각각의 지역특성을 고려한 맞춤형 전략을 제시해 높은 평가를 받았다.

3개 지역에는 올해부터 향후 5년간 총 사업비 900억원(국비 450억원, 시·구비 450억원)이 투입되어 노후 저층 주거밀집 지역이 더욱 쾌적하고 안전한 정주환경으로 변모할 것으로 기대된다.

이중 중구 태화동 태화지구 사업은 과거 시외버스터미널, 태화종합시장의 배후지역으로 번성했으나 노후화가 지속적으로 진행된 지역이다. 이를 해결하기 위해 공영주차장, 소공원 조성, 보행환경 개선사업과 태화생활복합센터 건립 등 다양한 사업이 추진된다.

남구 신정 1동은 1960년대 주택공급을 위해 울산 최초 토지구획정리사업이 추진된 지역으로 최근 급격한 주거환경의 변화 속에 고립된 지역이다.

주변지역과의 주거환경 격차가 심화됨에 따라 주거복지 실현 및 생활 인프라 개선을 위해 주민복합편의시설 조성, 주거정비 원스톱행정 지원 등의 사업이 추진된다.

북구 강동동은 시가지경관지구, 역사문화보존지구 등 지역적 제약으로 대규모 개발사업 추진에 한계가 있다. 이 지역은 주민과 공공이 주도하는 주택정비사업과 주민편의시설 및 기반시설 공급을 통해 마을활성화 및 지역경제 활력 제고를 목표로 추진된다.

뉴:빌리지 사업은 도시공간의 연결

뉴:빌리지 사업은 단순한 도시정비 차원을 넘어 노후화로 인해 단절된 도시공간에 편의와 안전, 문화를 더하여 쾌적한 주거 환경을 조성하고 그 속에 사는 사람들의 삶의 질을 향상시키는 사업이다.

사업성이 높은 대단위 아파트 단지나 상권을 중심으로 진행되는 도시개발 과정에서 도심 속 노후화된 섬으로 남아 있는 지역에 편리한 도로, 안전한 인도, 함께 즐길 수 있는 문화공간으로 쾌적한 주거환경을 창출해 주변 도시공간과의 연결과 소통을 강화해야 한다.

민·관 협력형 지속가능한 도시재생전략 추진 중요

뉴:빌리지 사업이 성공적으로 추진되기 위해서는 무엇보다 지역특성에 맞는 맞춤형 사업모델 발굴이 중요하다. 이를 토대로 공공의 주민수요에 기반한 생활체감 인프라 공급, 지역주민들의 자발적인 참여가 유기적으로 결합될 때 그 효과는 배가된다.

단순한 물리적 개발을 넘어, 삶의 질 향상이라는 공동목표를 향한 지역

공동체의 결속력을 강화하면서 지속가능한 도시재생 전략을 함께 모색해
야 한다.

안전하고 쾌적한 환경을 위한 빈집·노후굴뚝 정비지원, 범죄예방 환경디
자인(CPTED)과 도시의 효율성을 높이는 ZERO에너지 건축, 거점형 스마
트시티 조성사업 등 유사 도시환경사업과 연계 추진을 통해 상호 시너지
효과를 높여 나가야 한다.

올해 울산에서 처음으로 시행되는 뉴:빌리지 사업을 통해 시민 모두가 쾌
적하고 안전한 도시에서 살아가는 자부심을 함께 느낄 수 있는 계기가 되
길 기대한다.

2025년 5월 20일 울산시청 상황실에서 도시재생위원 및 관계자들이 참석한 가운데
'2025년 제1회 울산광역시 도시재생위원회'를 개최하고 도시재생활성화계획을 심의했다.

2025년 11월 6일 울산시 관내 노후굴뚝정비사업 대상지 현장방문

빈집정비, 도시 활력의 척도다

2025.5.30. 울산매일

울산광역시 행정부시장 안승대

어릴 적 자란 고향 마을에서 빈집은 아이들의 놀이터였다. 넓은 마당에서 친구들과 편을 나누어 나무칼 싸움도 하고 술래잡기도 하던 추억이 깃든 공간이었다. 하지만 오늘날의 빈집은 범죄, 쓰레기, 악취, 화재 등이 연상되는 기피의 대상이 되었으며, 지저분하고 두려운 장소로 전락했다.

「빈집 및 소규모주택 정비에 관한 특례법」에서 규정하는 빈집이란 "전기·수도 사용량 등을 분석하여 1년 이상 아무도 거주 또는 사용하지 않은 주택"으로, 이 기준에 해당하는 빈집은 전국에 약 13만 4천 호에 이른다.

특히 지방 소도시의 경우 빈집 수가 가파르게 증가하고 있으며, 이는 단순한 건축물의 문제가 아닌 지역 사회 전반에 드리운 위기의 신호탄이다. 인구 감소와 함께 지방 소멸이 가속화되면서 빈집 문제는 더 이상 개인의 문제가 아니라 국가 차원의 종합적 대응이 필요한 과제가 되었다.

울산시는 빈집 문제의 심각성을 인식하고, 2024년 5월 현안점검 조정회의를 시작으로 실행계획 수립에 착수했다. 이후 관련 부서 간의 협의를 통해 실질적이고 실행 가능한 계획을 구체화해 나가고 있다.

2024년 현장조사 결과, 울산시는 빈집으로 추정되는 3,691호 중 1,855호를 실제 빈집으로 판정했다. 2020년 대비 3.9% 증가하는 등 지속적인 증가세를 보이고 있다.

인구 감소로 농어촌 빈집이 늘고 있으며, 0~5세 영유아 수 감소로 인해

폐원되는 어린이집과 유치원도 증가하고 있다. 오피스텔과 공동주택의 공실률 또한 상승 추세다.

2024년 4분기 한국부동산원의 "상업용 부동산 공실률 조사"에 따르면, 울산은 전국 평균보다 높은 공실률을 기록하고 있으며, 사업승인 후 착공되지 않은 공동주택과 도시개발사업도 늘어나고 있다.

이에 울산시는 빈집 및 미분양 주택, 미개발 사업장의 증가로 인한 산불, 안전사고, 범죄, 주거환경 저해 등의 문제에 대응하여 빈집 정비를 통해 도시 활력을 제고할 계획이다.

우선, 빈집 증가에 대응하여 보다 체계적으로 관리와 정비를 추진한다. 기본적으로 빈집 정비는 소유주가 책임지도록 하되, 시는 빈집 정보와 매매 가능 정보를 제공하는 시스템을 구축하고, 행·재정적 지원을 강화한다.

2020년부터 5년간 총 68개소의 빈집을 정비하여 주차장, 주민쉼터, 텃밭 등으로 활용해 왔다. 올해 총 20억 원의 예산을 들여 56개소를 정비할 예정이며, 동당 3천~5천만 원의 설계비, 철거비, 폐기물 처리비, 공공시설 조성비 등을 지원한다.

"빈집애(愛)"는 한국부동산원이 운영하는 전국 빈집 플랫폼으로, 2025년 현황 조사를 기반으로 부처와 지자체가 공동 운영한다. 빈집 지도, 현황, 활용 사례, 정비사업 정보를 포함하며, 2026년부터는 빈집 거래 지원 서비스도 구축할 계획이다.

미분양 오피스텔을 매입해 저소득 신혼부부에게 공급하거나, 빈집을 리모델링하여 임대주택으로 활용하는 시범사업도 진행 중이다. 사업 승인 후 1년 이상 미착공된 공동주택 사업장에 대해 관리계획서 제출을 의무화하고, 주차장 등 공공 목적 활용 조건도 한시적으로 부여할 예정이다.

폐원 어린이집을 아이돌봄센터로 활용하거나, 2028 국제정원박람회 등 대규모 행사에 대비해 부족한 숙소 문제 해결에도 빈집을 활용하는 방안도 검토하고 있다.

농어촌상생기금을 활용한 "농촌 빈집 정비 및 재생 프로젝트"를 통해 정비된 농촌 빈집을 숙박시설로 활용하는 방안을 추진하고 있다. 또한 국토부의 "뉴빌리지 도시재생사업", 농식품부의 "농어촌 취약지역 생활여건 개조사업"과 연계하여, 공용주차장·텃밭·정원 등의 활용방안도 모색하고 있다.

울산시는 빈집 정비 관련 전략팀(TF)을 구성하고, 필요시 자문단을 운영하고 포럼도 개최할 계획이다. 이탈리아 1유로 하우스 등 사례를 참고하여 도심 내 빈집·상가 공실을 리모델링한 마을호텔, 청년몰, 노동자 쉼터, 작은도서관, 도시정원, 청년 창업공간, 광장, 문화예술 공간 등으로 재생해 나갈 것이다.

건물 철거 시 발생하는 대규모 폐기물은 기후변화에 악영향을 미친다. 도시 자원을 효율적으로 활용하는 차원에서 빈집의 재탄생은 지속가능한 자원 재활용의 실천이자, 도시 활력의 원천이 된다.

다 쓰고 버리던 재활용품이 다양하고 쓸모 있는 리사이클링 제품으로 다시 태어나듯, 빈집도 지역사회의 자산으로 거듭날 수 있다. 머지않아 새로운 생명을 얻게 될 울산의 빈집이 더욱 기대되는 이유다.

2025년 5월 28일 울산시청 프레스센터에서 빈집 정비를 통한 도시활력 제고 방안에 대한 언론 브리핑을 가졌다.

빈집정비사업 현장에서 담당 공무원들에게 현장 지시를 내리고 있다.

지역 맞춤형 조직 혁신이 경쟁력을 높인다

2025.6.26. 울산매일

울산광역시 행정부시장 안승대

올해는 민선 지방자치 30주년이다. 지방자치의 핵심 중의 하나는 지역 특성과 여건을 고려한 정책 추진을 위해 지방자치단체가 스스로 조직을 구성하고 운영할 수 있는 자치조직권이다.

울산시는 그간 산업 수도의 위상을 높이기 위해 선도적이고 혁신적인 조직 운영을 해 왔다.

민선 8기 출범 직후 기업에 대한 직접지원 조직을 신설하여 대규모 투자사업 원스톱 지원체계를 구축했다. 기업 애로사항을 해소하고 행정적 지원을 보다 신속히 처리하기 위해 과장급 공무원을 기업에 파견하는 민·관 인사 교류를 전국 최초로 시행하였다. 이를 통해 현대자동차의 전기차 공장 인허가 기간을 기존 3년에서 10개월로 단축했고, 삼성SDI·S-OIL 등 대규모 투자 프로젝트도 안정적으로 뒷받침했다.

이러한 선도적 조직·인사정책은 정부의 적극 행정 사례 우수사례로 선정되고 다른 지방자치단체의 벤치마킹 대상이 됐다.

울산시의 미래를 책임지기 위한 조직 운영에도 힘을 기울이고 있다.

최근 화두로 떠오른 분산에너지 특화지역 지정을 위해 울산시는 2016년부터 에너지정책 전담 조직을 운영하여 분산에너지 활성화 특별법 제정을 주도하였고 최근 분산에너지 특화지역 최종 후보지로 선정되었다.

AI 데이터센터 등 미래산업 유치와 지원 인프라 구축에 큰 도움이 될 것으로 기대한다. 수소 산업의 실증과 상용화를 선도하는 수소 전담팀, 조선업 분야 인력난 해소를 위해 법무부와 함께 광역 비자를 총괄하는 인구정책팀도 운영하고 있다.

증원없는 효율적 조직 운영을 위해 한시조직(TF)을 적극 활용하고 있다. 2028울산국제정원박람회 TF, 울산클린업 TF, 석유화학투자지원 TF, 온기나눔추진 TF, 빈집정비 TF, 기업현장지원 TF 등 주요 정책과 밀접하게 연계된 다양한 TF조직을 운영하여 보다 민첩하게 현안에 대응한다. 각 분야의 전문가와 시민의 참여를 유도하여 정책의 효율성과 정책 만족도를 높이는 중이다.

이와 함께 업무 자동화(RPA, Robotic Process Automation)를 확산시켜 나간다. 단순·반복 업무 처리시간을 5분으로 단축하여 연간 3,200시간 이상의 행정 사무량을 절감했다. 전 직원을 대상으로 챗GPT계정 보급을 추진해 정보 습득을 용이하게 하고 시민의 요구를 보다 빠르게 이해하게 함으로써 창의적이고 고부가가치 업무에 더 집중할 수 있는 환경을 조성 중이다.

울산문화관광재단은 생성형 AI 기반 '지원이 2.0'를 직원이 자체 개발하여 업무 효율성을 높였으며, 울산시의 적극 행정 우수사례로 선정됐다.

울산시는 포항·경주시와 함께 상설 사무국인 '해오름동맹광역추진단'을 출범시켰다. 단일 도시의 한계를 극복하여 광역경제권을 조성하고 산업 수도권으로 도약하기 위한 광역협력의 기반이 되는 조직을 구성했다. 추진단에서는 2016년부터 추진해 온 '해오름동맹'의 공동 발전을 목표로 동해선 광역전철망 연장 추진 등 5개 분야 43개 공동사업을 추진 중이다. 중·장기적으로 도시 간 생활권 공유와 산업벨트 형성을 위해 '해오름산업벨트 특별법' 제정을 추진하고, 초광역 디지털 트윈 생태계 조성을 통해 광역도시의 경쟁력을 한층 강화해 나갈 것이다. 광역지자체와 기초지자체가 시도 경계를 넘어 자율적으로 상생발전 방안을 모색하는 지방행정의 새로운 협력 모델이라 할 수 있다.

울산시는 전국 최초로 기업 현장 직접 지원 조직을 도입하고 기업과 인사교류, 인력 재배치 활성화, 산하 공공기관 통폐합, 위원회 정비 등 다양한 혁신을 추진해 왔다. 조직의 유연성과 효율성을 지속적으로 높여 온 결과 2023년과 2024년 2년 연속으로 행정안전부의 조직 운영 우수기관에 선정되어 특별교부세 인센티브를 받았다. 이러한 성공적 조직 운영 사례가 전국에서 차곡차곡 쌓인다면 우리나라 지방자치가 더욱 발전하고 국가 경쟁력도 높아지지 않을까 생각한다.

울산시의회 시민홀에서 2025년 울산연구원 국제심포지엄에서 종합 토론에 참석했다.

2024년 11월 21일 울산과학대학교 화학·바이오 공정 훈련센터 개소식에서

청결, 글로벌 초일류 도시로 가는 첫걸음

2025.9.30. 울산매일

울산광역시 행정부시장 안승대

1970년대 새마을 운동은 대한민국의 근대화 과정에서 빼놓을 수 없는 생활 혁명이었다. '근면·자조·협동'이라는 세 가지 가치 아래 전개된 이 운동은 단순히 농촌의 빈곤 문제를 극복하는 차원을 넘어, 청결과 정돈을 생활화하면서 국민 의식을 근본적으로 바꿔놓았다. 주민들이 앞마당을 쓸고, 담장을 고치며, 공동시설을 정비한 작은 습관들은 마을의 풍경을 바꾸었을 뿐만 아니라, '우리가 하면 된다'는 자신감을 심어주었다. 농촌을 근대화시키고 대한민국 사회 전반의 의식 개혁을 이끌어 국가 발전의 원동력이 되었다.

울산이 추진하고 있는 도시 환경 정비도 단순히 쓰레기를 치우는 차원을 넘어 시민들의 자발적 참여와 의식의 변화 속에서 도시의 품격을 높이는 생활 혁명이다.

올해 3월 '울산 클린업 전담팀'을 구성하고 매월 '깨끗데이'를 운영하며 도심, 주거지, 시장, 공원 등 시민 생활 공간 전반을 정비해 왔다.

9월까지 시민, 기업, 단체, 공공기관 등 약 2만 4천 명이 참여했으며, 도심과 도로, 공원, 등산로, 해안 등에서 1,300톤이 넘는 쓰레기를 수거했다. 공중화장실·맨홀·도로 시설물 등 수천 건을 정비하고 불법 광고물 수백만 건을 제거했다. 전통시장 상인회와 시장 내 환경 정비를 진행하고 장기간 미착공 주택건설사업 부지의 방치 쓰레기를 시민들과 함께 정비했다. 도시 전반에 대한 정비에 나서며 강조하고 싶은 점은 "내 집 앞, 내 가게 앞, 내 공장 앞은 내가 가꾼다"는 시민들의 자율 참여 의식이 움트고 있다는 것이다.

정부도 '대한민국 새단장'이라는 이름으로 지난 9월 22일부터 10월 1일까지 전국적인 대청결 캠페인을 전개한다. 추석 귀성객과 관광객들에게 쾌적한 환경을 제공하고, 10월 경주에서 열리는 APEC 정상회의를 앞두고 국가 이미지를 높이기 위한 전략적 행보이기도 하다. 대한민국 새단장 캠페인 첫날인 9월 22일 경기 화성 궁평항에서 열린 범국민 결의대회에는 필자도 참여했다.

이날 17개 시도 대표단과 750여 명의 자원봉사자가 함께하고 전국 141개소에서 2만여 명이 동시에 환경정비 활동에 참여해 청결의 의미를 다졌다. 대통령님 또한 "깨끗한 국토에서 손님을 맞이하자"고 강조하며 청결을 국가의 품격이자 경쟁력으로 선언했다. 환경 정비가 단순히 위생 관리 차원에 머무는 것이 아니라, 국가의 첫인상을 좌우하면서 국격을 높이는 중요한 활동이라는 의미다.

울산은 품격있는 세계 초일류 도시로 도약을 하고 있다. 반구천 암각화의 유네스코 세계유산 등재를 계기로 세계명문대학 조정대회와 세계궁도대회를 개최하고, 2028년 울산국제정원박람회도 유치했다. 해외에서 찾아올 수많은 방문객들에게 울산의 첫인상은 단연 도시 경관과 생활 환경일 것이다. 쓰레기 없는 도로, 잘 정돈된 공원, 깨끗한 해안과 항구는 곧 도시의 품격이자 경쟁력이다.

울산은 지금 글로벌 제조 AI 허브 도시로도 시동을 걸고 있다.

과거 새마을 운동이 그랬던 것처럼 도시 청결 운동은 해외 기업 투자 유치와 관광 활성화를 이끄는 동력이 된다.

청결한 도시는 시민에게 자부심을 갖게하고, 기업에는 브랜드가치를 높여주며 관광객에게는 청결한 풍경을 선사한다. 무엇보다 중요한 것은 이 과정에서 시민의 자발적 참여가 지속적으로 이뤄져, 좋은 공동체적 관습이 만들어진다는 것이다.

하루 한 번 빗자루를 드는 습관, 내 가게 앞 화단을 가꾸는 작은 실천, 기업이 공장 주변을 정비하는 공동체 의식, 이러한 에너지들이 밑바탕이 되어 도시의 새로운 미래가 만들어지는 것이다.

'개인의 좋은 습관 하나가 인생을 바꾼다'라는 말이 있다.

사회적 습관으로 이룬 깨끗함은 단순한 미덕이 아니라 세계를 선도하는 글로벌 도시의 척도다.

'깨끗한 울산'은 시민 모두가 함께 걸어가는 세계로 향한 초일류 도시 여정의 첫걸음이기도 하다.

새마을운동, 세계와 미래로 이어간다
<u>2025.4.22. 경상일보</u>

울산광역시 행정부시장 안승대

4월 22일은 "새마을의 날"이다. 1970년 4월 22일 박정희 대통령은 새마을 운동에 대한 구상을 밝히고, 이듬해인 1971년 4월 22일 한해대책지방장 관회의에서 구상 중인 새마을 운동을 처음으로 제창하였다.

근면, 자조, 협동의 기본정신을 바탕으로 한 새마을 운동은 "하면된다" 라는 자신감을 대한민국 전 국민에게 불어넣었고, 1970년대 이후 한국 경제 성장과 지역 사회 발전에 큰 기여를 했다. 최근 개발도상국들에게도 효과적인 발전 모델로 주목받고 있다.

새마을 운동과 관계된 22,084건의 기록물은 2013년 6월 18일 유네스코 세계기록유산으로 등재되어 새마을 운동의 결과가 국내를 넘어 세계적 모범 사례로 인정받는 계기가 되었다.

새마을 운동의 발상지 포항 기계면 문성마을

1971년 9월 17일 박정희 대통령은 문성마을을 방문하여 "전국 시장군수는 문성동과 같은 새마을을 만들어라" "자조, 자립, 협동정신이 곧 새마을 정신이다"라고 지시하였다고 한다.

새마을 운동의 요람이자 발상지인 문성마을은 정부가 지원해 준 시멘트로 마을 사람들이 협동하여 몇 달 만에 약 50배의 성과를 내는 성공을 거두었다.

문성마을의 사례는 전국 시군에 홍보되었고, 그 홍보 영상물은 극장에서도 방영되었다. 1971년 7월 29일 대한민국 국민포장을 박정희 대통령으로부터 직접 수여받았다.

새마을 운동의 세계화

정부는 1980년대 이후 새마을 운동 세계화를 본격적으로 시작했으며, 2009년부터 새마을 정신을 개발도상국에 전파하고 자립 의욕을 고취하고 새마을 지도자를 육성하고 있다.

1973년부터 2022년까지 149개 국가 6만 5천명을 대상으로 새마을교육을 실시했고, 74개 국가에 새마을 지도자 1만 3천 명을 양성하였다. 22개 국가에는 104개의 새마을 시범마을 조성했다.

2016년부터는 아시아 18개국, 태평양 4개국, 중남미 8개국, 아프리카 16개국과 함께 "새마을운동민간협력체"를 구성하여 매년 추진 성과를 공유하고 발전방안을 모색하고 있다.

아프리카 우간다에는 2021~2025년까지 7개의 시범마을에 주택개량, 식수보급, 묘목장과 마을회관 건립, 협동농장 운영 등 새마을 사업을 추진했고, 2018년 시작한 새마을 금고는 1만 2천 명이 이용하는 금융기관으로 성장했다.

경상북도도 2005년 베트남, 인도네시아를 시작으로 지금까지 16개 국가 78개 마을에 새마을 시범마을 조성했다. 최근에는 새마을 플러스 사업을 통해 ICT, 디지털교육은 물론, 한글과 태권도 등 K문화를 전파함으로써 개발도상국 발전과 빈곤퇴치에 앞장서고 있다.

필자가 2023년 행안부 지방행정국장 시절 방문한 캄보디아의 프레이로미트 등 4개 마을은 마을 회관 세면대와 배수로 정비, 마을 연못 조성 등 위생시설을 개선하고, 어린이집을 건립하여 젊은 부모들이 출근시간 이후 마을돌봄 서비스를 제공받고 있었다. 마을 주민들의 참여도 활발하여 여성회원의 참여율도 높았다.

'2030 부산세계박람회 유치'를 위해 당시 이상민 행정안전부 장관님과 함께 방문한 부룬디의 부케예 등 6개 마을은 새마을 농장, 비누공장, 새마을 회관 등을 건립해 운영하고 있었다. 부룬디 전역 54개 마을이 자발적으로 주민과 공무원을 중심으로 새마을 운동을 추진하고 있는 현장을 볼 수 있었다.

MZ세대에게도 유용한 새마을 운동

근면, 자조, 협동의 새마을 정신은 지금의 MZ세대에게 여전히 유용하다. 근면은 '갓생살기'고, 자조는 '빌드업'이며, 협동은 '크루'다. 갓생으로 키우고, 빌드업으로 버티며 크루로 함께 가는 것이다. 시대에 따라 표현하는 방법이 다를 뿐이다.

지난해 국토교통부는 기존의 도시재생사업에서 지적된 문제점을 보완하여 뉴:빌리지 사업을 시작하였다. 이는 새마을 운동의 계승이자 업그레이드된 모델로 평가받는다.

새마을 운동이 개발도상국에 보다 효과적으로 적용되기 위해서는 농지개혁이나 국민교육헌장 같은 사전 토대가 뒷받침되어야 할지도 모른다.

앞으로 새마을 운동이 국제 개발 협력의 중요한 수단으로 더욱 확대되기 위해서는, 기존의 경험을 토대로 새로운 시대에 맞는 발전 전략을 지속적으로 모색해야 할 것이다. 한국의 성공적인 발전 모델이 전 세계적으로 더욱 의미 있는 영향을 미칠 수 있기를 기대한다.

새마을운동 발상지 기계면 문성리 새마을 운동 발상지기념관에서

4

안전하고 따뜻한 도시

여성이 안심하고 일하는 지속가능 도시

2025.5.8. 경상일보

울산광역시 행정부시장 안승대

'여신을 찾아서'의 저자 김신명숙은 마리야 김부타스(Maria Gimbutas)의 가설을 바탕으로 고대 크레타 문명(약 7000년~1450년 BC)을 해석한다. 저자에 따르면 이 시기의 크레타 문화는 평화롭고 평등한 어머니 중심의 사회였으나, 이후 가부장적인 기마 전사 집단의 침략으로 크레타의 미노아 문명이 멸망하게 되었다. 신라의 선덕여왕이 세운 첨성대도 단순한 천문 관측 시설뿐만 아니라, 여신의 상징이자 신전으로도 기능했으며, 신라 불상 또한 불교와 여신 신앙이 교차하면서 남성 중심적으로 변해갔다. 청동기 문명 이후 동서양은 부계 사회로 전환하면서 침략과 전쟁으로 점철되었다고 한다.

여성이 더 머물러야 하는 산업 수도 울산

산업 수도 울산은 제조업 중심도시로 일자리도 남성 중심적이다. 여성들의 경제활동 참여가 쉽지 않고, 결국 지역 소멸의 위험을 높이는 요인으로 작용하고 있다.

도시가 지속 가능한 성장을 이루기 위해서는 젊은 여성들이 떠나지 않고 오고 싶은 도시가 되어야 한다. 인구 소멸 위험지수(마스다 지수)는 출산 가능 연령대의 여성 인구 수를 65세 이상 인구수로 나눈 값이다. 이 지수가 0.5 미만이면 해당 지역은 소멸 위험 단계에 진입한 것으로 간주한다. 즉, 지역 사회를 유지하기 위해서는 젊은 여성이 많아야 하며, 이는 단순한 사회 문제가 아니라 도시 생존과 직결된 문제다.

여성들이 정착하고 싶은 도시가 되기 위해서는 무엇이 필요할까? 과거와 달리 현대사회에서 중요한 것은 안정적인 일자리일 것이다. 그리고 여성들이 안심하고 생활할 수 있는 도시 환경 또한 중요하다.

여성 일자리 창출과 경력 단절 예방

여성의 취업 기회를 확대하기 위해서는 서비스업과 관광산업이 더 활성화될 필요가 있지만, 제조업과 신산업 분야에도 여성 인력을 적극 유입해야 한다.

제조업 노동환경에서 웨어러블 로봇 기술을 활용한다면 여성들도 충분히 진입할 수 있다. 또한, 품질관리, 공정 설계, 산업 디자인 등의 분야에서는 창의적이고 감성적인 여성의 강점이 발휘될 수 있다.

IT, AI, 데이터 분석과 같은 디지털, 신산업 분야는 여성들에게 새로운 기회를 제공한다. 울산시는 5개 여성새로일하기센터를 통해 18개의 이 분야 맞춤형 직업교육훈련 과정을 운영하고 있으며, 미래 모빌리티 부품 개발 등 고부가가치 직종 훈련을 확대하고 있다. 여성 일자리박람회를 개최하여 직업 정보 제공 및 취업 알선을 통해 여성의 사회 진출을 적극 지원한다.

사업역량 강화를 위한 컨설팅과 저금리 대출을 지원하고 여성인력개발센터 내 취업·창업 인큐베이팅존을 조성하여 창업 공간과 기업 간 네트워킹 기회를 제공하고, 온라인 마케팅, 브랜딩, 전자상거래 관련 교육을 확대하여 울산의 여성창업을 적극 지원한다.

여성이 안심하고 일할 수 있는 도시 만들기

여성이 머무르고 싶은 도시를 만들기 위해서는 안전한 생활환경이 필수적이다. 이를 위해 울산시는 여성안심순찰대를 확대 운영하며, 순찰 지역을 기존 8개에서 16개로 늘리고, 순찰 시간을 밤 11시까지 연장했다. 또한, 여성 안심귀가를 위한 범죄예방 환경설계(CPTED) 사업을 통해 여성 '안심하길' 조성 사업을 추진한다.

디지털 성범죄와 스토킹, 교제 폭력 등의 피해를 예방하기 위한 대응책도 마련했다. 디지털 성범죄 특화상담소를 운영하며, 피해자들에게 대면 상담과 법률·의료서비스를 연계 제공하고, 불법 영상물 삭제 및 유통 차단을 위한 협력 체계도 구축했다.

스토킹과 교제 폭력 피해자들에게는 112 비상벨, 창문 잠금장치, 스마트 도어벨 등 안전 장비를 지원하며, 긴급 주거 지원 사업도 함께 운영하고 있다. 또한, 긴급전화 1366 울산센터에서는 폭력 피해자의 초기 상담부터 피해 회복까지 지원하는 통합 네트워크를 운영하며, 피해자들에게 무료 법률·의료 지원과 자립 지원 서비스를 제공하고 있다.

일하는 여성의 돌봄 공백 해소를 위해서도 애쓰고 있다. 울산시립아이돌봄센터에서 24시간 365일 긴급 돌봄을 제공하고, 어린이집 부모 부담 필요경비 지원을 확대하고, 행복렌터카 사업 등도 추진한다.

평화롭고 지속 가능한 사회를 만들어가기 위해서는 여성의 존재와 역할이 필요하다. 울산이 여성들이 더 안심하고 일하며 생활할 수 있는 도시로 거듭난다면, 젊은 여성들이 떠나지 않고 모두가 살기 좋은 꿈의 도시로 발전할 수 있을 것이다.

2025년 6월 19일 울산시청 대회의실에서 여성일자리협의체 위원 및 지역 기업 관계자와 여성 창업가들이
참석한 가운데 '울산광역시 여성일자리협의체 회의'를 열고 여성일자리 창출 확대를 위한 협력 방안을 모색했다.

세계인의 날, 개방성과 포용성의 가치를 돌아보자

2025.5.20. 울산신문

울산광역시 행정부시장 안승대

5월 20일은 세계인의 날이다. 2024년 말 기준 국내 등록외국인은 약 149만 명으로 전체 인구의 2.91%에 달한다. 2023년 135만 명(2.63%) 대비 약 14만 명이 증가했다. 울산도 제조업 분야 외국인 근로자 유입이 지속적으로 증가하는 추세다. 2024년 울산의 등록외국인은 27,642명으로 전년 대비 4,022명 증가했으며, 이 중 제조업 분야 외국인은 2,824명이 늘어 70.2%를 차지한다. 이는 지역 산업계의 부족한 일손을 외국인이 채우는 현실이 본격화되었고, 내국인과 외국인 주민이 함께 살아가는 사회통합이 중요해짐을 의미한다.

역사 속 개방성과 포용성

울산을 비롯한 경주, 포항의 해오름동맹 도시들은 과거부터 개방성과 포용성을 중시해 왔다. 『삼국유사』의 처용설화는 외국인을 상징하는 인물이 관직에 올라 국정에 참여한 기록으로, 신라의 개방성을 보여준다. 또한 포항의 연오랑세오녀 설화 역시 신라 동해안 지역 주민들이 예로부터 외부 문물과 접촉하며 살아왔음을 상징적으로 보여주는 이야기라 할 수 있다.

역사적으로 세계의 여러 도시들도 개방성과 포용성을 통해 번영을 이루었다. 고대 로마는 정복지 주민에게 시민권을 부여하는 포용 정책을 통해 다양한 민족과 문화를 통합해 제국의 기틀을 다졌다. 중세 바그다드는 아랍·페르시아·기독교·유대 문명이 공존하는 관용의 도시였으며, 아바스 왕조 학술기관인 '지혜의 집'을 중심으로 이루어진 번역과 연구 활동은 이슬람 세계의 황금시대를 견인했다. 현대 뉴욕은 전 세계인들이 모여 '인종의 용광로'를 이룬 도시로, 다양성과 창의성을 바탕으로 경제와 문화의 중심지로 도약했다.

세계 각국의 개방적 이민정책

캐나다는 2015년부터 'EE(Express Entry) 시스템'을 도입해, 나이·경력·언어능력 등을 점수화하여 기술 이민자를 선발하고 있다. 이와 더불어 각 주정부가 지역에 필요한 인력을 추천하는 'PNP(Provincial Nominee Program: 주정부 지명 이민) 제도'를 운영하여 신규 이민자들이 토론토나 밴쿠버와 같은 대도시에 집중되지 않고 지역으로 분산되도록 유도하고 있다. 실제로 PNP는 현재 캐나다 경제 이민의 35%를 차지할 정도로 확대되었다.

독일은 2012년 EU의 '블루카드 제도'를 도입, 고소득(2024년 기준 최소 연봉 45,300유로) 전문인력에게 영주권 취득의 길을 열어주었다. 2020년부터는 「숙련 노동자 이민법」을 시행하여 EU 외 국가 출신 전문인력의 독일 취업 문턱을 크게 낮추었고, 이후 요양보호사, 건설, 운송업 등 비숙련 분야로까지 확대하였다.

일본 역시 2019년 출입국재류관리청을 신설하고, '특정기능 비자' 제도를 도입했다. 특정기능 비자는 숙련 수준에 따라 1호와 2호로 구분되는데, 특히 2호 비자는 고숙련 외국인에게 체류기간 제한없이 가족 동반과 영주권 신청을 허용한다. 이러한 제도 도입 이후 5년간 특정기능 자격 외국인이 25만 명 넘게 증가하였다.

우리나라의 인구정책 변화

우리나라도 지난해 6월 인구 국가비상사태를 공식 선언하고, 저출생 극복을 위한 범국가적 총력대응체계를 가동한다고 했다. 저출생 대책과 함께 고령사회와 이민정책까지 포괄하는 인구 정책의 중요성을 강조하며, 질서 있는 이민 확대 방안을 검토하고 있음을 밝혔다.

정부는 올해부터 첨단기술 분야의 글로벌 인재를 적극적으로 유치하기 위해 'Top-Tier 비자'를 신설한다. AI·로봇·반도체 등 첨단산업 분야에서 세계 100위권 대학 석사 이상의 학위와 경력을 갖춘 고급 전문가가 국내 기업에 채용되거나 창업할 경우 거주 비자를 발급하고, 그 가족에게도 동반 비자를 제공하며, 3년 거주 후에는 영주권 취득 자격을 부여하는 제도다.

울산의 외국인 인력 유치와 정착 지원

울산시도 곧 울산형 광역비자 제도를 시행한다. 지방자치단체가 지역 산업 특성에 맞는 비자 기준을 설계하면 정부가 승인하여 외국인에게 발급하는 지역 특화 정책이다. 지난해 8월 울산시는 우즈베키스탄 노동부와 인적자원 개발협력을 위한 MOU를 체결했으며, 최근에는 현지에 직업훈련센터를 개소하는 등 광역비자를 통한 해외 인력 발굴에 적극적으로 나서고 있다.

외국인 주민의 안정적인 정착을 지원하기 위한 다양한 사업도 추진한다. 올해에는 저소득 외국인에 대한 기초생활 보장과 다문화 가정 학생을 위한 맞춤형 학습 지원을 대폭 강화한다. 또한 의료 사각지대에 놓인 외국

인 근로자를 위한 긴급 의료비 지원, 국제결혼 가정 자녀 중 외국에서 성
장하여 국내로 온 중도 입국 청소년을 위해 한국어와 문화 교육 지원도
확대한다.

2022년 울산 동구에서는 아프가니스탄에서 한국 정부에 협력한 공로로
입국한 특별 기여자 157명을 받아들였다. 이들은 현대중공업 협력사에
취업하여 회사가 제공한 숙소에서 생활하며, 울산시와 지역 사회의 도움
속에서 자립을 준비하고 있다. 정착 초기에는 일부 주민의 반대도 있었으
나, 지역 사회의 따뜻한 환대 캠페인 등을 통해 인식이 개선되었고, 1년
후 이주민들이 지역 사회에 감사의 뜻을 담아 성금을 기부하기도 했다.

개방성이 만드는 지속가능한 미래

우리 사회의 지속 가능한 미래와 창의적 성장을 위해서는 건강한 자연생
태계와 마찬가지로 다양한 배경을 지닌 사람들이 함께 어울려 살아가는
공동체를 구축하는 것이 무엇보다 중요하다. 이주민을 배척하기보다는
지역 사회의 구성원으로 따뜻하게 맞이하고 함께 성장할 때, 우리는 인구
감소와 노동력 부족이라는 도전 과제를 슬기롭게 극복할 수 있을 것이다.
울산도 대한민국도 외국인 사회통합 정책을 수립 시행함에 있어 개방성
과 포용성의 가치를 보다 진지하게 고민해야 할 때다.

2025년 11월 12일 시청 상황실에서 시, 울산교육청, 울산경찰청, 관련 단체 및 기관 전문가들과 함께
'울산시 외국인주민지원협의회'를 갖고 2025년 울산시 외국인정책 시행계획에 대해 심의·의결했다.

세계궁도학술대회에서

장애인도 불편없이 함께 하는 따뜻한 도시

2025.4.24. 울산신문

울산광역시 행정부시장 안승대

매년 4월 20일은 장애인의 날이며, 이날부터 1주간은 장애인 주간이다. 올해 슬로건은 '행복을 바라봄, 일상을 담아봄, 희망을 이어봄'이다.

장애인에 대한 인식 개선과 공감 문화를 확산하고, 재활 의욕을 고취하여 모두 함께 살아가는 공동체 정신을 북돋는데 의의가 있다.

선천적이든 후천적이든 장애는 누구에게나 닥칠 수 있는 삶의 한 부분이다. 고령화 사회로 접어든 지금, 우리 모두는 생의 어느 시점에서 장애를 겪을 수 있다. 일상 속에 도사리고 있는 수많은 불편함을 조금이라도 해소하기까지 많은 시간과 노력이 필요하다. 무엇보다 필요한 것은 우리 사회의 장애에 대한 깊은 이해와 배려의 문화이다.

자칫 장애인을 단순히 도움이 필요한 존재로만 바라보거나, 동정과 혜택의 대상으로 여기는 잣대는 오히려 또 다른 차별을 낳을 수 있다. 장애인도 사회 구성원으로서 경험과 전문성을 바탕으로 희망과 용기를 가지고 자립할 수 있도록 지역사회가 함께 노력하여야 한다.

울산시는 "1사·1시설 결연 온기나눔"자원봉사활동을 통해 장애인복지시설에 대한 지속적인 관심과 도움을 지원하는 채널을 구축했다. 장애인쉼터, 권익옹호기관, 차별상담센터에서 장애인 심리적 불안과 고민을 해소하는 역할을 수행하면서 장애인 인권 보호와 인식 개선을 도모하고 있다.

지난해 전국합창대회에서 우수한 성적을 거둔 비장애인과 함께하는 장애

인 '소나무합창단'은 실력과 재능 있는 장애인의 문화예술 활동을 활성화
하는 대표적인 사례이다. 지체, 시각, 청각, 발달장애인 등 유형별 장애인
단체의 문화센터와 장애인복지관, 장애인체육관에서 다양한 프로그램을
통해서 문화·여가권 보장과 삶의 만족도 향상은 물론, 지역 주민과의 문
화적 교류로 사회의 관심과 호응을 얻고 있다.

시청 내 중증장애인 일자리 창출 카페(I GOT EVERYTHING)를 비롯해,
장애인보호작업장 등 직업재활시설에서 교육과 훈련을 통해 공공분야 장
애인일자리에 800여 명이 참여하고 있다. 사회적협동조합 송천은 관내
소재 대기업에 발달장애인 33명을 취업 연계하는 등 민간분야에서도 장
애인 고용시장을 확대하는 데 적극적이다. 또한 장애인 채용박람회와 기
능경기대회를 통해 장애인일자리 마련과 창업 기회를 제공하고 있다.

또한 자립생활 역량을 도모할 수 있도록 자립생활지원센터를 운영하고
탈시설 자립정착금 지원, 장애인 주택개조사업, LH와 연계한 장애인 자
립생활 주택 알선 등을 통하여 장애인의 주거 복지도 실현하고 있다.

장애인 건강과 재활을 위한 장애친화 산부인과, 구강진료센터, 건강주치
의 등이 운영되고 있으며 지역장애인보건의료센터와 발달장애인 거점병
원 설치로 의료서비스 접근성을 높이고, 장애의 조기 발견과 치료, 재활
을 통한 2차 장애 예방에 기여하고 있다.

장애물 없는 생활환경(Barrier Free) 인증제를 통한 장애인편의시설 설치
를 민간시설까지 확산시키고 있다. 저상버스 확대, 특별교통수단인 부르
미와 장애인 콜택시, 시각장애인 전용차량 운행으로 장애인의 안전하고
편리한 생활 이동 환경 조성에 노력하고 있다.

장애인 활동보조, 방문목욕, 방문간호 등 장애인활동지원서비스를 제공하고 있으며, 발달장애인 주간활동 및 긴급돌봄서비스와 특히, 최중증발달장애인 통합돌봄사업도 확대하여 맞춤형 돌봄을 강화하고 있다.

앞으로 인공지능(AI)과 첨단기술(IT)로 장애인 보조기기와 돌봄 로봇 기능을 고도화하고, 스마트 재활(의료)시스템에도 접목시켜 일상생활의 제약을 줄이고 보다 장애 친화적인 생활 여건 조성에 나설 필요가 있다.

AI시대에 발맞춰 게임·웹툰 등 문화컨텐츠를 중심으로 장애인 맞춤형 디지털 일자리를 개발하고 비장애인과 함께 일할 수 있도록 웨어러블 로봇 개발이나 인체재생 바이오산업도 육성할 필요가 있다.

장애인과 비장애인이 함께 살아가는 사회를 만드는 일은 우리 모두의 책임이다. 다양한 정책 제도 마련과 함께 장애를 특별함이 아닌 다름으로 이해하고 존중하는 문화가 자리 잡을 수 있도록 따뜻한 관심과 참여가 필요하다.

2025년 글로벌장애청소년IT챌린지 본선전이 2025년 10월 29일(수)부터 10월 31일(금)까지, 울산광역시 호텔현대 바이 라한 울산에서 개최되었다.

2025년 4월 24일 제45회 장애인의 날 기념행사를 개최했다.

디자인은 안전의 약속이기도 하다
2025.5.1. 울산신문

울산광역시 행정부시장 안승대

건축물은 단순한 구조물이 아니라, 인간의 삶과 감정을 담는 공간이다. 효율적인 동선, 쾌적한 환경, 그리고 안전성은 반드시 고려되어야 한다. 건축 설계는 물리적 구조의 구축을 넘어, 사람의 삶과 행동을 이해하고 존중하는 과정이어야 하며, 공간의 배치는 직관적 이해와 원활한 이동을 유도해야 한다. 채광, 환기, 소음 제어, 사생활 보호 등 다양한 환경 요소 역시 사용자의 감성적 만족에 기여해야 한다.

최근 국내에서 발생한 대형 인명사고들은 단순한 관리 소홀을 넘어 구조적 안전 설계의 부재를 드러냈다. 2022년 이태원 참사, 2023년 광주 아파트 붕괴, 각종 산업현장 사고 등은 설계 단계에서부터 안전을 확보해야 한다는 사회적 요구를 높였다. '중대재해 처벌법'이 시행되면서, 기업과 지자체 모두 예방 의무를 법적으로 책임지게 됐다.

'건축물 안전디자인'은 단순한 부가 요소가 아닌, 생명을 지키는 전략이자 필수 공공 서비스로 자리 잡고 있다. 시민이 직관적으로 정보를 인지하고, 위기 상황에서 신속하게 행동할 수 있도록 안내하는 표식, 사회적 약자를 위한 배려한 설계 등은 도시가 시민에게 제공해야 할 기본 조건이다.

건축물 안전디자인의 핵심 기준

안전디자인의 본질은 '시각 정보 전달 체계의 설계'에 있다. 안내 표식의 인지성, 정보의 신속한 해석, 시선의 안전 유도 등은 시민의 행동과 생존에 직결된다. 색채대비 효과, 그림문자 통일, 글꼴 규격화, 설치 높이 기준화, 다국어 병기 등 다양한 기준이 필수적으로 적용된다. 특히 사회적 약자를 포함한 모든 사용자가 직관적으로 정보를 인지할 수 있도록 유니버설 디자인 원칙을 준수하는 것이 중요하다. 최근에는 스마트 기술을 접목해 비상 상황에서 자동 안내나 맞춤형 정보를 제공하는 사례도 늘고 있다. 이제는 관리자 중심이 아닌 '누구나 안전하게'라는 사용자 중심의 설계가 요구된다.

울산시의 실효적 안전디자인 정책

울산시는 2022년부터 공공건축물 안전디자인 개선 사업을 통해 실효성을 높이는 데 중점을 두고 정책을 실행하고 있다. 대표적으로 울산종합운동장에는 게이트별 색채 구분, 계단 안전라인, 야광시트 유도선 등을 도입해 대피 동선을 명확하게 했다.

국립재난안전연구원의 시선추적조사* 결과, 출입구 표식 시인성 39.5%, 정보 전달 명확성 63%, 소방설비 인지율 12% 향상, 실제 대피 시간 12.2% 단축 등 실질적 효과가 입증됐다.

이외에도 산업단지, 복지시설, 병원 등 다양한 현장에 맞춤형 안전디자인을 적용하고 있다. 산업현장에서는 바닥·벽 안전색채, 위험시설물 표지, 작업자 동선 유도 등으로 사고 위험을 줄이고, 복지시설에서는 휠체어 이용자를 위한 사인 높이, 시각장애인을 위한 점자 안내, 색약자를 위한 색채 대비 기준을 적용했다.

---

*시선추적조사 : 사용자의 시선을 추적하는 기술로 고객이 관심을 보이는 제품이 무엇인지, 어디에서 정보를 얻어내는지, 시선을 끄는 요소는 무엇인지 측정 방식

포용적 도시를 위한 유니버설 디자인

건축물 안전디자인은 단순한 사고 예방을 넘어 도시의 포용력과 품격을 결정하는 요소다. 한글·영어·픽토그램 병기, 휠체어 이용자를 위한 간판 설치, 색약자를 위한 색채 기준 등은 모든 사용자를 위한 기본 기준이다. 노인복지시설, 공공병원, 문화시설 등 고위험군 시설에는 인지적 접근성을 전제로 한 설계가 필수적이다. 행동심리학에 따르면, 명확한 정보는 실제 행동으로 이어질 가능성을 높인다. 공간은 시민과의 비언어적 약속이며, 안전디자인은 그 신뢰의 기초다.

시민과 함께 만드는 안전한 울산, 디자인이 선도한다

도시는 보이지 않는 신호로 시민과 소통한다. 이 신호가 명확할수록 시민은 안전하게 이동하고, 위기 상황에서도 혼란을 줄일 수 있다. 울산시는 안전디자인을 도시정책의 핵심 요소로 삼아, 단순한 설계 가이드가 아닌 행정 절차와 건축물 심의, 설계 초기 단계에 선제적으로 반영하는 구조적 기준으로 제도화하고 있다. 이번 안전디자인 세부지침은 현재 수립중인 「2030 울산광역시 공공디자인 진흥계획」에 담아, 민간까지 확산해 도시 전반에 안전디자인 문화를 정착시킬 계획이다.

디자인의 궁극적 가치는 외형이 아니라 시민의 행동을 유도하고 생명을 보호하는 데 있다. 건축물 안전디자인은 울산시가 추구하는 공공성의 실천이자, 시민의 생명을 최우선에 두는 책임있는 정책의 출발점이다.

26일 울산대학교 청운학사 국제관에서 열린 '2024 울산 디자인혁신 포럼' 참석자들과 함께한 기념촬영

나눔의 유전자 온기로 이어간다

2025.9.3. 울산제일일보

울산광역시 행정부시장 안승대

2025년 7월 울산을 비롯한 전국 곳곳이 기록적인 폭우로 신음했다. 그 속에서 절실했던 것은 빠른 행정지원 뿐만 아니라, 상처받은 삶을 어루만지는 복구의 손길이었다. 울산의 대학생 자원봉사단과 시민 300여 명은 경남 산청군의 심각한 피해 현장으로 달려가 구슬땀을 흘렸다.

이보다 앞선 5월에는 산불로 일상이 무너진 경북 영덕군에 도움의 손길을 전했다. 이와 같은 모든 봉사활동의 연결고리는 '온기나눔 범시민 캠페인'이다.

울산시는 작년 12월 '국민대통합 김장행사'를 계기로 83개 기관·단체·기업이 참여하는 '온기나눔 울산 추진본부'를 출범시켜 나눔활동을 체계적으로 추진하고 있다. 시, 구·군, 자원봉사센터, 민간단체가 힘을 모으는 협력 플랫폼은 온기로 하나되는 따뜻한 울산 만들기를 대표하는 실천 모델이다. 평상시 기부, 봉사, 나눔 활동으로 공동체의 온기를 확산하고, 재난 시에는 신속한 복구와 구호 활동으로 시민의 삶을 지켜낸다.

온기나눔은 지역 곳곳에서 이어진 자원봉사, 기부, 자선, 그 밖의 다양한 기관·단체의 따뜻한 실천을 아우르는 범시민적 연대의 이름이다. 어려운 이웃에 대한 자발적 도움의 손길은 제도가 미처 닿지 못하는 사회의 틈을 메우는 공존의 정신이다.

우리 민족은 오래전부터 두레와 품앗이로 대표되는 상호부조의 전통은 물론, 경주 최부자댁의 노블레스 오블리주, 선비정신 등 공동체 문화의 이타적 DNA를 지닌다. 온기나눔은 이러한 고귀한 가치를 되살려 시민들의 삶 속에 자연스럽게 스며들게 하고 있다.

공동체 정신은 7천년 역사의 반구천 암각화에서도 찾아볼 수 있다. 올해 7월 세계문화유산으로 등재된 반구천 암각화에는 함께 살아온 삶, 협력과 나눔의 흔적이 새겨져 있다. 탐색에서 사냥, 인양과 해체에 이르는 고래잡이의 전 과정이 묘사되어 있으며, 배, 그물, 작살과 활 같은 도구는 물론, 다양한 기하학적 문양도 함께 담겨 있다. 이는 단순한 생활의 기록을 넘어 공동체가 협력하여 생존을 도모하고 지식을 나누며 신앙과 상징을 공유했음을 보여준다. 이러한 협력과 공동체의 가치는 오늘날 곳곳에서 펼쳐지는 봉사와 나눔 활동 속에 고스란히 녹아있다.

대한적십자사에 따르면 2024년 울산은 헌혈률 9.9%로 전국 1위이다. 전국 평균(5.6%)을 훨씬 상회한다. 혈관 속 나눔의 DNA는 세대를 넘어 청소년들에게도 흐르고 있다. 지난 8월 울산에서 개최된 RCY(청소년적십자) 전국캠프에 전국에서 청소년과 지도교사 1,100여 명이 참여했고, '안전·봉사·교류·학습'이라는 소중한 가치를 서로 나눴다.

민간의 자발적 나눔도 활발하다. 울산대학교 산업대학원 테크노CEO 과정 원우로 구성된 (사)테크노섬나회는 섬김과 나눔의 정신을 앞장서서 실천하고 있다. 필자도 제3호 명예회원으로 함께한다는 것만으로도 자부심을 느낀다.

국제사회도 자원봉사의 가치에 주목하고 있다. 지난해 12월 UN총회에서 2026년을 지속가능한 개발을 위한 세계 자원봉사의 해로 선포한 것은, 자원봉사가 기후변화, 재난복구, 사회통합 등 인류 공동과제의 전략적 해법임을 보여준다.

울산의 온기나눔은 이런 국제적 흐름과도 뜻을 같이한다. 지역에서 시작된 작은 실천이 세계와 맞닿아 있다. 이웃의 아픔을 함께 나누고, 온기를 세상에 전하며, 희망을 다시 세워가는 길이다. 바로 세계가 나아가야 할 지속 가능한 공동체의 모습이기도 하다.

반구천이 품은 나눔의 DNA는 현재에도 흐르고 있고 앞으로도 시민과 함께 더 안전하고 따뜻한 도시를 만드는 설계도가 될 것이다.

2025년 4월 24일 제45회 장애인의 날 기념행사를 개최했다.

내가 읽은 책들

THE GENE – AN INTIMATE HISTORY

(Siddhartha Mukherjee, 2016)

게놈(유전체) 개념

- Genome이란 유전자(Gene)와 염색체(Chromosome)의 합성어로, 특정 생명체가 지니고 있는 유전정보의 총합
- 사람의 세포(37조개) 내 핵에는 23쌍의 염색체가 있고, 그 안에 생명현상에 관여하는 약 30억개의 염기서열(유전정보)로 구성된 DNA(A, T, G, C 4개의 염기서열)
- (Gene Regulation) the turning on and off genes by proteins
  ※ 암 : 조절자가 역할못해 세포 복제를 멈출 수 없을 때 발생하는 유전자 오기능 병
- (Gene Regulation) an Enzyme dedicated to a Copying DNA(a Replicator Protein) =〉 DNA Polymerase(DNA is Polymer[13] of A, C, G and T, and this was the Polymer Making Enzyme)
  ※ PCR(Polymerase Chain Reaction) ; to Sequence Genes, it is Crucial to have Enough Starting Material of DNA, Kary Millis made a copy of a Human Gene in a Test Tube Using DNA Polymerase
- (Gene recombination) the Ability to Generate New Combination of Genes, a form of Mutation

---

13) 고분자, 중합체 : 분자가 기본 단위의 반복으로 이루어진 화합물

THE BOOK OF MAN(in the 23 volumes)

- 32억개 letters of DNA, contain just 4 letters ... AGCTTGCAGGGG ... and so on, 150만 페이지(Standard Size Font)
※ Alphabet : ACGT / Vocabulary : Triplet Code(3 bases of DNA); One Amino Acid in Protein / Sentence : A Protein(ACT-CAT-GCT Encodes Threonine-Histidine-Glycine)
- 23쌍의 염색체(46개), 고릴라, 침팬지, 오랑우탄 등 다른 영장류는 24쌍, 수백만년 전에 1개 염색체를 잃어버린 대신 a Thumb을 얻음
- It encodes about 20,687 genes in total, only 1,796 more than worms, 12,000 fewer than 옥수수, 25,000 fewer genes than 쌀 또는 밀 => 사람과 곡물의 차이는 유전자 수 보다는 유전자 네트워크의 섬세함임(Gene Modules;exons / Gene Regulations and Splicing[14] : 2 전략)
- 유전자의 대부분(98%)은 단백질 정보를 운반하지 않는 Intergenic DNA(between genes) 또는 Introns(within genes)
- It is Encrusted with History, 이중 일부는 고대 바이러스로부터 옴(인간 게놈의 상당부분은 인간이 아님), 침팬지와 보노보의 게놈은 96% 인간과 동일
- 염색체의 끝부분 Telomeres(Sequences of DNA)가 염색체 퇴화 방지 기능
- Genetic 코드는 단순(DNA[15] =>RNA=>단백질), Genomic 코드는 복잡(하나의 유전자에 부속되는 DNA sequences가 그 유전자가 언제 어디서 표현될지에 대한 정보를 운반함)
- It is Inscrutable(불가해한), Vulnerable, Resilient, Adaptable, Repetitive, Unique, and is Poised to Evolve, and is Designed to Survive

---

14) RNA 전구체(precursor RNA)에서 단백질을 암호화하고 있지 않은 intron 부위를 제거하고 단백질로 번역되는 exon끼리 연결시켜 주는 과정
15) Deoxyribo Nucleic Acid, Ribo Nucleic Acid

미토콘드리아이브(Mitochondrial Eve)

- 미토콘드리아는 자체 미니 게놈을 가짐(37개 유전자, Not in the Cell's Nucleus), 단세포 Organisms을 침입한 고대 박테리아에서 유래, 인간 미토콘드리아 게놈은 인간 유전자 보다 박테리아 유전자(Genes)를 더 닮음
- 미토콘드리아 게놈은 침팬지 보다 다양하지 않으며, 역산해 보면 약 200만년 전으로, 근대 인간은 사하라 이남 아프리카에서 100만년에서 200만년 전 기원
- 미토콘드리아는 배아에서 배타적으로 여성 기원(난자만, 정자에는 없음)

The Hunger Winter

- 환경으로부터의 정보가 세대를 거쳐 전달될 수 있는가?(환경 시그널 => 세포 게놈)
- 1944. 9월, 2차대전 네덜란드 점령 독일이 음식과 석탄 북부지역 수출 금지
- 헝거윈터를 살아남은 아이들이 만성적 건강 이슈로 고통(Audrey Hepburn), 헝거 윈터는 국가기억(National Memory)은 물론, 유전적 기억(Genetic Memory)에도 각인
- History repeats itself, in part because the genome repeats itself, And the genome repeats itself, in part because history does.

인간 게놈 엔지니어링

- 바이러스와 박테리아간의 전쟁(박테리아를 침입해 죽이도록 진화, 박테리아는 바이러스와 싸우도록 진화), 박테리아의 방어시스템
- 의도적인 Cut in a Gene(자기방어시스템으로부터 프로그램 가능) Not Random Mutation, the Cutting and Trimming은 부서진 유전자 수선을 의미(Gene Editing or Gene Surgery)
- CRISPR/Cas9, in Science magazine in 2012(Doudna and Carpentier, 세균의 방어시스템에 대한 연구 데이터 발표)
- a) the Derivation of a True Human Embryonic Setm Cell
  b) a Method to Create Reliable, Intentional Genetic Modifications in that

Cell Line

c) the Directed Conversion of that Gene Modified stem Cell into Human Sperm and Eggs

d) the Production of Human Embryos from These Modified Sperm and Eggs by IVF(in Vitro 시험관 Fertilization)

- 한 개 유전자 변경이 훨씬 많은 결과를 유발할 수 있으며(나비 효과), 유전자는 우리가 생각하는 것 이상으로 상호 연결되어 있음
- 자연은 무엇인가? 한편으로 변형, 돌연변이, 변화, 불일치, 분할 ... 다른 한편으론 연속성, 일치, 불가분, 신뢰. 우리는 유전에서(in Heredity) 일치성을 찾지만 변형을 발견한다. 변이는 우리의 본질을 유지하는 데 필요하다.

양성자 치료센터는 왜 필요한가

2025.8.12. 경상일보

울산광역시 행정부시장 안승대

암은 인류가 맞서온 난공불락의 질병 중 하나로 현재까지 대표적인 치료법은 수술(절개), 항암제(약물), 방사선 치료가 있다. 방사선 치료에는 세기조절 방사선치료(IMRT:Intensity Modulated Radiotherapy), 3차원 입체조형 방사선치료(3D Comformal Radiotherapy), 입자선(Corpuscular Beam) 치료 등이 있다.

이 중에서 우리가 주목해야 할 치료법은 바로 입자선 치료이다. 기존의 방사선 치료는 암세포 뿐만 아니라 정상 세포에까지 영향을 미쳐 후유증을 유발할 수 있다. 반면, 입자선 치료는 입자빔이 인체 내의 정상 조직은 그대로 투과하고 암 조직에 도달하는 순간 폭발적인 에너지로 암세포만 타격하는 브래그 피크(Bragg peak) 특징이 있다. 그래서 '꿈의 암 치료'라 불린다.

입자선 치료에는 중입자나 양성자를 사용한다. 중입자 치료에는 대부분 탄소(C) 원자가 이용된다. 탄소 원자는 핵 안에 6개의 양성자와 6개 중성자가 있고, 핵 외부에는 6개의 전자가 돈다. 외부의 전자를 제거하고 남은 핵(양성자와 중입자)은 탄소 이온 입자가 되고 이 중입자를 빛의 속도 70% 수준으로 가속시켜 치료하는 원리이다.

양성자 치료는 수소(H) 원자를 이용한다. 수소는 원소 기호 1번으로 양성자 1개와 전자 1개로 구성된 우주 물질의 75%를 차지하는 가장 가벼운 원자다. 치료 원리는 중입자 치료와 동일한데 설치와 운영 비용이 중입자에 비해 적게 든다.

양성자 치료기는 해외 135곳에서 설치·운영 중이고, 국내는 2007년에 개소한 고양 국립암센터와 2016년 개소한 삼성서울병원 2곳에 있다. 중입자 치료 시설은 해외에 15곳, 국내에는 2023년 개원한 서울 신촌세브란스병원이 유일하다.

중입자 치료는 건강보험이 적용되지 않는데 비해, 양성자 치료는 건강보험이 적용된다. 양성자 치료 비용은 1회 20만 원 정도이고, 중입자는 1회 5~6,000만 원 정도로 매우 고가다.

양성자 치료는 주로 소아 종양, 간, 폐, 뇌와 중추신경계, 머리와 목, 전립선 등의 암에, 중입자는 전립선, 골연부, 두경부, 폐, 췌장 등의 암 치료에 효과적이라고 알려져 있다. 무엇보다 양성자 치료는 그동안 많은 연구 사례로 안정성이 검증되어 있고 보편적 암 치료가 가능하다는 것이 가장 큰 장점이다.

수소도시 울산에 '양성자 치료센터'가 설립되어야 하는 이유는 충분하다. 울산은 암 연령표준화 발생률이 타 시도에 비해 높은데, 방사선 치료 장비와 암 전문 의료기관이 부족해서 암 환자의 30%가 수도권을 이용하고 있다. 고령화 속도도 높아 암 발생 수요 증가를 대비한 전략적 투자도 필요하다. 2050년 암 발생자 수는 53.1%, 사망자는 124% 증가할 것으로 국제 암연구소는 전망하고 있기 때문이다. 울산에 양성자 치료센터가 도입되면, 지역 내에서 수술, 항암, 방사선 등 3대 암 치료 축을 모두 갖추게 되어 더 이상 수도권의 대형 병원을 찾지 않아도 된다.

양성자 치료센터는 단순한 치료 시설을 넘어 의료기기, 정밀 의료, 방사선 물리, 빅데이터, 인공지능 분석, 고급 의료 인력 양성 등 다양한 산업과 융합 연계될 수 있어 미래 산업 생태계에 광범위하고 혁신적인 변화를 불러올 것이다.

최근 완료한 타당성 연구 용역 결과 양성자 치료기 2기를 설치할 때 경제성(1.368)도 높게 나타남에 따라 중앙 부처에 국비 지원을 요청한 상태이다.

앞으로 지역 발전을 이끌 미래 첨단산업은 바이오산업이 될 것이라 확신한다. 빅데이터를 기반으로 울산과학기술원(UNIST)과 울산대학교병원 등 지역의 의료 기술 자원을 활용한 AI-바이오헬스-게놈-정밀의료 등 융합 플랫폼을 구축할 필요가 있다. 한발 더 나아가 울산과학기술원에 과학기술의학전문대학원을 설립해 의사 과학자를 양성하고, 미래 의료 복지 모델인 커넥티드 케어(Connected Care)도 준비해야 한다.

최근 방문한 휴먼 디지털 트윈(Human Digital Twin) 기업 오프리메드는 AI를 활용한 가상 환자 생성으로 신약 임상실험 비용과 시간을 획기적으로 줄이는 스타트업이다. 이러한 혁신기업 등과 협업으로 원격진료를 통해 가정에서 치료와 돌봄이 가능한 커넥티드 케어는 고령화 추세로 볼 때 성장 가능성이 무궁무진하다.

'양성자 치료센터' 설립은 시민 건강을 지킬 뿐만 아니라 대한민국의 미래 신성장 산업 발전에도 크게 기여할 것이다.

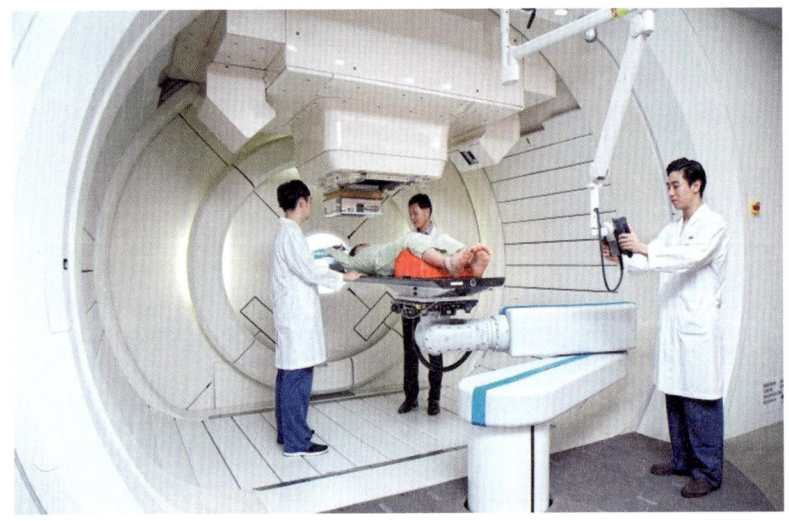

사진은 삼성서울병원 양성자치료센터에서 의료진이 양성자 치료에 앞서 환자 상태를 확인하는 모습. /삼성서울병원

내가 읽은 책들

생명이란 어떻게 작동하는가?

생명이란[3]

- 조절된 전자의 움직임(산화-전자 방출, 환원-전자획득)
- 세포의 70% 물, 물의 극성 작용과 이온화된 생체분자의 전기적 상호작용
- 생명은 물과 이산화탄소만으로 가능함
- 공유결합*과 수소결합**으로 형성되는 분자 이야기
  *원자가 최외각에 허용된 전자를 공유하는 과정(수소1, 탄소4, 질소3, 산소2, 인5)
  **고유결합 상태일 때 에너지가 더 낮아져 안정(수소가 분자로 존재하는 이유)
- 생명현상은 포도당, 아미노산, 핵산(DNA와 RNA)의 합성과 분해 과정
  ※DNA말단;텔로미어
- 생명은 단백질 입체 구조가 만든 정교한 분자기계의 작용이고, 이 분자기계의 작용
  은 양성자와 전자의 상호작용일 뿐임
- 탄소 원자 고리를 통해 전자가 이동하여 기억과 감정을 만듦[4]
- 생명 진화는 유전자의 개수가 아니라 단백질로 번역되지 않는 정크 DNA의 양에
  비례, 인간은 DNA 총량에서 유전자 이외의 영역인 nc-DNA가 98%

---

3) 생명은 어떻게 작동하는가, 박문호, 2019
4) 탄소 5개, 탄소 6개가 생명의 고리를 이룬 것이다. 탄소 원자 고리를 통하여 전자가 공명하고 이동하여
   기억과 감정을 만든다. 고리 분자들의 파이결합과 전자들의 공명 현상이 기억과 감정의 분자적 바탕이다.
   (박문호 p329)

- 10억년 전 지구 대기 산소 농도 증가로 10%, 5억 4천만 년 전 20% 도달로 다세포 동물 폭발적 증가(캄브리아[5] 생명 대폭발)
- 바이러스는 정20면체 머리에 들어 있는 유전체에 따라 DNA바이러스와 RNA바이 러스로 구별, 바이러스는 유전정보만 존재하고 대사 과정은 숙주세포에 의존하는 반쪽 생명현상, 행성 지구 표층은 바이러스의 세계이며 지구는 바이러스 행성

활성산소

- 호흡에서 유입된 산소 분자는 전자와 결합하는 힘이 강함(미토콘트리아의 활성산 소가 DNA를 손상), 활성산소는 산소분자가 전자를 획득하여 시작, 호흡의 5% 정도 활성산소, 하이드록실라디칼($\cdot$OH, = 수산화라디칼), 라디칼은 공유결합에 참여하 지 않은 홀로된 전자가 있는 분자
- 폐수 속 세균을 살균하는 펜톤반응과 방사선 조사로 물분해시에도 생성, 노화의 원 인(하이드록실라디칼이 전자를 훔치는 현상[6]이 세포 노화의 주범)

광합성

① 물 분해 : $2H_2O$ => $4H^+ + 4e^- + O_2$ (역순 : 호흡의 마지막 단계)
 - 엽록소, 광자의 에너지로 물에서 전자를 떼어냄 (※태양광 발전은 빛 에너지에 의해 들뜬 상태의 전자가 한방향으로 이동)
② 이산화탄소 과정 : $6H_2O + 6CO_2$ => $C_6H_{12}O_6$ (포도당 α-glucose) + $6O_2$
 - 광합성 암반응 : 명반응에서 생성된 NADPH와 ATP를 사용하여 물과 이산화탄 소로 포도당 생성(Calvin 회로)
  ※해당작용과 TCA 회로(Tricarboxylic Acid Cycle)
 * ATP(Adenosine Triphophate) NADPH(Nicotinamide Adenin Dinucleotide Phoshpate Hydrogen, NADH+P)

---

5) 고생대(5.4~2.5억) : 캄브리아기, 오르도비스기, 시루리아기, 데본기, 석탄기, 페름기
　중생대(2.5~6.6천만) : 트라이아스기, 쥐라기, 백악기
6) 하이드록실라디칼은 극히 짧은 시간에 인접한 거의 모든 물질에서 전자를 탈취하고 양성자를 추가하여 물로 환원되므로 이를 만나는 분자는 그 구조가 분해된다.

③ NADH 분자는 미토콘드리아가 TCA 회로에서 생성, NADPH 분자는 광합성 명반응에서 생성, ATP는 양성자가 ATP합성효소를 통과하면서 생성(양성자 기울기)

호흡과 발효

- 호흡 : 포도당 분자가 산화(에너지, 전자 2개가 산소로 이동)되어 ATP 분자를 만드는 과정, 마지막 단계가 전자+양성자+산소=〉물
  ※산소는 적혈구(헤모글로빈)가 운반, 반응성이 큰 원자, 활성산소가 노화의 주범으로 죽음의 원인
- 발효 : 산소없이 에너지를 만드는 과정(효모=〉알콜)
- 거꾸로 포도당을 만들 때(광합성) 에너지가 필요(태양=〉물분해=〉수소이용, 산소는 부산물)

바디(우리몸 안내서; 빌 브라이슨)

- 세포 안팎의 이온 농도 차이(서로 다른 전하), 세포막에 이온통로로 전기생성
- 1미터 3,000만 볼트(번개), 세포내 전기량은 집안 전기량 보다 1,000배
- 세포내 에너지 담당 ATP(아데노신삼인산): 미세한 축전지, 다중 음이온 소유 =〉 금속 양이온과 결합
- 매일 우리는 몸무게만큼(50kg) ATP 생성, 약 200조개
- 모든 세포 1m DNA (지구상 생명체는 동일한 구조의 유전자, 같은 DNA 분자)
- 사람 만들려면 59개의 원소 필요(탄소, 산소 61%, 수소 10%, 질소 2.6%, 칼륨, 인이 99.1%=〉96,547파운드 168달러), 37.2조 개의 세포로 이루어진 우주
- 단백질 : 체중의 51%, 아미노산 사슬(단백질-폴리펩타이드-펩타이드-아미노산 20개), (※ 비타민 : 수소와 탄소 원자로 구성되며 일부 산소가 추가된 탄화수소, 효소 작용을 돕는 보조인자, 효소는 대부분 단백질로 구성, DNA=〉mRNA=〉단백질 : 생명중심원리)
- 탄수화물·지방 : 몸의 주된 연료창고, 탄소, 수소, 산소 화합물
- 세포는 탄수화물, 지질, 단백질을 피루브산, 지방산, 아미노산 분자로 분해하는 공

장이며, 아미노산을 연결하여 단백질을 합성하는 장소

창의성과 생각[7]

- 창의적 생각은 존재하지 않음, 다만, 지속적 표현과 수정이 있을 뿐(머릿속 이미지를 문자, 수식, 도형으로 표현하는 과정)
- 습관(무의식적으로 자동 출력되는 운동) vs 개념의 힘(의식적으로 자신이 원하는 방향으로 세상을 바라보게 하는 힘)
- 모든 변화는 행동에서 나옴, 습관은 반복되는 행동이며 개념은 반복되는 의식
- 생각은 뇌 속 이미지의 연결, 언어가 촉발하여 인출되는 기억의 연결이 생각, 생각의 가닥을 두 개 연결하면 단순 논리가 생겨나고, 세 개 연결하면 사건의 맥락이 보임 (기억들은 바람처럼 흩어지므로 붙잡아서 연결하기가 어려움)
- 패턴 인식과 패턴 생성, 과학은 인과관계로 패턴을 연결하는 과정이며, 예술은 의미있는 패턴을 만드는 과정임

---

7) 생명은 어떻게 작동하는가, 박문호, 2019

산업수도를 넘어 안전수도로
2025.7.31. 울산매일

울산광역시 행정부시장 안승대

울산은 자동차, 조선, 석유화학 등 제조업을 기반으로 국가 경제의 중추적인 역할을 담당해 왔으며, 대한민국 경제성장의 견인차 역할을 해왔다. 그러나 한편으로 중화학공업 기반의 국가산업단지가 밀집해 있어 화재나 가스 누출 등 작은 사고가 대규모 재난으로 확산될 위험도 크다. 산업단지의 안전을 강화하기 위해 보다 체계적인 관리·관제 시스템을 구축하여 지속적으로 재난에 철저히 대비해 오고 있다.

국가산업단지 내 20년 이상 노후배관에 인공지능(AI)과 디지털 트윈 기술을 접목해 균열과 가스 누출 상태를 실시간 모니터링하는 시스템을 구축 중이다. 총 130억 원이 투입되는 스마트그린산단 사업을 통해 올해 11월까지 미포국가산업단지 내 노후배관 1,767km에 대해 디지털 트윈 시스템이 구축될 예정이다. 2027년까지는 총 150억 원이 투입되는 '석유화학산단 안전관리 고도화 플러스 사업'을 통해 온산국가산업단지 내 노후배관 916km에 대해서도 디지털트윈과 함께 부식·누출 실시간 모니터링 시스템을 구축할 예정이다. 올해 5월에는 '울산국가산단 통합안전관리센터'를 준공하고 통합관제플랫폼, 지하배관 실시간 감시망 등 관련 시스템을 통합하여 관제하고 있다.

원자력 발전소 인근 지역으로 방사능에 대비한 실전형 대응체계를 마련하고 있다. 지난해 9월 새울원전에서 범국가 차원의 레디코리아(Ready Korea) 훈련을 실시하였다. '적색비상' 발령 상황을 가정한 화재 진압과 방사능물질 누출 차단, 사고 현장 제염 훈련 등을 관계기관 합동으로 점검하였다. 원전 주변 주민보호계획도 수립하여 매년 방사능 방재 합동훈련과 주민 참여형 대피훈련을 병행함으로써 주민 안전을 강화하고 있다.

특히, 올해 4월에는 전국 최초로 석유화학단지 내 특수재난훈련센터를 준공하여 산업단지 내 화재와 폭발 등 특수재난에 대한 대응 역량을 한층 강화하였다. 특수재난훈련센터는 석유화학시설 화재, 옥외탱크 폭발, 가스 누출, 유해화학물질 유출, 폭발물 사고, 대형 화재진압, 긴급구조 활동 등 총 7종의 특수재난 시나리오를 실전처럼 재현할 수 있는 최첨단 훈련 장비와 시설을 갖추고 있다.

전국 최초로 「방폭안전관리 지원 조례」를 제정하였고 한국석유공사, (사)한국방폭협회와 협력하여 석유화학 분야 위험물 취급사업장의 재난사고 예방을 위한 '울산 재난안전협력 업무협약'을 체결했다. '산업단지 기업체 최고경영자 안전간담회', '산업안전사고 예방실천 결의대회', '찾아가는 사업장 안전교육' 등 다양한 교육과 워크숍을 지원하며 현장 근로자의 안전 역량도 강화하고 있다.

최근 러시아-우크라이나 전쟁, 중국-대만 갈등 심화 등 불안한 국제 정세와 북한의 핵과 미사일 개발 등 위험요인이 증가하는 가운데 튼튼한 지역안보 구축에도 각별한 노력을 기울이고 있다. 비상사태 발생 시 울산의 주력산업인 자동차, 조선, 석유화학 공장이 군수시설로 전환될 수 있기에, 시민의 안전과 국가중요시설 방호는 필수적 과제다.

지난 3월에는 항만, 원전, SK에너지, SK가스 한국석유공사 울산지사 등 국가중요시설에 대한 무인기 테러 대응을 위해 '대(對)드론 체계 구축 업무협약'을 체결하였고, 통합방위협의회를 통해 북한 무인기 위협에 대응하는 기관 간 공조체계를 강화하였다.

민·관·군·경·소방 합동 통합방위태세훈련인 '화랑훈련'에서 전국 최초로 핵과 대량살상무기(WMD) 사후관리 훈련을 실시한 바도 있다. 올해 2월에는 과학적 훈련 시스템을 도입한 '울산과학화예비군훈련장'을 개장하여 정예 예비군 육성에도 힘쓰고 있다.

시민의 안보 의식 제고를 위해 매년 민방위교육과 경진대회를 개최하며, '국군장병 시티투어', 시민 대상 '호국안보 시티투어' 등 다채로운 프로그램도 운영해 지역사회 전반에 안보문화를 확산시키고 있다.

이 같은 노력들은 울산을 재난안전과 통합방위 분야에서 국내외로부터 주목받는 도시로 만들었다. 2023년 유엔 재난위험경감사무국(UNDRR) 으로부터 국내 두 번째, 세계 26번째 재난복원력 중심도시로 인증받았다. 필자는 지난해 10월 필리핀에서 개최된 '아·태 재난위험경감 각료회의 (APMCDRR)'에 참석하여 울산의 사례를 발표하며 동북아 재난안전 선도 도시로 위상을 확고히 했다.

이러한 성과를 토대로 올해 2월 중앙통합방위회의에서 '2024년 통합방위 태세 확립 분야' 우수기관으로 선정되어 전국 지자체 중 유일하게 대통령 표창을 받는 쾌거를 이뤄냈다.

안전한 환경은 시민과 기업이 도시에 정주하고 투자할 수 있는 중요한 조건이다. 제도와 정책이 뿌리 내리고 시민 한 사람 한 사람의 안전의식이 확립될 때, '안전한 산업수도'로 우뚝 설 수 있다. 반구천 암각화 세계유산도시, 글로벌 제조AI 혁신허브, 생태정원도시 이 모든 것의 우선은 안전이다.

2025년 1월 13일 재해(침수)위험지역인 태화시장 일원 태화배수펌프장 공사 현장을 방문해 추진상황을 점검한 후 고지배수터널 현장을 확인했다. 출처 : 울산제일일보

2024년 12월 16일 겨울철 대설대비 현장을 점검중인 모습

5

사람과 자연의 공존 정원도시

물은 모든 것 중에 최고다 (핀다로스*)

2025.3.21. 울산신문

울산광역시 행정부시장 안승대

3월 22일은 '세계 물의 날'이다. 인구 증가와 산업화에 따른 수질오염으로 먹는 물을 비롯한 모든 수자원에 대한 경각심을 불러일으키기 위해 1992년 제47차 유엔총회에서 지정하여 선포한 날 이다. UN은 올해 물의 날 주제를 '빙하 보존(Glacier Preservation)'으로 정했으며, 우리나라도 기후변화에 따른 물 위기에 적극 대응하기 위해 '기후 위기 시대, 미래를 위한 수자원 확보'로 주제를 정했다. 유엔은 '2023년 UN 세계 물 개발 보고서'에서 "현재 우리가 아무런 행동도 취하지 않는다면 지구상 모든 인구의 약 20%~25%는 안전한 물을 공급받지 못할 것"이라고 경고한 바 있다.

맑은 물에 대한 부족과 걱정은 울산도 예외는 아니다. 울산시 차원에서 가뭄, 식수 고갈 등 기후 위기 시대에 선제적으로 대비하고 특히, 반구천 암각화를 보존하는데 부족한 생활용수를 확보하기 위해 끊임없이 노력해 왔다.

2023년부터 2년 동안 연구해 지난 1월에 발표한 '울산 맑은 물 확보 종합계획수립 연구용역' 결과에 따라 12만여 톤의 맑은 물 확보 방안을 마련했다. ①운문댐 물의 울산공급 ②회야댐 리모델링 ③지하수 저류 댐 건설 ④대암댐 용도 전환 ⑤탈염 해수 등을 확보한다는 것이다. 특히, 탈염 해수는 석유 화학 공단 내 소재한 국내 유일의 소금 생산 공장인 ㈜한주의 소금 생산 공정 과정에서 발생하는 탈염 해수 1일 55,000톤을 활용하는 해수 담수화 사업이다. 천재지변, 재난, 가뭄 등 유사시 공급 가능한 소중한 미래 수자원이 될 것이다. 한편, 회야댐은 지난 3월 정부 차원에서 기후대응댐으로 최종 선정되었으며, 수문 설치를 통해 치수기능을 보강하면 1일 23,000여 톤의 물을 추가 확보할 것으로 예상된다. 추정사업비는 1,229억 원으로 국비 90%를 지원받는다.

이와 함께 병입 수돗물도 보급할 계획이다. '고래 수'는 2026년 5월부터 연간 50만 병(400mL, 1800mL) 생산할 계획이다. 평상시에는 각종 행사에서 사용하고 극한 가뭄과 재난 발생 시, 단수와 누수 시, 폭염 발생 시에는 취약 계층에 대한 지원도 할 수 있어 복지 강화는 물론 시민을 위한 '생명의 물'로도 사용하게 될 것이다.

울산의 젖줄인 태화강을 살리기 위해 2004년 에코 폴리스 울산 선언 후 2005년 태화강 마스터플랜을 수립하였다. 가정 오수관 연결 사업, 퇴적오니 준설, 대곡댐 상류 축산 폐수 저장조 설치, 하수처리장 신·증설, 태화강 하상교 비점오염저감시설 설치, 태화강 본류와 지천에 대한 생태하천 복원, 하천 정비와 제방 보수, 수질 개선제 투입 등 부단한 노력을 기울여 왔다.

그 결실로 태화강은 I 급수로 개선되어 지금은 오염물질이 거의 없는 청정상태를 유지하고 있다. 이러한 토대 위에 국가정원 지정은 물론 '2028 국제정원 박람회'도 유치하였다. 앞으로 세계적인 공연장이 건립되고, 학성공원 물길이 복원된다면 울산은 '태화강 르네상스 시대'를 활짝 열게 된다.

기후 온난화, 이상 기후 등으로 지구의 한정된 수자원은 줄어들고 있다.

미래 학자들은 이제는 석유의 시대(블랙 골드)는 가고, 물의 시대(블루 골드)가 올 것이라고 예견하고 있다. 맑은 물 확보는 시민 개개인이 '물을 소중하게 아껴 써야 한다'는 마음가짐과 생활 실천도 중요하다. 양치할 때 물컵 사용, 화장실 변기 절수기 사용, 빨래는 모아서 세탁하기 등의 생활 속 실천을 통해 많은 양의 물 절약이 가능하다.

상선약수(上善若水), '최고의 선은 마치 물과 같다'라는 노자의 말이다. 수소 원자 두 개와 산소 원자 한 개로 이루어진 물(H_2O)은 생명의 근원이며 인간 생활의 원천이다. 청정에너지인 그린 수소도 물을 전기 분해하여 얻는다. 물은 경제, 산업, 문화, 관광, 도시 인프라 조성 등 모든 분야에 필수불가결한 요소로 사람들을 모으고 더 많은 일자리를 만들고 지속 가능한 성장에 중요한 역할을 한다.

고래의 꿈! 맑은 물이 풍부해지면 바다로 떠난 고래가 어쩌면 다시 울산으로 돌아올지 모르겠다. 울산의 꿈과 미래도 물에서 나온다.

* Pindarus - 그리스 서정시인

울산시는 지난 3월 21일 울산시의회 시민홀에서 안승대 울산시 행정부시장, 환경단체 및 시민들이 참석한 가운데
'2025년 세계 물의 날 기념식'을 개최한 가운데 참석자들이 기념촬영을 하고 있다.

공동의 도전 모두의 행동

2025.6.5. 경상일보

울산광역시 행정부시장 안승대

6월 5일은 유엔이 정한 '세계 환경의 날'이다. 유엔 산하 환경 전문기구인 유엔환경계획(UNEP)은 1987년부터 매년 세계 환경의 날을 맞아 그 해의 주제를 선정하고 발표하며, 대륙별로 돌아가며 한 나라를 정해 기념 행사를 개최한다. 우리나라도 1996년 '각종 기념일 등에 관한 규정'에 따라 매년 6월 5일을 법정기념일로 정해 환경 보호 실천을 촉구하고 있다. 올해는 '세계 환경의 날' 기념 행사가 1997년 서울 개최 이후 28년 만에 우리나라 제주에서 열려 더욱 뜻깊다.

이번 세계 환경의 날 주제는 '플라스틱 오염 종식(Beat Plastic Pollution)'이다. 한때 플라스틱은 '신이 인간에게 준 선물'이라는 찬사를 받으며 현대 사회에서 없어서는 안될 자원으로 여겨졌지만, 이제는 생태계와 인간의 삶을 위협하는 존재가 되었다.

2019년 기준 전세계 플라스틱 생산량은 4억 6,000만 톤에 달하며, 지금 추세라면 2060년까지 12억 3,100만 톤으로 늘어나리라 전망된다. 우리나라 역시 플라스틱 다소비 국가로, 1인당 연간 플라스틱 소비량이 132.7kg에 달한다. 특히, 코로나19 이후 일회용 플라스틱과 포장재 사용이 심각하게 늘었다.

중요한 문제는 플라스틱이 버려지고 나서부터 시작된다. 경제협력개발기구(OECD) 통계에 따르면 전 세계 플라스틱 재활용 비율은 9%에 불과하다. 사용 후 버려진 플라스틱은 소각 처리하는 과정에서 다이옥신, 수은 등 인간에게 유해한 수많은 독성물질이 발생한다. 또한 수십 수백년간 썩지 않고 남은 플라스틱은 토양, 바다 등으로 유입돼 해양 생태계를 파괴하고 먹이 사슬을 통해 인류의 건강에 지속적인 악영향을 미친다. 특히 전 세계 바다에 떠다니는 눈에는 보이지 않는 수많은 미세 플라스틱이 요즘 큰 이슈가 되고 있다.

플라스틱은 비단 환경 오염에만 그치는 것이 아니라 기후변화의 주요 원인으로 지목되고 있다. 플라스틱의 생산부터 폐기에 이르는 전 과정에서 온실가스가 다량으로 발생해 지구온난화에 영향을 미치고 있다. 지구온난화로 인해 가뭄, 홍수, 폭염 등 과거에는 없던 극심한 기후변화가 지금 전 세계에서 빈번하게 발생하고 있다.

울산시는 이러한 플라스틱으로 인한 환경 오염 문제에 대응하기 위해 여러 가지 실천 방안을 모색하고 있다. 먼저 플라스틱 사용을 줄이기 위한 실천부터 시작했다. 시청 내에서는 1회용 컵 반입을 제한하고, 회의나 행사, 축제장에서도 다회용기 사용을 장려하고 있으며, 캠페인과 홍보를 통해 시민들에게도 일회용품 줄이기 실천을 유도하고 있다.

재활용 시스템 강화를 위한 노력도 하고 있다. 올바른 분리배출을 유도하기 위해 가정과 상업시설을 대상으로 지속적인 안내와 홍보를 진행 중이고 재활용품 품목별 별도배출 요일제 운영, 단독주택과 공동주택에 대해서는 배출 실태 점검도 실시하고 있다. 무인회수기를 설치해 투명페트병 투입 시 개당 10원씩 적립하는 제도도 시행 중이다. 제2차 자원순환 시행계획에 따라, 플라스틱을 포함한 생활폐기물 재활용률을 2023년 기준

51.1%에서 2027년 61%까지 끌어올리는 것이 목표다.

특히, 폐플라스틱을 열분해하여 석유의 형태로 연료화하는 화학적 재활용 기술에 대한 관심과 지원도 아끼지 않고 있다. 해중합(화학분해·재용합) 기술을 통해 석유 기반 플라스틱과 동일한 품질로 재생산하여, 이를 가전, 식음료 용기 등 다양한 제품의 원료로 활용하는 자원순환 시스템을 선도해 나갈 것이다.

플라스틱 오염 문제를 해결할 수 있는 궁극적 열쇠는 바로 시민들의 적극적인 관심과 참여다. 하루하루 무심코 사용하는 일회용 플라스틱 제품을 줄이고, 재활용을 철저히 하며, 환경 관련 행사나 캠페인에 자발적으로 참여하는 것이다.

울산시는 환경의 날을 맞이하여 시민들이 참여할 수 있는 다양한 활동을 준비했다. 6월 7일 태화강국가정원에서 '환경의 날 기념식'을 개최하고 환경콘서트와 환경가요제가 열린다. 울산지속가능발전협의회 주관으로 개최되는 '환경 한마당'에서는 플라스틱 오염에 대한 경각심을 높이고, 환경 보호 실천 방법을 공유하는 체험 부스와 전시 공간을 운영한다.

환경 문제는 개인의 문제가 아니라 모두의 문제다. 우리의 일상과 직결되어 있으며, 지금 당장 행동하지 않으면 더 큰 재앙으로 이어질 수 있다. 울산시는 국제정원박람회 개최를 계기로 클린업TF를 가동하고 매월 깨끗데이를 운영한다. 우리가 실천하는 작고 반복적인 행동들이 모이면 반드시 큰 변화를 이끌어 낼 수 있다.

지난 2024년 8월 26일 지속가능한 녹생환경도시 울산 만들기 심포지엄에서 핵심목표와 실천과제에 대해
심도 있게 논의하는 시간을 가졌다.

생물다양성이 중요한 이유

2025.5.22. 울산제일일보

울산광역시 행정부시장 안승대

5월 22일은 생물다양성 협약 채택을 기념하는 세계 생물다양성의 날이다. 유엔(UN)을 중심으로 채택한 협약은 매년 1만종 이상의 동식물이 멸종위기에 놓인 현실에서 생물을 보호하여 미래세대까지 함께 살고, 생물자원을 생산하는 저개발국과 이익을 공유 하자는 데 목적이 있다.

생물다양성은 자연재해 완화는 물론, 생태계 기능 유지를 통한 지구 생명유지시스템의 근간이다. 기후변화, 환경오염, 서식지 훼손 등으로 인해 전 세계가 생물다양성이 크게 위협받고 있다.

인류와 운명 공동체인 생물종 관리를 위해 세계자연보전연맹(IUCN)은 세계적으로 생물종의 멸종위협 정도에 따라 적색목록(Red List) 9그룹*으로 분류하여 국제보호야생생물로 보호하고 있다.

우리나라도 보호가치가 있는 생물자원들을 국가유산청에서 국가유산 중 천연기념물로 지정·관리한다. 또 환경부는 멸종위기야생생물 I 급과 II 급으로 지정하여 보호한다. 울산시는 동·식물과 곤충 등 57종을 보호야생생물로 정하고 있다.

울산에는 국제보호야생생물로 고라니, 수달, 무제치늪의 식충식물인 자주땅귀개 등이 있다. 천연기념물은 울주 목도 상록수림, 울산 귀신고래회

* Red list : 절멸, 야생절멸, 위급, 위기, 취약, 준위협, 비위협, 정보부족, 미평가

유해면, 울주 구량리 은행나무, 가지산 철쭉나무 군락지 등이다.

멸종위기야생생물로는 수달, 귀이빨대칭이, 삵, 담비와 구름병아리난초, 순채, 북방계식물인 갯봄맞이꽃, 전 세계에서 가장 작은 잠자리인 한국꼬마잠자리 등이 있다.

울산시 지정 보호야생생물은 솔나리, 식충식물인 끈끈이주걱, 땅귀개, 이삭귀개와 회귀어류인 황어, 은어, 연어 등이다.

울산의 자연환경도 산업화, 도시화로 큰 아픔을 겪던 때가 있었다. 시민·행정·기업이 함께 힘을 모아 이를 극복하고 태화강의 기적을 이뤄냈다. 이제는 사계절 내내 다양한 생물들이 찾는 도시가 되었다. 3월부터 9월까지 백로류 7종이 대나무숲에서 새끼를 기른다. 겨울철 아침저녁이면 떼까마귀 8만여 마리가 군무를 펼친다. 낮에는 독수리 200마리가 몽골의 하늘풍경을 자아낸다.

일상의 생물종을 관찰하고 기록하기 위해 울산시민생물학자와 울산 새통신원을 위촉 운영하고 있다. 조류동호회 모임인 짹짹휴게소 회원들도 열정적으로 활동하면서 반가운 소식들을 전해준다.

그 소식들 중에는, 국제보호야생생물인 청다리도요사촌, 노랑부리백로가 작년 6월에 서생해안에서 관찰되었다. 지난 2월에는 황새, 적갈색흰죽지 등이 찾아왔다. 일반시민들의 참여도 활발하다. 회야강 황새(24년 1월), 동천 저어새(25년 2월), 태화강 수달(25년 4월) 등을 관찰하고 영상으로 기록하여 시에 알려왔다.

때가 되면 찾아오는 지구 여행자들 외에도 올해에는 연료보충을 위한 깜짝 방문도 이어지고 있다. 지난 2월 19일 울산대공원을 찾아온 녹색비둘기는 종가시나무에서 보름동안 머물면서 시민들의 큰 관심을 끌었다.

또 지난 4월 23일에는 고등학생이 동구 해안에서 천연기념물이자 멸종위기야생생물Ⅱ급인 흑비둘기를 처음으로 영상에 담기도 했다. 해안가 농경지인 남창들녘은 새 소식으로 바빠지고 있다. 4월과 5월에는 희귀 나그네새인 제비물떼새, 노랑머리할미새, 메추라기도요, 붉은갯도요를 초등학교학생이 처음으로 관찰했다. 작년에 왔던 붉은가슴울새, 민댕기물떼새, 진홍가슴새 등도 포착됐다.

지난 2008년부터 시작된 겨울철새 관찰기록은 공공데이터로 제공하고 있으며, 울산생물다양성센터 누리집을 통해서 언제든 볼 수 있다.

울산시도 2021년 동아시아-대양주 철새이동경로 네트워크 사이트에 등재되었고, 태화강은 2024년 2월 국내 최초로 유네스코 생태수문학 시범유역에 선정되어 생태하천의 본보기가 되고 있다.

앞으로도 시민과 함께 조사한 정보를 모아 정확한 생물종 데이터베이스를 구축해 나갈 예정이다. 다양한 생물들이 함께 잘 살아가는 자연환경이라야 우리의 미래 아이들도 건강한 삶을 영위할 수 있다. 서식지를 보호하고 생물다양성 협약 목적에 맞는 활동들을 지속 이어나가야 할 이유이다.

반구천은 계속 흐른다

2025.7.14. 울산제일일보

울산광역시 행정부시장 안승대

2025년 7월 12일 울산의 반구천 암각화가 마침내 유네스코 세계문화유산 (UNESCO World Heritage Site)으로 등재되었다. 이는 2010년 세계유산 잠정목록에 오른 지 15년 만에 거둔 결실이다.

이번 등재는 단순히 한 지역의 유산이 국제적 인정을 받았다는 의미를 넘어, 울산이 삶의 흔적을 조형으로 남겨온 예술의 기원이자 기억의 터전임을 보여준다.

반구천의 암각화는 약 7천 년 전 사람들이 사냥과 어로의 장면을 바위에 새겨 기록한 선사시대의 시각 언어다. 사람들은 그림을 통해 공동체의 기억을 공유하고자 했다.

오늘날 도시의 벽과 골목에 남겨지는 어반아트(Urban Art) 역시 공동체와 사회에 던지는 메시지이자, 누군가의 경험이 스며든 흔적으로 도시 공간 위에 새겨진 현대의 암각화다.

2024년 울산시립미술관은 《반구천에서 어반아트로》라는 전시를 통해, 암각화와 도시미술 사이의 연결고리를 새롭게 조명했다. 바위에 새겨진 그림과 도시 벽면을 캔버스로 삼은 그래피티(Graffiti) 사이에는 오랜 시간이 흘렀지만, 인간이 표현하고자 하는 감정과 이야기를 남기고자 하는 본능은 변하지 않았다. 예술은 언제나 삶의 맥락 속에서 존재하고, 그것이 바로 예술의 본질이라는 메시지를 전달하고자 했다.

올해 5월, 세계적인 그래피티 작가 존원(JONONE)의 개인전 《Liberté-자유》에서는 거리미술이 단순한 시각적 자극을 넘어, '자유'라는 개념을 리듬감 있는 색과 형태로 풀어냈다. 그의 작업은 도시라는 공간에서 펼쳐지는 예술이 얼마나 생동감 있고 강력한 메시지를 전할 수 있는지를 보여주었다.

8월에는 도시를 마치 조각처럼 다루는 작가 빌스(VHILS)의 전시가 예정되어 있다. 그는 도시의 벽면을 긁고 파내는 독창적인 기법을 통해, 표면 아래 숨겨진 시간의 흔적을 되살린다. 과거의 사람들이 바위에 삶을 새겼듯, 그는 오늘의 도시 표면을 깎아 그 안의 이야기를 드러낸다.

이렇듯 반구천 암각화와 어반아트는 '공간을 매개로 시간과 삶을 기록하는 예술'이라는 공통된 언어를 지닌다. 이러한 예술의 시원(始原)에서부터 현대적 창작에 이르기까지, 전통과 현대, 자연과 도시, 유산과 창작이 공존하는 도시가 바로 울산이다.

울산의 지리적, 생태적 특성이 과거 선사시대 사람들이 삶을 기록하기에 최적의 장소였던 것처럼, 오늘날 예술가들에게도 창작의 영감을 불러일으키는 무대가 되고 있다. 미래의 암각화가 도시 곳곳에 새겨진다.

울산은 산업으로 도시의 근간을 다지고, 문화로 그 도시에 숨결을 불어넣으며, 생산의 에너지와 예술의 감성이 공존하는, 사람과 문화가 함께 머무는 도시가 된다.

반구천 암각화는 930여 점에 이르는 다채로운 장면이 새겨져 있다. 사슴, 호랑이, 고래 등 동물들과 피리를 부는 사람, 배를 타고 고래를 잡는 이들, 활을 든 사냥꾼 등은 당시 반구천이 자연과의 공존, 공동체 협력, 공유된

질서가 있는 지속가능한 선진사회였음을 시사한다.

산업은 물론, 음악·미술 등 문화예술과 체육의 시원이자 일터·삶터·놀터가 하나인 이상적인 공동체였다.

최초의 정원은 에덴동산 이전의 반구천이였을지도 모른다.

반구천 암각화를 품은 태화강은 국가정원이 되었고 산업수도 울산은 인공지능 수도로 나아간다.

이를 통해 어쩌면 21세기형 에덴동산이 될 수도 있지 않을까.

그래! 역시! 최강울산

반구천 암각화 유네스코 세계유산 등재 축하행사

관련 자료

반구천의 암각화 전경

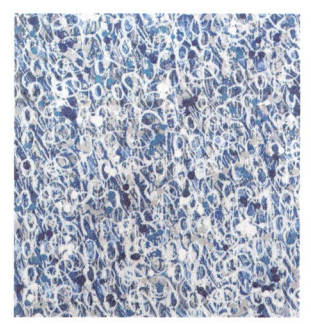

존원(JONONE)
당신이 알고 있는 세계
What You Know

빌스(VHILS)
버넷 시리즈 6번
(Burnet Series #06)

내가 읽은 책들

5. 지구는 우리를 어떻게 만들었는가 ORIGINS

(오리진, 루이스 다트넬, 2018, 이충호 옮김)

현재의 기온상승은 제4기의 장기적 빙하기 시대 안에서 일어남

- 현재의 지질시대가 시작된 260만년 전에 지구는 빙기가 반복적으로 일어나는 새로운 기후형으로 접어듦
- 현재 우리는 기온이 비교적 높고 육지를 덮은 얼음이 줄어들어 그 결과로 해수면이 높아지는 간빙기
- 지난 260만 년간 빙기는 40~50번, 갈수록 기간이 길어지고 기온도 더 내려감
- 빙기는 평균 8만년, 간빙기는 1만 5천년
- 마지막 빙기는 약 11만 7천년 전 시작되어 현재의 홀로세 간빙기가 시작될 때까지 10만 년간 지속
- 약 13만~11만 5천년 전 일어난 바로 앞 간빙기는 현재의 간빙기 보다 따뜻해 평균기온 2℃, 해수면 5m 더 높았으며 오늘날 아프리카 동물들이 유럽에 돌아다님

빙기 반복 원인 : 밀란코비치 주기(Milutin Milankovic)

- 태양에 대한 지구 자전축의 기울기와 그 궤도에 일어나는 변화
- ①지구의 궤도는 약 10만년의 이심률 주기에 따라 원에 더 가까운 모양과 더 길쭉한 모양 사이에서 변함 ②약 4만 1천년을 주기로 태양에 대한 지구의 자전축이 22.2°와 24.5°사이에서 변하면서 계절의 강도에 큰 영향 ③지구의 자전축이 약 2만 6천년을 주기로 뒤뚱거리면서 도는 팽이처럼 원을 그리는 세차(歲差) 현상
- 지구 궤도의 이심률이 세차 운동하는 지구의 자전축의 방향이 초래하는 효과를 증폭, 이 두 주기가 일치할 때 마다 또 한번 빙기로 접어들기 시작

대기중 온실가스 감소 매카니즘, 지구 냉각 효과

- 산맥이 높은 고도의 빙하와 비에 침식, 암석 속 광물들이 빗물에 녹아있던 이산화
  탄소와 반응하면서 녹아나와 강물에 실려 바다로 흘러갔고, 그곳에서 탄산칼륨 껍
  데기를 만드는 해양 생물에 흡수 => 히말라야 산맥이 조금씩 분해되었고 그 과정에
  서 대기중 이산화탄소가 고체 탄산칼슘에 갇히게 됨

약 6만년 전 우리 조상들은 아프리카 대탈출

- (미토콘드리아 이브) DNA 분석 결과 그 여성은 약 15만년 전 아프리카에 살았음
- (Y 염색체 아담)공통 부계 조상은 20만~15만년 전으로 추정
- 유전자 조사결과 세계 사람들 종이 놀랍도록 균일, 사람의 유전적 다양성은 아프리
  카 내에 살고 있는 사람들 사이에서 가장 크게 나타남
- 마지막 빙기 최성기인 약 2만 5천년 전 유라시아와 아메리카를 잇는 베링육교가
  남북방향으로 1,000km, 인류는 2만년 전후 아메리카로, 말과 낙타는 유라시아로 옮
  겨감, 약 1만 1천년 전 세계가 따뜻해지고 해수면이 상승하자 베링육교는 물밑으로
  가라앉음

팔레오세-에오세 최고온기
(Palaeocene Eocene Thermal Maximum ; PETM)

- 지질학적으로 아주 짧은 시간인 1만년 미만의 시간에 엄청난 양의 탄소(이산화탄
  소와 메탄)가 대기중으로 방출되면서 온실효과가 증가해 세계기온이 5~8℃ 급상승
- APP(우제류-소, 기제류-말, 영장류) 포유류의 급속한 출현을 촉발
- 화산분화에서 많은 이산화탄소 분출 => 바다 수온 상승 => 해저에 안정적으로 쌓
  여있던 메탄클래스레이트 라는 일종의 얼음을 불안정하게 만듦
- 5,500만년 전 PETM기 이산화탄소 농도와 지구 온도가 파국으로 다가가기 전에 플
  랑크톤이 지구 생물들을 구함 => 광대한 대양에 탄산칼슘 껍데기를 만드는 플랑크
  톤이 대기중 이산화탄소를 제거

바다를 채우고 있는 물

- 지구가 탄생한 후에 태양계 바깥쪽의 차가운 지역에서 날아와 지구에 충돌한 혜성

과 소행성에 실려옴

철, 별을 죽음에 이르게 하는 원소

- 철은 가장 안정된 원소로 핵융합 반응에서 나오는 에너지가 핵융합을 일으키는 데 드는 에너지 보다 적기 때문에 별 내부의 핵융합 반응은 철이 만들어지는 지점에서 멈춤, 초신성 폭발 이후 철보다 무거운 원소들이 만들어져 우주공간으로 흩어짐
- 강철은 철에 소량의 탄소 합금, 선철에서 탄소를 간단히 제거하는 방법(베서머법*) 이 개발된 1850년대 이후 값싼 강철 대량 생산
- * 녹은 선철을 회전로에 넣고 공기를 불어 넣으면 탄소와 그밖의 불순물이 산소와 결합해 제거되어 순수한 철만 남음

산소(공기중 1/5)

- 생물이 만들어 낸 것(광합성 : 초기의 남세균, 24억 2천만년 전 대산화사건)
- 대산화 직후 지구는 빙하시대로(증가한 산소가 대기중 메탄과 반응해 제거함) =〉 지속적인 화산활동으로 대기중 이산화탄소 농도가 충분히 높아지자 해빙기 시작, 대기중 산소 농도는 약 6억년 전에 오늘날 지구와 비슷해져 동물이 출현
- 대기중 산소가 충분하지 않아 지구 역사 90%는 불이 없었음

헬륨, 심각한 멸종위기에 처한 원소

- 우주에서 두 번째 풍부한 원소지만, 아주 가벼워 그 원자들이 지구 대기권에서 우주 공간으로 쉽게 빠져나감, 우라늄 같은 방사성 원소가 붕괴할 때 알파 입자라는 방사선이 방출되는데 알파 입자는 헬륨의 원자핵임

석탄, 화석화한 햇빛

- 유기 분자 속의 탄소가 이산화탄소의 형태로 공기중으로 빠져나가고 다시 광합성 식물이 그것을 흡수, 이러한 탄소순환 과정이 붕괴, 죽은 나무가 완전히 부패하기 전에 산소가 없는 땅속에 묻힘 =〉 이산화탄소가 많이 만들어 질수록 대기중 산소농도 증가(35%), 온실가스 감축으로 지구 냉각화
- 석유와 천연가스는 아주 작은 해양 플랑크톤의 유해

- 농사와 산림벌채를 통해 햇빛 에너지를 이용하던 초기 농경사회에서 시작해 핵융합로 안에 소형 태양 에너지 이용(중간단계 생략)
- 대기중 이산화탄소 농도는 자연적으로는 수만 년 동안 산업화 이전 수준으로 돌아가지 않을 것임. 서로 겹치는 밀란코비치 주기들의 리듬 때문에 정상적으로 5만년 뒤에 지구의 기후가 빙기로 되돌아 가야 하지만, 우리가 이미 대기로 쏟아낸 온실가스 때문에 다음번 빙기는 찾아오지 않을 것이 거의 확실함

※ 대기중 이산화탄소 농도는 10만년을 주기로 200~400ppm[8] 범위를 오르내리고 있었지만, 2015년 400ppm을 넘어 계속 증가 추세

---

8) 이산화탄소 400ppm은 공기를 구성하는 100만개 분자중 400개가 이산화탄소라는 의미이다. 공기의 조성은 질소분자 78%, 산소 분자 21%, 아르곤 1% 정도이다. 이산화탄소는 0.04%로 1만개 공기 구성 분자에서 4개만 차지

기후위기를 기회로 탄소중립에 도시역량 결집을

2025.3.28. 한국경제신문

울산광역시 행정부시장 안승대

최근 정부(온실가스종합정보센터)는 2022년 국내 온실가스 배출량이 약 7억 2,429만 톤으로, 2021년 대비 2.3% 감소했다고 발표했다. 온실가스는 이산화탄소(CO_2), 메탄(CH_4), 아산화질소(N_2O), 수소불화탄소(HFCs), 과불화탄소(PFCs), 육불화황(SF_6)으로 분류된다. 온실가스 배출량은 이산화탄소 환산량($CO_2eq.$)으로 표현되며, 에너지 소비, 교통, 농업(임업), 폐기물 관리 등 다양한 분야의 데이터를 종합해 산출한다.

온실가스 배출 현황

우리나라의 온실가스 배출량은 어느 정도 수준일까? 세계적으로 통용되는 단일한 온실가스 통계 자료는 존재하지 않는다. 하지만, EU 산하 공동연구센터(EDGAR)의 발표에 따르면, 2022년 전 세계 온실가스 배출량은 520억 톤에 달한다. 국가별로는 중국(29%), 미국(12%), 인도(8%) 순이고, 우리나라는 13위(1.3%)를 차지했다. 또 국제연구기관(Global Carbon Atlas)의 자료에 따르면 2022년 기준 세계 이산화탄소 배출량은 363억톤이며 우리나라는 10위이다.

국내 온실가스 배출 비율을 보면, 에너지 연소가 76.2%(에너지산업 36, 제조업·건설업 19.5, 수송 13.6, 건물 7.1 등)로 가장 큰 비중을 차지한다. 이어 산업공정 18.1%, 농업 3.2%, 폐기물 2.5% 순이다. 에너지산업, 제조업·건설업, 산업공정을 산업부문으로 구분하면 전체 배출량의 73.6%가

해당한다.

울산의 경우 2022년 배출량은 4,370만 톤으로, 전국 17개 시·도 중 8위다. 에너지 연소가 78.1%(에너지산업 40.0, 제조업·건설업 29.7, 수송 5.1, 건물 등 3.3) 산업공정 18.9%, 농업 0.3%, 폐기물 2.7%로 산업도시로서의 특성을 반영하듯 산업부문이 88.6%에 달한다.

국제기관과 정부 및 울산의 통계 자료를 종합해 볼 때, 산업부문 탄소저감 정책 및 기술 개발이 시급함을 시사한다.

주요 국가들의 탄소저감 정책

각국의 탄소저감 정책은 국내외 산업에 직접적인 영향을 미친다. 유럽연합은 2026년부터 탄소국경조정제도를 시행 6개 업종에 대해 탄소배출권 가격을 적용하고, 이를 기반으로 탄소국경세를 부과할 예정이다. 또한 ESG 경영 원칙에 따라, 기업들은 탄소 감축 목표와 실적을 투명하게 공개해야 한다. 국제적인 탄소저감 운동인 RE100(재생에너지 100% 사용)의 경우 현재 전 세계 435개 기업과 국내 36개 기업이 참여하고 있으며, 공급망 내 협력사들에게도 재생에너지 사용을 요구하는 추세다.

정부의 탄소중립 정책과 울산의 대응

정부는 2023년 4월 '국가 탄소중립·녹색성장 기본계획'을 발표하며, 2030년까지 산업부문에서 탄소 배출량을 2억 3,070만 톤으로 줄이는 것을 목표로 온실가스 저감 기술 개발, 재생·청정에너지, 수소 등 비화석 에너지 확대, CCUS(탄소 포집, 활용 및 저장) 기술 활용 등을 통한 산업 부문의 탄소 감축 방안이 포함되어 있다.

울산은 자동차, 화학, 조선, 비철금속 등 탄소배출 집약적인 산업구조를 가진 대표적인 산업도시로, 국제사회의 탄소저감 정책을 위기가 아닌 기회로 삼아야 한다. 이를 위해 최근 산업부문 탄소저감 기본계획을 마련하고 세 가지 방향으로 추진한다.

첫째, 청정에너지 보급 확대를 위한 그린 수소에너지 공급, 재생에너지 및 청정 열 생산 확대이다. 특히 최근 '해상풍력법'이 제정됨에 따라 울산시가 추진 중인 5.8GW 규모의 부유식 해상풍력 사업 추진이 가속화될 것으로 보인다. 이는 울산 내 기업들의 RE100 달성 및 온실가스 감축에도 중요한 역할을 할 것으로 기대된다. 둘째, CCS(탄소 포집 저장) 실증 사업을 추진하고, 산업단지 내 에너지 녹색 전환과 중소·중견 기업의 탄소중립 이행을 지원한다. 셋째, 사용한 자원을 재활용하고 재창조하는 신기술 개발 체계를 구축하는 등 탄소중립 신산업 육성이다.

탄소중립, 우리 모두의 실천 과제

탄소저감 정책은 일부 국가의 무역 장벽 대응책이기도 하지만, 궁극적으로 기후 위기로부터 생존하기 위한 필수 전략이다. 정부는 규제 혁신과 재정 지원을, 기업은 지속 가능한 경영을, 국민은 일상에서 실천할 수 있는 행동을 통해 탄소저감에 우리 모두가 동참해야 한다. 최근 미국의 트럼프 행정부 출범 이후 글로벌 탄소중립 정책 불확실성이 커졌지만, 탄소중립 사회로 나아가기 위한 노력은 더 이상 미룰 수 없는 과제다. 미래 세대를 위한 우리 산업을, 우리 환경을 지키는 길이기도 하다.

2025년 7월 9일 '제4회 세계 ESG 포럼' 개막식에서 '반구천 암각화와 울산ESG'를 주제로 기조 강연했다.

기후 재앙을 피하는 법

(빌게이츠, 2021)

이산화탄소 환산톤 510억톤(연간 배출량); 이산화탄소만 370억톤, 탄소만 100억톤

- 메탄, 이산화질소 등 온실가스, 이산화탄소 배출량 환산(Carbon Dioxide Equivalents)
- 메탄, 대기권 진입순간 이산화탄소 보다 120배 더 심한 온난화 초래, 다만 이산화탄소 만큼 대기에 오래 머물지 않음(메탄분자 28배, 아산화질소 265배)
- 510억톤 중 교통과 운송 16%(82억톤), 철강*과 시멘트 10% 등 제조 31%(158억톤), 전기 27%(138억톤), 사육**과 재배 19%(97억톤), 냉방과 난방 7%(36억톤)
  * 땅속 금속은 거의 언제나 산소와 결합된 철광석, 산소 제거를 위해 코커스를 함께 녹임 => 1톤 강철 만들 때 1.8톤의 이산화탄소 배출
  ** 약 10억마리 소, 트림과 방귀로 내뿜는 메탄은 20억톤의 이산화탄소 효과(4%), 버려진 음식이 썩으면 발생되는 메탄은 33억톤의 이산화탄소 효과

전력(메가와트는 100만와트, 1와트는 1초당 1줄(Joule)

- (전력소비)세계 5,000 기가와트, 미국 1,000 기가와트, 중간크기 도시 1기가와트, 작은마을 1메가와트, 평균적 미국가정 1킬로와트

그린프리미엄

- 깨끗한 그린에너지 기술에 붙는 가격 프리미엄(Premiums)

- 전기의 그린프리미엄이 높은 가장 큰 이유는 저렴한 석유와 비싼 송전선이 아니라 안정성에 대한 우리의 우려와 간헐성의 저주(계절적 간헐성과 높은 저장비용)
- 제로 탄소 제품을 더 싸게 만들거나(기술혁신), 탄소 집약적인 제품을 더 비싸게 만들어(탄소 가격제) 그린 프리미엄을 줄여야 함

무탄소 전기 만들기

- (핵분열) 미국 전기 20%, 프랑스 70%, 풍력과 태양광은 세계적으로 7%, 진행파원자로(Traveling Wave Reactor)라는 디자인(테라파워, 2008 빌게이츠 설립)
- (핵융합) 핵융합 반응에 필요한 엄청난 양의 에너지에 비해 결과물로 얻어지는 에너지의 양이 더 적다는 점이 장애

| 참고 |

1. 우리나라 2030년 배출량 목표 8.5억톤, 37%(3.1억톤) 감축시 5.4억톤 방출,
   2015년 파리기후변화협약은 2100년까지 지구 온도 상승 2℃ 이내로 협약

〈 2019년 특광역시 온실가스 배출량 〉

구분	전국(※)	울산	서울	부산	대구	인천	광주	대전
배출량	7억137만톤	3,846	2,797	1,458	863	5,356	578	588
비율	100.0%	5.5	4.0	2.1	1.2	7.6	0.8	0.8

※ 한국 : 2018년 정점 7억 2,760만톤 => 2030년까지 4억 3,660만톤(40% 감축, 탄소기본법),
2020년 6억 5,660만톤, 2021년 6억 7,960만톤

2. 수소와 산소 반응 에너지 발생 (수소 에너지 밀도 : 석탄 3.5배, 가솔린 2.5배)
   - 내연기관은 화석연료인 탄화수소를 공기중의 산소와 반응시켜 이산화탄소와 물로
     변환하는과정에서 에너지(열) 얻는 장치
   - 수소연료전지, 수소와 산소의 전기화학적 반응을 사용하여 물로 만드는 과정에서
     전기를 얻음, 수소와 산소를 백금과 같은 촉매하에서 반응하면 전기와 열과 물이 생성

3. 울산 부생수소 생산량 : 국내 생산량(2016년 164만톤)의 절반 정도(82만톤),
   전세계 생산량의 2~3%

4. 2021년 탄소배출권 가격 : 톤(t)당 2만8,000원(2022.7.1. 기준)

산림 가치의 재발견

2025.5.27. 경북매일

울산광역시 행정부시장 안승대

국토의 약 63%를 차지하는 우리나라 산림은 탄소흡수원으로 생물다양성 보전, 국민 삶의 질 향상 등 다양한 분야에 기여하는 핵심 자원이다. 특히, 기후위기와 도시화가 심화되는 이때 산림의 다기능적 가치가 더욱 주목받고 있다.

울산은 산림면적 68,001ha로 전국 산림의 약 1%를 차지하며, 특·광역시 중 가장 넓은 산림을 보유한 도시다. 임목축적은 192㎥/ha로 전국 3위이며, 침엽수림 37%, 활엽수림 27%, 혼효림 29% 등 구성도 다양하다. 특히 수령 40~50년 수목이 전체의 89.7%(전국 평균 84.1%)를 차지해 울창하고 성숙한 숲을 지닌 천혜의 산림 도시다.

지난 3월, 울산을 포함한 영남권에 발생한 대형 산불로 약 10만 4천ha의 산림이 잿더미가 됐다. 울산도 역대 최대 피해(1,190ha)를 입었다. 산림은 시간이 지나면 자연 회복된다는 인식이 있지만, 이는 실질적인 재난 대응책이 될 수 없다. 그렇다면 보다 효과적인 산불 대응은 무엇일까.

산림의 생태적 대응으로는 '수종 전환'이 있다. 우리나라 산림의 약 37%는 침엽수이며, 특히 소나무는 송진에 기름 성분이 많아 산불에 매우 취약하다. 또한 소나무재선충병과 같은 병해충 피해 저지를 위해서도 수종 다변화가 요구된다.

굴참, 상수리, 고로쇠 등 내화성 강한 활엽수 위주의 '내화수림대'를 조성하면 산불 확산을 늦추는 자연 소화제(消火劑) 역할을 할 수 있다. 이는 과거 산불이 잦았던 동해안 지역을 중심으로 조성 중이며, 해외에서도 유사한 접근이 이뤄지고 있다.

호주는 2019~2020년 대형산불로 18만 ha의 산림 피해를 입은 이후 도시 외곽에 방화림을 조성하고, 가연성 높고 전체 산림의 약 75%를 차지하는 유칼립투스 대신 다양한 활엽수를 혼합 조림하는 정책을 추진하고 있다.

미국은 산불이 잦은 서부 산악지역에 폭 30~50m의 산불 차단 구역을 조성하고, 산악도로를 방화도로로 활용 및 AI 기반 산불 감시 시스템 도입으로 산불 대응력을 높이고 있다.

산불의 조기 진화의 핵심은 신속한 인력과 장비 투입이며, 이를 가능케 하는 핵심 인프라가 바로 '임도'다. 임도는 산림 관리와 임산물 수송을 위한 도로로 산불 발생 시 진화 인력의 접근성을 크게 높여 산불 확산을 효과적으로 차단할 수 있다.

국립산림과학원에 따르면, 화재 지점 2km 이내에 임도가 있는 경우 현장 도착까지 평균 4분에 불과하지만, 없는 경우 최대 48분이 소요되는 것으로 나타났다. 따라서 임도 확충으로 산불 대응력 향상과 산불 감시용 카메라(일반, 열화상) 설치 확대로 감시 사각지대 해소 및 산림 인접 주택가와 사찰 등에 비상소화시설을 구축한다면 산불 예방 효과는 더욱 높아질 것이다.

임도는 트레킹과 산악자전거(MTB) 코스로 활용은 물론, 산지형 관광지인 양떼목장과도 연결시킬 수 있다.

지난 4월 방문한 포항시산림조합은 산림사업, 금융 외에도 임산물 산지

종합유통센터 건립, 로컬푸드 직매장 운영 등 임산물 시장 저변 확대를 위한 다양한 사업을 전개하여 지역 일자리 창출, 임가 소득 증대, 유통망 안정화 등에 기여하고 있었다.

구 호계역의 동해남부선 폐선부지에 조성된 울산숲과 국제정원박람회장 인근에 조성될 미세먼지 저감숲은 도시열섬 완화, 탄소 흡수 등 기후위기 대응을 위한 자연친화적 공간으로, 도시와 산림을 잇는 역할을 할 것이다.

최근 울산기업인 롯데정밀화학이 스마트묘목장을 건립해 주었다. 도심 내 숲과 정원이 많이 만들어지면 더 많은 나무와 꽃이 필요해지고 묘목 재배와 화훼산업도 활성화될 것이다. 나무의사, 식물병원도 만들어져 현대인의 아픈 마음까지 치유해 줄 수도 있다.

결국, 산림은 단순한 자연 휴식공간을 넘어 기후위기에 대응하고 국민 여가를 통한 삶의 질 향상은 물론 지역경제 활성화에 기여하는 소중한 자산이다. 이제는 산림의 생산력과 재해 대응력 강화, 정원문화 확산을 통해 산림정책을 고도화할 시점이며, 이는 산림청을 산림부로 승격해야 할 이유이기도 하다.

영화 '아바타'에 나오는 어머니 나무가 있는 숲은 인류가 탄생하고 오랜 기간 자라온 삶의 터전이었다. 도시화로 인해 망각해 온 에덴동산을 새롭게 다시 찾아 만들어가는 것은 어떨까.

2024년 11월 3일 영남알프스MTB챌린지

2025년 3월 26일 대운산 산불현장에서

6

스포츠 문화 꿀잼도시

글로벌 스포츠 메카로 도약한다

2025.5.13. 울산제일일보

울산광역시 행정부시장 안승대

울산은 '22년부터 '24년까지 대한민국 3대 스포츠대회인 전국(장애인)체육대회, 전국소년(장애학생)체육대회, 전국생활체육대축전 등을 성공적으로 개최하여 울산체육의 저력을 보여 주었다.

제105회 전국체전에서는 금 56개, 은 38개, 동 40개를 획득해서 특·광역시 중 메달순위 2위로 역대 전국체전 중 최고 성적을 달성했고, 제33회 파리올림픽에서도 금메달 1개(태권도)를 획득했다.

2024년 세계 최초로 개최한 울산 세계명문대학 조정 페스티벌은 옥스퍼드, 하버드 등 명문대학 10개팀이 참여하였으며, 울산-KBO Fall리그 국제야구대회도 일본, 쿠바 등 9개 야구팀이 참가한 가운데 성황리에 개최됐다. 울산시는 '누구나 즐기면서 꿈꾸는 글로벌 스포츠 선진도시, 울산'이라는 비전으로 시민건강을 위한 생활체육 지원, 전문스포츠 육성과 스포츠마케팅 확대, 학교체육 지원, 스포츠 선진도시 조성을 위한 체육시설 확충 등 4대 추진전략을 수립하고 '글로벌 스포츠 메카, 울산'을 만들어 가고 있다.

우선, 시민건강·지역활력을 위한 생활체육을 확대한다. 건강 100세 시대를 맞아 시민들의 스포츠복지를 향상시키고, 건강도시 울산을 만들기 위해 유아부터 중장년층까지 생애주기별 맞춤형 스포츠 활동을 지원하고 있다. 울산 실정에 맞는 각종 생활체육 프로그램 보급으로 시민 모두가 생활체육에 참여할 수 있도록 한다. 종목별 생활체육 대회, 시민생활체육대축전 등 스포츠대회를 개최하여 청년·중장년층 누구나 스포츠를 즐길 수 있는 기회를 제공한다.

게이트볼, 파크골프 등 어르신들이 쉽게 즐길 수 있는 생활체육 종목에 대한 지원도 확대하고 있다.

다음으로, 전문스포츠 육성을 강화한다. 울산시는 전국(장애인)체전과 전국소년(장애학생)체전 출전 지원, 직장운동경기부와 전문체육 선수 육성을 통해 울산 스포츠 위상을 높여 가고 있다. 프로스포츠 활성화를 위해 지역연고 프로스포츠구단인 울산 HD FC 축구단과 울산현대모비스 피버스 농구단도 지원한다.

셋째, 학교체육 발전과 우수한 학생선수 발굴을 위해 학교운동부 지원은 물론 꿈나무 선수와 학교체육을 지속적으로 육성하고 지원한다. 학교체육-생활체육-전문체육의 선순환 시스템을 구축하여 학생들에게 다양한 스포츠 활동의 기회를 제공함으로써 체력을 증진시키고, 동시에 체육 인재를 발굴해 나간다.

마지막으로, 스포츠 선진도시 조성을 위해 공공체육시설을 지속적으로 확충한다. 국내 최초의 도심형 카누슬라럼센터(경기장)를 건립하여 국제대회 유치와 전문 선수 육성을 위한 훈련 시설을 갖춰 수상 스포츠 저변을 확대하고, 스포츠 도시 울산의 경쟁력을 강화한다. 이외에도 문수야구장 관람석 증설과 유스호스텔 건립, 문수 실내테니스장, 동천체육관 보조경기장, 대중형 공공골프장 등 건립으로 다양한 체육인프라를 확충해 나가고 있다. 특히, 노년층 스포츠활동 및 건강증진을 위해 여천매립지와 강동관광단지를 활용해 파크골프장을 조성하고 있다. 여천매립장은 과거 생활쓰레기 매립지였으나, 이번 사업을 통해 완충녹지에 자리 잡아 '정원 속의 파크골프장'으로 불리게 될 것이다. 아울러 2028년 국제정원박람회 개최 장소로도 활용되어 울산의 자연과 어우러진 힐링 스포츠 공간으로 변모할 것이다.

한국 최초의 스포츠문화 기록인 「반구천의 암각화」에는 활쏘는 사냥꾼 과 고래잡이 배(조정) 그림이 있다. 7천여 년 전 한국인의 활쏘는 삶 DNA가 현대까지 이어져 우리나라가 양궁의 세계 최강국이 되었다. 이러한 역사문화적 배경을 기반으로 2025 KOREA 울산 세계궁도대회를 10월에 개최한다. 민족별 전통활쏘기 대회는 전 세계 민속축제의 장이 될 것이다. 또한 '24년 세계 최초로 개최된 울산 세계명문대학 조정 페스티벌은 올해도 8월에 참가국가와 팀을 확대 개최하여 세계적인 스포츠 축제로 발전시킬 것이다.

이러한 지속적인 공공체육시설 확충과 각종 국내외 스포츠대회의 개최, 학교체육-생활체육-전문체육의 선순환 시스템 구축 등의 체육시책을 통해 '글로벌 스포츠 메카, 울산'의 밝은 미래를 기대해 본다.

글로벌 수상스포츠 선진도시의 꿈
2025.10.22 울산매일

울산광역시 행정부시장 안승대

지난 8월 23일과 24일 양일간 태화강에서 열린 '2025 울산 세계명문대학 조정 페스티벌'은 미국 하버드·예일·MIT, 영국 옥스퍼드·캠브리지, 독일 뮌헨·함부르크, 일본 동경대, 중국 북경대, 싱가포르국립대 등 7개국 12개의 세계적인 명문대학 선수들이 참가하여 치열한 레이스를 펼쳤다.

조정 페스티벌에 참여한 선수들은 태화강 물살 위에서 젊은 패기와 열정이 넘치는 경기를 펼쳤고, 관람한 시민들은 태화강의 아름다움과 함께 울산이 수상스포츠 선진도시로 도약할 수 있다는 확신을 얻었다.

1829년 시작된 영국의 옥스퍼드 대학교와 케임브리지 대학교 간의 조정 경기인 더 보트 레이스(The Boat Race)와 1852년 시작된 하버드 대학교와 예일 대학교의 조정 경기인 하버드-예일 레가타 (Harvard-Yale Regatta) 라는 각 나라의 최고 대학 간의 라이벌 전은 이미 세계적으로 잘 알려져 있다.

올해 두 번째 개최하는 울산 세계명문대학 조정 페스티벌은 위 4개 대학을 포함해 전세계 12개 명문대학이 태화강에 모여 대회를 겨루었다는 사실만으로도 놀라운 일이다. 이 대회가 10회, 20회 이어져 그때는 울산 그리고 태화강이 어떻게 세계 사람들에게 기억될지 생각하는 것만으로도 가슴 설렌다.

9월 3일에는 국내 최고 카누대회인 '카누 국가대표 후보선수 선발과 함께 태화강 전국카누선수권대회'를 개최하였고, 2028년 울산 국가정원박람회에 맞춰 국내 최초 국제규격의 카누 슬라럼 경기장도 만들 예정이다. 태화강을 중심으로 세계적인 수상스포츠 무대가 착착 준비되고 있다.

일산·진하해수욕장에서 열리는 '울산조선해양축제'와 '울주 해양레포츠 대축전' 등 다양한 수상스포츠 축제는 울산의 해양 자원을 새로운 레저 공간으로 탈바꿈시키고 있다.

울산시의 이러한 노력들은 세계적으로 검증된 수상레저 성공 모델과도 맞닿아 있다.

영국 템스 강에서 매년 열리고 있는 '헨리 로열 레가타(Henley Royal Regatta)' 대회는 인구 만 여 명의 헨리마을에 연간 약 500~600억원의 수익을 가져다준다.

미국 찰스 강에서 2일간 열리는 '찰스 레가타(Head of the Charles Regatta)' 조정 대회는 22만여명의 사람들을 불러들이고, 약 1,000억원을 벌어들인다.

다양한 수상스포츠 대회 개최와 해양레저 인프라 구축은 울산의 3대 주력산업과의 연계로 자연스럽게 이어질 것이다.

우선, 울산의 강점인 조선 기술력을 활용하여 친환경, 스마트 기술이 접목된 요트나 선박을 개발하고, 이를 마리나 시설과 수상스포츠 이벤트에 활용할 수 있다. 태화강에서 운행될 수상택시나 유람선에 최신 조선 기술을 적용해 첨단 산업의 쇼케이스로 활용 가능하다.

요트 건조에 필요한 탄소섬유, 경량 복합 소재 등 첨단 화학 소재를 석유화학 기업들이 개발하고 공급한다면, 새로운 시장을 개척할 수 있다.

자동차 산업의 자율주행 기술을 수상스포츠 장비나 선박에 접목하거나, 친환경 전기 동력 기술을 활용한 수상 레저 장비를 개발하는 등 기존 자동차 산업의 기술력을 수상 모빌리티 분야로도 확장할 수 있다.

울산 세계명문대학 조정 페스티벌도 『태화강 레가타』로 발전해 나갈 수 있다.

이번 페스티벌의 엠블럼은 유네스코 세계유산인 반구천의 암각화에 새겨진 선사시대 고래잡이 장면 속 배 그림을 활용하였다.

반구천의 암각화 속 7,000년 전 선진 공동체에서 고래잡이 배를 만들던 사람들의 DNA가 지금까지 이어져 조선·자동차 산업이 세계 1위로 성장했다.

이 맥(脈)을 이어 주력산업과 AI(인공지능)을 접목한 새로운 성장동력인 수상스포츠 레저·관광산업으로 더 풍요로운 21세기형 반구천 정원시대로 나아가 보는 것은 어떨까.

책은 인류의 기억이며 시간의 그릇이다

2025.4.23. 울산매일

울산광역시 행정부시장 안승대

4월 23일은 유네스코가 제정한 '세계 책의 날'이다. 인류의 지식을 전달하고 가장 효과적으로 보존하는 데 큰 역할을 해온 책의 중요성을 인식하고, 도서의 보급이 독자 개인을 넘어 문화적 전통과 가치에 대한 사람들의 인식을 발전시키며, 이해·관용·대화를 기반으로 한 행동을 촉진시킨다는 의미에서 제정된 날이다.

울산에는 반구천 암각화가 있다. 선사시대부터 바다와 함께 살아온 사람들의 숨결이 깃든 곳으로, 고래를 따라 바다로 나가고, 사슴과 호랑이를 쫓아 숲을 누비며, 사냥과 고기잡이로 삶을 이어가던 이들의 일상과 세계관이 바위 위에 고스란히 새겨진, 소중한 문화유산이다.

단순한 그림을 넘어서, 선사시대 사람들의 생각과 경험을 후대에 전하는 중요한 매개체로서 이해할 수 있다. 말이나 글이 존재하지 않았던 시대, 인간의 삶과 세계를 표현하고 기록했던 가장 원초적인 기록 방식이며, 인간이 얼마나 오래전부터 기억하고, 나누고, 전하고자 했는지를 보여주는 생생한 증거이다.

인간은 그림과 기호를 통해 정보를 기록하였고, 그렇게 남겨진 기록은 후대 사람들에게 영향을 미치며 그들의 생각과 행동을 변화시켰다. 이후 문자와 언어의 발명은 사람들 간 의사소통과 정보의 전달을 더욱 정교하고 효과적으로 만들었으며, 특히 '책'은 이러한 기록과 전달의 과정에서 혁신적인 역할을 해왔다.

종이와 활자의 발명은 지식과 문화를 대량으로 기록하고 전달할 수 있게 했다. 지식의 축적과 공유를 가능하게 한 결정적인 전환점이 되었다. 인간은 책을 통해 깊이 있는 사유를 하고, 자신의 생각과 경험을 나누며, 시대를 초월한 사회적 연결망을 형성하였다. 인류의 지식은 축적되었고, 이는 문명의 발전을 이끄는 밑거름이 되었다.

오늘날에는 디지털 기술의 발달로 정보의 기록과 전달이 더욱 빠르고 광범위하게 이루어지고 있다. 인터넷과 소셜 미디어는 실시간으로 생각과 경험을 전 세계와 공유하는 플랫폼이 되었으며, 기록하고 전달하려는 인간의 본능은 이제 전례 없는 폭발적인 방식으로 구현되고 있다.

최근 한강 작가의 노벨문학상 수상과 함께 멋진 독서(텍스트힙*) 열풍 분위기 속에서 1020 세대의 독서에 대한 관심도가 높아졌다. SNS에 책 표지와 인상 깊은 문장을 공유하는 청년 세대들이 늘었고, 서로의 생각을 교환하는 온라인 독서 모임도 증가하고 있다. 디지털 환경 속에서 사람들이 생각을 나누고, 경험을 공유하며, 지식을 축적해 나가는 새로운 방식으로 자리 잡고 있다.

다양한 방식으로 책을 접할 수 있는 환경은 더 많은 사람들에게 책을 통한 지식과 문화의 접근을 열어주었고, 이는 지리적·경제적 제약을 넘어 더 많은 이들이 책을 통해 자신의 세계를 확장하고 더 큰 시야를 갖게 한다.

책은 인간이 시간을 넘어 자신과 세계를 이해하려는 노력의 결과물이다. 책을 통해 우리는 시대와 장소를 초월한 사고와 경험에 닿을 수 있었으며, 이를 통해 인간은 끊임없이 자기 자신과 세계를 탐구해 왔고, 인류의 역사는 진화해 왔다.

우리에게는 반구천 암각화 외에도 자랑스러운 한글과 세계 최초 금속활자로 찍어낸 직지심체요절도 있다. 세계 책의 날을 기념하며, 우리는 책이 단순히 지식을 전달하는 도구를 넘어, 인류의 문화와 정체성을 형성하고, 사람들 간의 소통과 이해를 이끄는 중요한 매개체임을 다시 한번 되새기게 된다. 책은 과거와 현재, 미래를 이어주는 지식의 다리이며, 서로 다른 세계관을 연결하는 창으로서 인류 발전의 핵심적인 요소임을 잊지 말아야겠다.

울산도서관은 이러한 책의 의미를 기억하며, 책을 통한 소통과 공감의 문화 확산을 위해 4월 23일 2025년 '북(Book)적북적 울산, 올해의 책' 선포식을 개최한다. 시민들과 함께 여섯 권의 올해의 책을 읽고, 서로의 생각을 나누며 공감하고 이해하는 과정을 통해 함께 성장하는 문화도시 울산을 그려 나가자.

*텍스트힙 : 책을 뜻하는 '텍스트'와 멋지다 또는 유행에 밝다는 의미의 '힙'이 합쳐진 신조어로서, 독서 행위가 멋지고 세련된 활동으로 인식되는 현상을 의미한다. 디지털 기기에 익숙한 MZ세대에서 두드러지게 나타나는 동향으로, 독서를 단순한 취미 활동을 넘어 자기표현과 소통의 수단으로 활용하는 것을 말한다.

2025년 4월 23일 울산도서관 대강당에서 열린 2025년 '북(Book)적북적 울산, 올해의 책' 선포식에서
올해의 책 선정도서 작가, 시민 대표들과 올해의 책 선정도서를 들고 기념촬영을 했다.

2025년 4월 16일 울산어린이청소년도서관 개관식에서

내 인생의 책 한 권 (김상욱, '떨림과 울림')

2025.9.15. 울산도서관 소식지 제30호

울산광역시 행정부시장 안승대

나는 공무를 수행하는 공직자다. 지난 수십 년간 많은 정책을 다루고, 복잡하고 다양하게 얽힌 문제를 조율하고 해결하는 일을 해왔다. '성실함과 객관성', '논리와 균형'. 내가 일을 할 때 나름 기준으로 삼아온 것들이다. 그 덕분인지 큰 실수 없이 잘 지나온 편이지만, 가끔 지난 시간을 돌아보면 마음속 어딘가에는 뭔지 모르지만 설명하기 어려운 아쉬움과 공허함이 늘 함께 있었다.

그때 우연히 손에 들게 된 책이 김상욱 교수의 『떨림과 울림』이다. '물리학 책이라니, 지금 내게 필요한 책이 맞을까?'라는 의문이 들었지만, 책장을 넘길수록 생각이 바뀌었다. 이 책은 단순히 물리학을 설명하는 과학서가 아니라 삶과 존재, 더 넓게는 인간과 우주에 대해 성찰하게 하는 철학서였다. 물리학자만이 가질 수 있는 특유의 정밀한 시선과 마치 시인과도 같은 섬세한 감성이 조화롭게 어우러져 있어서 나를 둘러싼 모든 것을 새롭게 바라볼 수 있는 신선한 충격을 주었다.

이 책은 '떨림'과 '울림'이라는 물리학적 개념에서 시작한다. 모든 원자는 떨리고 있고 우리는 그 원자들로 이루어져 있다. 살아 있다는 것, 존재한다는 것은 곧 끊임없는 떨림이라는 것이다. 더 인상적인 것은, 이 떨림이 나

혼자만의 움직임으로 끝나지 않고 서로에게 영향을 주고받는 '울림'이 되어 이 세계를 구성한다는 것이다.

즉, '존재의 떨림은 서로의 울림이 된다'라는 것인데, 개인과 개인, 개인과 사회의 관계 역시 독립적인 것이 아니라, 끊임없이 서로 영향을 주고받는 파동이라는 설명에 나는 깊이 공감했다.

나의 가족들, 직장에서 만나는 동료들, 다양한 정책 시행으로 영향을 받는 시민들에게 나는 어떤 울림을 주고 있었는지 생각해 본다. 따뜻한 진동이 있었는지 아니면 단절된 소음이었을지, 나의 생각과 판단이 그들에게 어떤 울림으로 전해졌을지 진지하게 생각해 보게 되었다.

이 책에서는 '양자역학', '상대성이론', '엔트로피'와 같이 비교적 어려운 개념들이 등장하지만, 김상욱 교수는 일상의 언어로 쉽게 풀어낸다. 특히 인상 깊었던 건 '엔트로피'에 대한 해석이었다. 엔트로피는 '무질서의 척도'로만 알고 있었는데 그는 이 개념을 큐브 장난감을 예로 들어 설명해 준다. 큐브를 처음 맞췄을 때는 색이 질서 정연한 상태지만, 여러 번 돌리다 보면 색이 제각각 섞이며 점점 복잡하고 무질서해진다. 이처럼 세상도 본질적으로 무질서해지는 방향으로 흘러간다는 것이다. 다만, 그는 이러한 무질서를 부정적으로 보지 않고, 무질서 속에서 인간의 자유와 창조성이 피어난다고 말한다. 완벽한 통제로 인한 확실한 예측보다 불완전하고 복잡한 흐름 속에서 새로운 질서가 태어난다는 것에 공감하며, 불완전함과 혼돈을 피하는 것이 아니라 그 안에서 균형을 찾고 조화로운 흐름을 만들어가는 것이야말로 공직자로서 내가 해야 할 역할이라는 사실을 다시금 깨닫게 되었다.

그동안 나는 과학을 지식으로만 배워왔다. 대학 시절 이후 물리학이라는 단어조차 낯설게 느껴졌는데 이 책을 통해 물리학이라는 것이 우리 삶과 얼마나 깊이 연결되어 있는지, 다양한 질문과 생각에 얼마나 가까이 다가갈 수 있는지를 새삼 느꼈다.

내가 속해 있는 공직사회가 만들어 내는 각종 정책은 숫자와 데이터, 그리고 수많은 근거 위에 만들어지지만, 그 이면에는 언제나 '사람'이 존재한다. 이 사람과 사람 사이의 울림이 결국 사회를 움직이는 힘이라는 것을 이 책은 다시 일깨워 주었다.

아직 나는 현직에 있고 지금도 여전히 다양한 문제를 접하고 정책을 만들어 내고 있다. 다만, 이전과는 조금 다르게 접근해 보고 싶다. 보고서의 문장들 사이에서도, 회의에서 주고받는 말 한마디 속에서도, 내가 다루는 정책들 속에서도 내가 만들어 내는 울림을 의식하려 한다. 한 사람의 개인으로서도, 공직자의 한 사람으로서도 내가 하는 모든 것들이 누군가에게 영향을 미치는 아주 중요한 파장이라는 점을 잊지 않으려 한다.

김상욱 교수의 『떨림과 울림』, 내 생각과 삶을 조금 더 따뜻하고 유연해질 수 있도록 해주었다. 한동안 마음속 어딘가 묻어두고 지냈던 질문들을 다시 꺼내게 만든 이 책을 많은 사람들과 같이 나누고 싶다.

내가 읽은 책들

떨림과 울림

(김상욱 지음)

우주와 우리의 존재는 가장 기초적이고 본질적인 문제이지만 항상 의문스럽고 이해하기 조차 어렵다. 이책은 물리학의 기본개념들을 알기 쉽게 기술해 우리의 이러한 궁금증을 어느정도 해소해 준다.

전반부는 빅뱅이론 등 우주와 물질과 시공간의 탄생, 원자의 구조, 뉴튼역학과 양자역학, 카오스, 엔트로피 등 물리이론 들을 설명해 주고 후반부에 책의 주제인 떨림과 울림을 이야기한다. 후반부의 주제를 중심으로 소개해 본다.

(1) 존재의 떨림으로 빈곳은 이어진다

우주에는 중력, 전자기력, 강한핵력, 약한 핵력 등 네종류의 힘이 존재한다. 우리 주위의 대부분의 자연현상은 전자기력 때문이다. 전자기파는 파장이나 주파수에 따라 AM, FM 같은 라디오전파, 마이크로파, 적외선, 가시광선, 자외선, 엑스선, 감마선 등 등이 있다. 전자기파(빛)로 보고 전기신호로 뇌가 이해한다. 전기로 대부분 기계가 움직인다. 전자기력은 중력보다 비교 안될 정도로 강하나 물질내부에 숨어있다 보니 이해하기 어렵다. 지구의 자기장 처럼, 존재가 있음에 따라 우주의 공간은 전자기장으로 가득하며, 존재의 떨림은 빛의 속도로 우주의 구석구석까지 전달된다.

(2) 전체는 부분의 합보다 크지만 부분없이는 존재할 수 없다

우주에는 0.00000000000000000000000043km의 쿼크부터 440,000,000,000,000,000,000,000km의 우주까지 그 이전의 층위로는 환원될 수 없는 수많은 층위들이 있

다. 각 층위는 자신만의 언어와 법칙을 가지고 있지만, 동시에 인접한 위아래 층위와 긴밀히 연결되어 있다.(상전이와 창발)

물질을 이루는 기본입자는 쿼크, 렙톤, 게이지보손, 스칼라보손이다. 쿼크와 렙톤은 물질을 만드는 재료고, 게이지보손과 스칼라보손은 이들을 이어준다. 쿼크가 모여 양성자, 중성자가 되고 전자는 렙톤이다. 양성자, 중성자, 전자가 모여 원자가 되는데 이들을 묶어주는 힘이 전자기력이다. 세상은 원자들이 끊임없이 쪼개지고 결합하는 것에 불과하다.

수소 두개가 만나면 한쪽 전자가 양쪽 원자핵 주위에 동시에 존재하는 상태가 되는데 이처럼 물질을 이루는 모든 원자가 전자들을 한꺼번에 공유하는 경우 도체가 된다. 전류는 원자 전체가 만든 전도띠에 전자가 있을 때 생기며 하나의 전자가 모든 원자의 위치에 동시에 존재하는 양자역학적 상태다. 불순물로 인해 저항이 생기고 온도가 높아지면 저항이 커진다.

(3) 사라지는 것은 없다, 변화할 뿐이다

에너지 보존법칙과 질량이 에너지($E=mc^2$, E 에너지, m 질량)라는 점에서 우주는 에너지로 연결되어 있다. 예를 들어 우리의 호흡으로 유기물을 산소로 태워 에너지를 만드는데 유기물은 식물이 광합성으로 만들고 광합성에 필요한 에너지는 햇빛으로 얻는다. 태양에서의 핵융합반응 즉, 수소가 결합돼 헬륨이 되면서 에너지가 생성된다. 수소는 우주 탄생 후 만들어졌다. 따라서 모든 에너지는 빅뱅에서 기원한다. 그리고 세상은 운동이다.

놀랍게도 지구상의 거의 모든 생명체는 동일한 구조의 유전자에 같은 방식으로 정보를 저장하고 이용한다. 지구상의 모든 생명체가 단 하나의 생명체로부터 분화한 것이다.

(4) 우주는 떨림과 울림이다

단순조화진동(단진동), 모든 물체는 정지해 있는 것처럼 보이더라도 다 움직인다. 미세한 원자부터 천체까지 단진동 한다. 파동도 단진동의 모임이다. 뇌의 활동도 전기

신호의 진동이므로 인간도 단진동으로 소통하고 세상을 인지한다. 단진동은 진동수와 진폭으로 기술되는데 주기의 역수인 진동수가 물질의 고유한 식별번호가 된다. 카오스는 주기가 무한대인 주기 운동이다. 파동이라고 믿고 있던 빛이 물질과 같이 행동한다는 사실에서 물질과 파동의 경계가 허물어지고, 파동으로부터 물질을 만들어낸다는 이론이 만들어졌다(초끈이론). 결국 세상은 현의 진동이고 우주는 떨림이다. 힌두교에서는 신을 부를 때 옴(aum)이라는 단진동 소리를 낸다고 한다.

최초의 생명체가 진화를 거듭해 인간에 이르렀고 인간은 의미 없는 우주에 의미를 부여하고 행복이라는 상상을 누리며 산다. 그래서 인간이 우주보다 경이롭다.

고래가 노래하고 쇠가 숨쉬는 소리

2025.7.1. 울산신문

울산광역시 행정부시장 안승대

울산 반구천 암각화를 이야기할 때 우리는 바위에 새겨진 고래 그림을 제일 먼저 떠올리지만, 바위 위에는 고래 이외에도 고대인의 삶과 정서, 그리고 소리가 함께 새겨져 있다. 그중 긴 막대기를 얼굴에 가져다 대고 있는 인물상이 있는데 일각에서는 고래를 부르기 위한 피리였을 거라고 한다. 당시 고래잡이는 선사인들의 삶이자 생활이고 생존을 위한 전쟁터였을 것이다.

최근 울산을 찾은 국내 유일 파이프오르간 제작자 홍성훈 마이스터와 김동철 온고 대표는 반구대에 새겨진 이 피리 그림이 서양의 파이프오르간 형성과 연관되었을 가능성을 언급했다. 이 고대악기는 고구려 시대부터 사용된 생황이라는 악기의 원형이었다고 한다. 생황은 대나무 13개 관에 청동리드를 끼워 화음을 내는 악기로, 파이프오르간과 구조적으로 흡사하다. 이 고대악기가 당나라를 거쳐 철의 실크로드를 따라 중동과 유럽으로 전해졌고 17세기에 만들어진 파이프오르간에 영향을 주었다는 것이다. 동아시아 선사시대 악기가 유럽 파이프오르간의 먼 조상일 수도 있다는 이 흥미로운 이야기는 울산이 가진 고대의 소리가 오늘날까지 이어지고 있음을 의미한다.

울산은 고대부터 철의 도시였다. 삼한시대부터 조선시대까지 이어진 달천

철장은 국내 최대 규모의 제철 유적지로, 고대 동아시아 제철문화의 중심지였고, 조선 중기에는 이곳에서 생산된 철이 충무공 이순신의 화포에도 쓰였다. 달천철장의 '쇠부리 소리'는 철을 제련하던 작업자들이 부르던 노동요로, 힘든 작업 과정에서 리듬과 협업을 돕기 위해 활용되었다.

이러한 울산의 소리들은 조선 세종대왕의 음악 정신으로 이어진다. 세종실록에 따르면 당시 종묘에서 행해지는 국가제사에 아악이 사용되는 것을 못마땅하게 여겼던 세종대왕은, "아악은 본래 우리나라 음악이 아니고 중국의 음악이다. 우리나라 사람은 살아생전에는 향악을 듣고, 죽으면 아악을 연주하니 어찌 된 일이냐?"라고 한탄했다.

세종대왕은 우리 정서에 맞는 여민락, 취풍형, 취화평을 만들고, 조선의 군악대인 취타대를 국가조직으로 편성하여 음악으로 국가와 군을 다스리는 데 활용하였다. 취타대는 조선전기 왜와 여진과의 전쟁 중에 명령신호를 전달하는 실전 악대였고, 이후에는 왕실 권위를 상징하는 의례 악대로도 활약했다. 세종대왕은 소리를 기반으로 입 모양을 본떠 한글을 만드셨고, 음악을 통해 민족을 융합하고 통합시켜 태평성대의 기틀을 만들었다.

홍성훈 마이스터는 제안한다. 포항과 부산 일대에서 출토된 선사시대 돌피리는 인간과 신을 연결하는 의례적 도구로도 사용되었다고 한다. 특히, 반구천 암각화의 피리는 공동체의 풍요와 생명의 지속을 기원하는 제의적 수단이기도 했다. 이처럼 소리는 인류의 생존과 직결된 문제였다.

전통적으로 파이프오르간은 서양 문화권에서 신성한 공간을 상징해 왔다.

이 악기는 고대의 피리, 특히 팬파이프와 수력 오르간을 거쳐 오늘날에는 정교한기계장치와 결합된 현대 파이프오르간 형태로 계승되고 있다. 수많은 파이프와 다양한 음색을 지닌 오르간 소리는 한 사람의 독주가 아니라 여러 사람이 함께 어울려지는 공동체의 합주를 상징한다.

이처럼 파이프오르간은 단지 음악만을 위한 악기가 아니라, 철과 대나무, 목재, 공기 및 기술이 집약된 복합 예술이자 기술 결정체다. 개인의 능력이나 손재주만으로 달성하기 힘든 다양한 재료, 기술, 메카닉 산업, 모터, 솔레로이드 등 다양한 분야 고도의 기술력이 있어야 비로소 하나의 작품을 탄생시킬 수 있다. 산업과 문화가 함께 존재하는 도시에서만 구현이 가능하며, 울산은 이 조건을 모두 갖춘 도시다.

오늘날 우리는 종종 상상에서 출발한 스토리가 강력한 문화 콘텐츠를 만들어 내는 것을 본다. 고래의 피리소리와 쇠부리 망치소리를 잇는 한국형 파이프오르간, K-파이프오르간을 울산에 설치하면, 울산이 세계 무대에서 산업도시를 넘어 음악과 예술이 공존하는 국제 문화도시로 도약하게 될 수도 있다.

고래와 철이라는 두 기원의 기억을 품은 울산은 반구천의 피리가 새롭게 태어나 시민들의 자부심을 한껏 높일 수 있을지도 모른다.

'반구천의 암각화 울산의 소리를 듣다' 타운홀 미팅이 지난 1일 울산전시컨벤션센터UECO에서 개최됐다.
이날 회의에 안승대 울산시 행정부시장 세계유산으로 등재된 반구천의 암각화의 보존 및
지역경제 활성화 방안을 위한 울산 시민 및 시민단체의 다양한 의견을 경청하고 그에 대한 대책 등을 논의하고 있다.

반구천 암각화 전경

두 바퀴로 그리는 건강한 도시 미래

2025.4.21. 울산제일일보

울산광역시 행정부시장 안승대

필자가 자전거와 본격적으로 인연을 맺은 것은 2020년 울산광역시 기획조정실장으로 부임하면서부터다. 부임 초기 주말마다 영남알프스를 등반하다가 마주친 울산의 자전거길은 너무나 잘 조성되어 있었다. 울산에서 자전거를 타보지 않는다면 후회할 것 같을 정도였다. 그렇게 시작된 '자전거 타기'는 예상치 못한 선물을 안겨주었다. 페달을 밟으며 울산의 지리를 더욱 빠르게 익히게 되었고, 이 도시가 품고 있는 놀라운 아름다움을 발견하게 되었다. 이제는 주말마다 울산 산지 곳곳을 자전거로 탐방하는 '자전거 마니아'로 거듭나게 되었다.

자전거는 도시 혁신의 촉매제

현대 도시 환경에서 자전거는 단순한 이동 수단을 넘어 탄소중립 사회로의 전환과 지속가능한 도시 발전의 핵심 요소로 자리매김하고 있다.

자전거는 미세먼지와 온실가스를 전혀 배출하지 않아 도시 전체의 탄소 발자국을 현저히 감소시킨다. 도시 공간 활용 측면에서도 자전거는 탁월한 효율성을 보여준다. 자동차 한 대의 주차 공간에 최대 10대의 자전거를 주차할 수 있으며, 도시 내 녹지 확보와 보행자 친화적 환경 조성에도 기여한다. 또한 정기적인 자전거 이용은 심혈관 질환, 당뇨, 비만 등 현대인의 만성질환 위험을 효과적으로 감소시키므로 의료와 복지 비용 절감은 물론이고, 소음 감소와 공기질 개선 등을 통해 사회적 비용을 절감해 준다.

울산의 자전거 이용 활성화 시책

울산시도 산업도시의 이미지를 넘어 지속가능한 녹색도시로 거듭나기 위해 자전거 친화 도시 조성에 심혈을 기울여 왔다.

2009년 213km에 불과했던 울산의 자전거도로는 2025년 현재 878km로 4배 이상 확장되었으며, 주요 간선도로변 정비와 사고위험 지역 개선 등 인프라 확충과 관리에 지속적인 투자를 이어가고 있다.

모든 시민을 대상으로 매년 자전거 보험을 가입하고 있고, 태화강변을 중심으로 자전거 대여소와 공영자전거를 운영하고 있다. 또한, 「울산 OK생활민원 현장서비스의 날」을 통해 정기적인 자전거 수리 서비스를 제공하여 시민들의 자전거 접근성을 높이고 있다.

올해는 태화강 자전거 도로 주변에 "자전거 펌프트랙 및 MTB연습장"을 조성할 계획이다. 펌프트랙은 자전거를 패달링 없이 일정한 속도로 울퉁불퉁한 요철을 통과하며 자전거 라이딩 스킬을 올리고 스릴을 즐길 수 있는 독특한 구조물이다. 이와 함께 영남알프스 내에 산악익스트림센터를 조성하면 울산은 전국의 자전거 동호인들이 찾고 싶은 명소로 자리매김할 것이고 울산의 관광산업 활성화로도 이어질 것이다.

자전거 친화 도시로의 비상

울산이 진정한 자전거 도시로 거듭나기 위해서는 아직 많은 과제가 남아있다. 자동차 중심의 도로 구조를 개선하고, 시민들의 인식을 변화시키는 일은 중장기적인 과제다. 앞으로 도입될 수소트램 등 탄소중립 대중교통과의 연계성을 높이고 교통체계 개선을 통해 보다 보행친화적이고 자전거 타기 좋은 환경을 구축한다면 지속가능한 도시로 한발짝 더 다가갈 수 있을 것이다.

태화강의 생태축, 동해안의 절경, 영남알프스의 웅장한 산악 지형, 사계절 온화한 기후 등 천혜의 자연환경은 울산의 강점이다. 인근 도시인 경주·포항의 역사 문화유적과 아름다운 해안선을 잇는 자전거길 연결망을 확충한다면 또 하나의 멋진 문화관광벨트가 된다. 태화강과 형산강을 잇는 자전거도로도 해오름동맹 도시를 더 끈끈하게 맺어 줄 것이다. 울산이 산업수도를 넘어 국내 최고의 자전거 친화 도시로도 비상할 수 있다.

생동감 넘치는 봄날, 일상의 무게를 내려놓고 태화강을 바라보며 페달을 밟아보자. 그 순간, 더 뿌듯한 삶의 의미가 새롭게 다가올 것이다.

울산광역시 행정부시장으로 퇴직하며

·

존경하는 김두겸 시장님, 울산시 직원 여러분!

오늘 저는 울산광역시 행정부시장을, 그리고 28년간의 공직생활을 마무리하는 마지막 인사를 드립니다.

1997년 공직에 입문해 행정안전부를 비롯해 외교통상부, 경제사회발전노사정위원회, 행정중심복합도시건설청, 경상북도와 경주시, 세종특별자치시, 서울특별시 등 중앙과 지방을 두루 거치며 공직 한 길만을 걸어왔습니다.

행정안전부에서 대한민국 지방자치와 분권을 위해 전념해 왔으며 분권과 균형발전법 통합을 통한 지방시대위원회 출범, 강원·전북특별자치도법 등 지역 맞춤형 분권 추진, 지방정부의 조직 자율성 제고 등에 기여했다고 생각합니다.

특히, 지방분권로드맵을 수립하며 도시간 연합을 위한 특별지방자치단체 제도화의 기초를 놓은 일이 가장 기억에 남습니다.

최근 출범한 충청권광역연합의 법적 근거가 되었고, 부울경 경제동행과 해오름동맹 성장의 발판이 됩니다.

울산은 대한민국 산업수도이자 푸른 동해바다와 영남알프스, 도심을 가로지르는 태화강이 어우러진 산업과 자연이 조화된 천혜의 도시입니다.

울산에는 위대한 울산사람들이 있었습니다.

7천년 전 반구천 암각화를 세계가 인정했습니다.

암각화에 새겨진 그림들이 상형문자인 한자의 기원이 되고 활, 조정(배),
피리 등 문양은 문화·체육·산업의 기원이 됩니다.

에덴동산 이전의 정원이기도 합니다.

존경하는 김두겸 시장님을 보좌하며 "새로 만드는 위대한 울산"의 실현
을 위해 도전하고 노력했던 시간들은 제 공직 인생에 큰 영광이자 자부심
입니다.

지금 울산은 수소 등 미래에너지를 기반으로 글로벌 AI수도로 나아가고
2008국제정원박람회 개최를 준비하면서 수소트램과 도심항공교통을 비
롯한 초광역 교통망 확충 등 미래형 산업도시로 성장을 위한 전략 과제들
을 힘 있게 추진하고 있습니다.

이 모든 변화의 중심에는 공직자 여러분이 있습니다.

여러분의 헌신과 열정이 울산의 도약을 가능하게 했고, 앞으로도 울산의
미래를 열어갈 원동력이 될 것입니다.

역사적으로 세계를 이끈 제국에는 위대한 도시가 있었습니다.

로마제국의 로마, 대영제국의 런던, 나폴레옹 제국의 파리, 현재는 미국
의 뉴욕 정도일 것입니다.

포항·경주 등 해오름 동맹 도시는 물론, 부산·경남의 산업도시들과도
잘 협력한다면 울산도 그런 위대한 도시가 되지 않을까요.

저는 오늘 한 걸음 물러 서지만, 앞으로의 여정도 따뜻한 마음으로 지켜

봐 주신다면 큰 힘이 되겠습니다.

끝으로, 행정부시장으로 소임을 다하는 데 물심양면으로 배려해 주신 김 두겸 시장님을 비롯해 이 자리에 함께 해 주신 모든 분께 다시 한번 깊이 감사드립니다.

울산을 사랑합니다. 그리고 여러분을 잊지 않겠습니다.
고맙습니다.

2025. 11. 25. 안 승 대

3부
/
미래로 열린 포항

고향 포항, 그리고 안승대가 제시하는 미래

고향 포항, 그리고 안승대가 제시하는 미래

•

2025년 올해 노벨 경제학상은 혁신을 통한 지속 가능한 성장을 연구한 학자 3명에게 돌아갔다. 네덜란드 조엘 모키어, 프랑스 필리크 아비옹, 캐나다 피터 하윗 세명의 경제학 교수가 그들로 이들은 혁신이 어떻게 지속가능한 성장을 이뤄낼 수 있는가에 대해 연구해 노벨 경제학상을 수상했다.

특히 조엘 모키어 교수는 한국에 대해 언급했는데 "한국은 지금껏 하던 그대로 해 나가야 하며 우리의 국경이 개방되어 있는지 확인해야 하고 세계의 모범적인 기술을 활용하고 아이를 더 낳아야 한다."라는 명확한 내용이었다.

필자는 포항을 바라보며 세계 경제학 석학들의 연구결과가 상식의 선을 넘지 않고 정도(正道)를 더욱 공고히 하는 소중한 자산이라고 결론 내렸다. 그것은 포항이 가진 다양한 문제를 어떻게 해결해야 할 것인가에 대한 해답이기 때문이다.

산업이라고 하면 대부분 경제 영역의 문제만으로 생각한다.
하지만 앞에서 살펴본 석학들의 결론에 따르면 이는 정치, 경제, 사회, 문화 등 모든 부분과 톱니바퀴처럼 맞물려 있으며 서로에게 큰 영향을 끼치는 것이다. 즉 경제의 문제는 특정 분야에만 집중되지 않는다는 뜻이다.

많은 사람들이 포항의 현실적 위기를 타파하기 위해 경제를 살려야 한다고 주장한다. 하지만 경제를 살리기 위해서는 대기업 몇 개를 유치하거나 산업단지를 조성하는 전 근대적 사고가 해결 방안이 될 수 없다. 또한 개혁을 한다는 말로 기존 산업을 무시하거나 신성장 동력만을 주장하는 것도 잘못된 접근법이다.

필자는 포항을 읽는다.
그리고 이미 포항이라는 도시를 구성하는 요소를 파악하고 어떻게 하면 이 요소들이 외적 요인들과 연결되어 유기적으로 발전할 수 있을까 고민해 왔다.

[2026년 지선 인터뷰]

"개혁과 혁신으로 포항을 하나로!"
포항의 아들 안승대, 시장 도전 선언

2025.10.3. 인터넷 매체 지선 인터뷰

-30년 행정경험 갖춘 '넘사벽 행정통' 안승대 울산시 행정부시장, 포항시장 출마 의지 밝혀

-지방과 중앙행정 두루 섭렵…"이차전지·방위산업으로 신산업 육성, 에너지 자립과 도시 재설계 추진할 것"

"포항의 자부심 회복과 통합의 리더십으로 50만 시민과 미래 100년을 설계하겠다" 포부 밝혀

안승대 울산광역시 행정부지사는 지난 1996년 지방고시에 합격하고 경북 경주시에서 공직을 시작해 주로 행정안전부에 근무했다. 아이디어와 추진력을 인정받아 행정안전부 지방행정국장에서 2024년 4월 30일 승진해 직업공무원 최고 직위(1급)에 해당하는 울산광역시 행정부시장으로 부임했다.

안 부시장은 지방과 중앙을 아우르는 '넘사벽 행정통'으로 지방경제, 문화, 체육 등 행정 전분야에서 최고의 전문가로 평가된다.

이를 바탕으로 안 부시장은 포항 100년 미래를 설계하고, 50만 시민의 행복한 삶을 통찰할 수 있는 적임자로 평가받고 있다.

출마를 결심한 배경은?

안승대 울산시 행정부시장은 포항에서 초·중·고를 마치고 해병대에 복무한 포항의 아들이다. 경북의 선비정신으로 30년 가까이 공직 한 길만을 걸어왔다. 포항 발전이 국가발전이라는 일념으로 그간 쌓은 경험과 지식을 고향 발전을 위해 쏟아 붓는 것이 국가에 보답하는 길이라 생각한다.

본인이 가진 가장 큰 경쟁력은?

한마디로 최고의 행정전문가로 포항 통합의 적임자이다. 포항시정은 다양하고 복잡한 종합행정이며 중앙정부의 지원이 필수적이다.

행정안전부 선거의회과장, 자치행정과장, 자치분권정책관, 지방행정국장 등 요직을 거쳤고, 외교통상부와 경제사회발전노사정위원회에서도 일했다. 서울특별시는 물론, 세종특별자치시 경제산업국장, 행정중심복합도시건설청 기획조정관 등 도시건설과 관리 운영에 다양한 경험도 있다. 중앙부처 등 현직에 있는 인맥도 풍부하다.

포항에서 인지도는 아직 낮지만 참신하고 지역사회에 '빚도 적도' 없어 소신껏 개혁과 혁신을 추진할 수 있다.

경제·정치·사회·문화 등 포항의 현재 상황을 진단한다면?

현재 포항은 주력인 철강산업이 위기이고, 원도심 공동화와 청년 유출이 심각하다. 갈수록 중요해지는 에너지의 자립력 또한 부족하다.

이차전지·바이오·방위산업 등 신산업을 육성하고 인공지능으로 제조 혁신을 이뤄 산업경쟁력을 제고해야 한다.

특히 스마트시티 조성, 수소트램과 도시항공교통(UAM) 도입 등을 통한 도시 재설계가 필요하다.

수소, 부유식 해상풍력, 소형원전(SMR) 등 에너지 자립방안도 강구해야 한다. 북극항로 시대에 대비해 울릉도·독도를 포함한 해양물류문화관광을 활성화하고 동해를 유럽의 지중해로 변모시켜야 한다.

포항시민들에게 한 말씀?

포항은 새마을운동 발상지이자 제철로 대한민국을 근대화시켰고, 해병대와 6·25 형산강전투 등 조국 수호의 상징이다.

산업수도 울산, 문화수도 경주 등 인근 도시들과 협력하고 지역사회 갈등을 극복하는 통합의 리더십으로 자부심을 회복해야 한다.

공직 초년기 행정 최일선 면장으로 초심을 잃지 않고, 포항시민과 함께 하겠다. 신화 속 영웅은 고향을 떠나 고난을 겪으며 역경을 극복하고 그 과정에서 요긴한 것을 얻어 고향에 전파했다.

누가 시정을 잘 이끌어 포항발전을 이룰 진정한 영웅인지 잘 선택해 주시길 바란다. 안승대 울산시 행정부시장은 "현재의 포항은 시민들께서 잘 판단하고 있으리라 생각한다"며, "지방과 중앙부처를 두루 거치면서 익힌 경제·사회·문화·관광 등 저만의 노하우로 최고의 포항을 만들어 가는데 최선을 다하겠다"고 의지를 밝혔다.

열린뉴스통신 〈안승대 현 울산행정부시장〉

안승대 포항시장 출마 예상자
"포항, 철강 도시 넘어 혁신과 통합 도시로 도약할 것"

2025.10.30. 열린뉴스통신 김종서 동해본부장

열린뉴스통신은 주민의 알 권리 보장을 위해 2026 년 6월 3일 치러질 제9회 전국동시지방선거를 약8 개월 앞두고 경북 포항시장 출마 예상 후보자 전원 을 대상으로 릴레이 인터뷰를 진행한다.

이번 인터뷰는 후보자의 역량과 자질, 행정 능력과 리더십을 사전에 점검해 유권자의 올바른 판단에 도움을 주기 위한 것이 다.(편집자 주)

포항시장 출마를 결심한 배경은?

포항에서 초·중·고를 마치고 해병대로 복무한 포항의 아들이다.

경북의 선비 정신을 가슴에 품고 30년 가까이 공직 한 길을 걸어왔다.

포항의 발전이 곧 국가 발전이라는 신념으로 쌓아온 경험과 지식을 이제는 고향 포항 발전에 쏟아 붓는 것이 국가에 보답하는 길이라 생각해 출마를 결심했다.

자신의 성격과 가치관은?

원칙을 지키되, 유연하고 적극적으로 일하려 노력해 왔다.

현재 울산 광역시 행정부시장으로 재직 중이며, 행정안전부 자치행정과 조정관, 행정 팀장, 자치행정과장, 지방행정국장 등 중앙과 지방의 주요 보직을 두루 거쳤다.

공직자는 말이 아니라 정책과 실행으로 평가받아야 한다고 믿는다.

행정은 명분보다 결과로 증명해야 한다.

앞으로도 있는 자세로 포항시민과 소통하며 열린 시정을 실현하겠다.

시민들이 바라보는 본인에 대한 평가는?

고등학교 졸업 후 서울대에 입학하여 행정 고시 합격과 함께 공직에 들어서면서 오랜 기간 지역을 떠나 있었기에, 시민들께서는 아직 낯설게 느끼실 수 있다.

하지만 요즘은 "참신하다", "중앙 행정 경험을 갖춘 실무형 인재다"라는 평가를 많이 듣고 있다.

그동안 지역과의 접점은 적었지만, 최근 시민들의 따뜻한 격려가 큰 힘이 되고 있다. 일부에서 행정관료 출신이라면 소극적이라는 선입견이 있을지 모르지만 걱정하지 않으셔도 된다.

나는 용기와 기백이 넘치는 해병대 출신이다.(제657기)

특히 다양한 실무 행정 경험을 통해 '언제 치고 나가야 할지, 어디서 멈춰야 할지' 일머리 흐름의 맥을 잘 알고 있다.

포항시장이 갖춰야 할 조건은?

시정을 강하게 이끌 수 있는 리더십과 추진력, 그리고 시민 중심의 행정 철학이 필요하다.

도시를 하나로 묶는 통합 리더십, 산업 구조를 혁신할 실행력, 중앙 정부와의 네트워크를 통한 국비 확보 능력이 핵심 조건이다.

아울러 인근 도시들과의 협력 체계를 강화해 지역 간 상생 발전의 모델을 만들 전문성과 친화력을 갖춘 인물이 필요하다.

포항이 겪는 총체적 위기의 원인은?

포항의 위기는 두 가지로 요약된다.

첫째, 철강 단일 산업 구조의 한계다.

중국의 저가 공세와 미국·유럽과의 관세 강화 등으로 철강 산업은 구조적 위기에 직면했다.

둘째, 청년 유출과 원도심 공동화, 교육·의료·교통 인프라의 노후화가 겹치면서 도시 활력이 급격히 떨어진 점이다.

이것은 단순한 경기 침체가 아니라 도시 구조의 불균형이 초래한 결과다.

총체적 위기 극복 방안은?

우선 철강산업의 경쟁력 회복이 시급하다.

수소환원제철 같은 혁신 기술을 접목하고, 'K-스틸법'의 조속한 제정과 산업용 전기 요금 인하를 중앙 정부와 긴밀히 협의하겠다.

또한 울산·경주와의 해오름 동맹 산업벨트를 강화하고, 포스텍·UNIST 등 연구 기관 간 공동 R&D 모델을 도입하겠다.

더불어 AI 데이터 센터를 중심으로 한 제조혁신, 청년 창업벨트 구축을 통해 지역 경제의 선순환 구조를 만들겠다.

산업 전환의 방향을 정확히 설정해 포항을 다시 성장 궤도에 올려 놓겠다.

포항의 향후 발전 전략과 청사진은?

포항의 미래는 산업 구조 전환과 혁신 생태계 구축에 있다.

기존 제조업의 경쟁력을 강화하는 동시에 AI 제조 혁신을 추진하고, 화학·바이오·철강·고분자 등 6만 인력을 유지해 융복합 산업 클러스터를 완성하겠다. 이차전지, 바이오·정밀의료, 로봇, 방위산업 등 신성장 산업을 집중 육성하겠다.

또한 북극항로 개설에 대비해 영일만항을 동북아 해양 물류 거점으로 육성하고, 울릉도·독도 관광과 연계해 해양 경제 중심 도시 포항으로 도약시키겠다. 도심 항공 교통(UAM) 등 신교통 인프라를 도입하고, 교육·의료·주거 환경을 전면 개선해 시민이 머물고 싶은 도시를 만들겠다.

인구 감소와 도심 공동화 해결책은?

인구 감소의 근본 원인은 일자리와 접근성이다.

KTX 포항역과 구도심을 수소트램으로 연결해 접근성을 높이고, 원도심을 '걷고 머무는 도시'로 재탄생시키겠다. 또한 산업유산, 문화 예술, 축제를 결합해 도심의 정체성과 활력을 되찾겠다.

재정비해야 할 도시 개발 방향은?

포항의 가장 큰 문제는 중심 상권 기능의 약화다.

행정과 상업 기능이 외곽으로 이동하면서 도심의 균형이 무너졌다.

KTX역·시청·상단·영일만항을 잇는 교통 네트워크를 재설계해 도시 내부의 연결성을 복원하고, 시민이 체감할 수 있는 정주 기반을 다시 세우겠다.

영일만대교 노선 논란에 대한 입장은?

영일만대교는 포항의 미래 성장축을 연결하는 핵심 사업이다.

지연의 주요 원인은 군과의 협의 문제다.

포항은 해병대와 해상과 전투 등 조국 수호의 상징 도시인 만큼, 군과의 신뢰를 회복하고 상시 협의체를 가동하겠다. 정치권과 국토교통부, 기획재정부를 적극 설득해 조속히 사업을 추진하겠다.

시장에 당선된다면 가장 먼저 추진할 과제는?

첫째, 투자 유치와 기업 유지다.

불필요한 인허가 절차를 과감히 줄여 기업하기 좋은 도시, 투자하기 좋은 포항을 만들겠다.

둘째, 시민 통합이다.

지역 내 갈등을 봉합하고 신뢰와 협력의 문화를 복원하겠다.

또한 포항발전연구원을 설립해 산업·환경·복지·교육 등 분야별 전문가들과 함께 도시 비전과 전략을 체계적으로 수립하겠다.

국민의힘 공천제도에 대한 견해는?

당이 시정을 올바르게 이끌 적임자를 공정하게 평가할 것이라 믿는다.

행정 능력·도덕성·개혁 의지·비전을 종합적으로 검증해야 한다.

시민이 납득할 수 있는 공천이 곧 정치 신뢰의 출발점이다.

이재명 대통령의 삼성 AI 데이터센터 포항 유치 평가는?

적극 환영한다.

AI 데이터 센터는 철강·이차전지·바이오 등 국가 주력 제조업의 경쟁력 강화에 기여할 것이며, 포스텍·한동대·방사광가속기 등과의 시너지 효과도 기대된다.

이는 제조 AI 혁신의 기폭제이자, 시민의 삶의 질을 높이는 스마트시티 전환의 핵심 기반이 될 것이다.

포항시민에게 전하고 싶은 말은?

포항은 새마을운동의 발상지이자 포항제철로 대한민국 근대화를 이끈 자랑스러운 도시다.

이제는 산업 위기를 극복하고, 지역 갈등을 봉합하는 통합의 리더십으로 포항의 자부심을 회복해야 한다.

누가 시정을 제대로 이끌어 포항을 다시 도약시킬 수 있을지, 시민 여러분의 현명한 판단을 믿는다.

포항의 미래는 변화와 통합, 그리고 시민의 선택에 달려 있다.

"K-스틸법과 해오름산업벨트 지원 특별법
시너지효과 클 것"

2025.9.30. 브릿지경제 인터뷰

본인 소개 부탁드립니다.

저는 현재 울산광역시 행정부시장입니다.

그전에는 행정안전부 지방행정국장을 맡았고, 공직 초반부터 줄곧 행안부에서 근무했습니다.

고향은 포항입니다. 송도초·대동중·대동고를 나왔고 서울대를 졸업했습니다. 군 복무는 포항 1사단에서 해병대 병장으로 전역했습니다.

최근 포항이 철강산업 위기로 '산업위기 선제대응지역'으로 지정됐고 K-스틸법도 발의된 것으로 알고 있습니다.

포항은 철강도시가 정체성인 위기를 맞은 현실로 인해 어려움이 많아 정말 안타깝습니다. 중국의 물량 공세, EU의 탄소국경조정제도, 과거 미국의 관세 폭탄까지 겹치면서 힘든 상황이 이어졌죠. 이강덕 시장님이 백악관 앞에서 피켓 시위를 하신 것도 잘 알고 있습니다.

정부가 선제대응지역으로 지정해 여러 지원을 하지만 현장 입장에서는 많이 부족합니다. 그래서 지역 의원들이 발의한 K-스틸법이 꼭 통과돼야 합니다. 다만 이 법만으로는 충분하지 않고, 현재 계류 중인 해오름산업벨트 지원특별법도 함께 가야 시너지 효과가 있습니다.

특히 전기료·수소 등 에너지 지원, 노후 설비 스마트팩토리 전환 지원 같은 현실적인 내용이 더 보강됐으면 합니다.

포항·경주·울산이 추진하는 '해오름동맹'에 관심이 많으신데, 지금까지의 성과와 향후 방향은 무엇입니까?

이 세 도시는 원래 1,500년 전 통일신라의 핵심 도시였습니다. 최근 산업화 시대에도 국가 경제를 이끈 지역이고요. 역사·산업·관광적으로 하나의 생활권이라고 할 수 있습니다.

최근에는 '해오름추진단'이라는 공식 기구를 출범해 교류와 협력을 체계적으로 강화하고 있습니다. 산업 구조도 포항은 소재(철강), 경주는 부품, 울산은 조립·완성으로 연결돼 밸류체인이 잘 갖춰져 있습니다. 동해안 해양관광 자원도 풍부합니다.

또 포스텍·유니스트·한동대·울산대·한수원, 방사광가속기·양성자가속기 등 연구 인프라도 막강합니다. 이런 자원을 하나로 묶으면 큰 시너지가 나기 때문에, 그래서 해오름산업벨트 지원특별법 통과가 꼭 필요합니다.

K-스틸법과 해오름산업벨트 특별법이 통과되면 어떤 효과가 기대됩니까?

개발제한구역 해제, 에너지산업 지원, 국가산단 지정 특례, 2차전지·원전 기업 지원 등 제조업 혁신을 위한 특례가 많이 포함돼 있습니다.

이 두 법이 함께 가면 기존 철강·자동차·조선·석유화학 같은 주력산업 경쟁력이 강화되고, 수소·2차전지·바이오·SMR·해양문화관광 같은 신산업도 빠르게 성장할 겁니다. 또 원전·수소·해상풍력 등을 통해 안정적인 에너지 공급 기반도 갖출 수 있습니다.

가장 큰 효과는 청년 창업 생태계 조성입니다. 포스텍·유니스트 등 기술 기반 대학을 활용해 공동 창업 플랫폼, 스타트업파크, 공동 펀딩 등을 만들면 지역 청년들이 수도권으로 빠져나가지 않고 이 지역에서 창업하고 정착할 수 있습니다. 미국 노스캐롤라이나의 '리서치 트라이앵글 파크'처럼 세계적 기술 클러스터로 발전할 가능성도 큽니다.

울산에서는 AI·스마트시티 분야 사업을 적극적으로 추진 중입니다. 어떤 사업들이 있습니까?

중구 혁신도시에 스마트시티 거점을 조성했고, 자율주행·에너지·생활밀착형 데이터 기반 서비스 구축을 거의 마무리했습니다.

울산 전역은 디지털 트윈을 기반으로 한 '가상도시'가 거의 완성 단계입니다. 국가산단의 지하 배관까지 모두 디지털 트윈으로 구현돼 있고, 공간정보와 AI를 융합한 새로운 서비스도 준비 중입니다.

또 SK·AWS가 협력한 103MW급 AI데이터센터를 유치했고, 향후 1GW급으로 확장됩니다. 울산이 글로벌 AI 허브가 되는 중요한 기반입니다.

도심항공교통(UAM)도 2028년까지 950억 규모로 추진 중입니다. 기체 개발, 테스트베드, 전파회랑 구축, 버티포트 설계 등 전 과정을 준비하고 있고, 관련 디지털 트윈도 함께 구축 중입니다.

이런 기술들은 포항에도 충분히 적용 가능합니다. 예를 들어 영일만신항-환호공원-호미곶을 UAM으로 연결하면 관광이 완전히 달라질 겁니다.

포항 원도심(중앙상가) 공동화 문제가 심각합니다. 해결책이 있을까요?

단기적으로는 골목형 상점가 조성, 해도동 포철기술사처럼 기업의 도심 입지 확대, 다문화 음식거리 조성 등 다양한 도심재생 모델을 시도할 수 있습니다.

근본적으로는 포항역 이전의 부작용이 컸다고 봅니다. 그래서 흥해 KTX 역-옛 포항역-중앙상가로 이어지는 수소 트램 도입을 제안합니다.

울산은 수소트램 1·2호선을 이미 추진 중이고 3·4호선까지 계획해 도시 전역을 연결하려 하고 있습니다. 포항도 KTX-도심-동해선 연계를 수소트램으로 연결하면 역세권 개발, 도심 관광 활성화, 대중교통 편의 향상, 친환경 도시 이미지 제고 이 모두를 동시에 얻을 수 있습니다.

수소트램은 미세먼지·대기오염 저감 효과가 크고, 청정 공기 생산 시스템까지 갖춘 친환경 교통수단입니다.

해병대 출신으로서 '포항 해병대 1군단 창설' 논의에 대해 어떻게 보십니까?

저는 당연히 필요하다고 생각합니다. 포항하면 포스코와 해병대가 가장 먼저 떠오르지 않습니까? 상징성이 매우 큽니다.

해병 1사단 부지 내 국방부 부지도 충분히 있고, 1군단이 창설되면 1만 명 이상 인구 유입 효과도 있습니다.

여기에 해병공원, 해병사관학교 같은 콘텐츠를 추가하면 지역경제 시너지 효과는 더 커집니다.

또 주변에 풍산·한화시스템·LIG넥스원 같은 방산기업, 울산의 현대중공업 조선 전력, 경주의 SMR·부품 산업까지 연결하면 **동해안 방산 거점**으로 성장할 가능성이 충분합니다.

나아가 북극항로 개척, 울릉도·독도 연계 관광·해양전략에도 해병의 수륙 양용 능력이 큰 도움이 됩니다. 해오름 동맹에 울릉도·독도까지 포함해 상생 발전을 논의할 필요가 있다고 봅니다.

끝으로 시민들께 하고 싶은 말씀 부탁드립니다.

공직생활 동안 항상 최선을 다해왔고, 지금은 중앙·지방행정을 모두 경험한 국가직 1급(지자체 부시장급)에 있습니다.

정년은 5~6년 남았지만, 제 마지막 공직은 고향 포항을 위해 쓰고 싶습니다. 포항 발전을 위해 제 경험과 인맥, 행정 역량을 모두 쏟아부을 생각입니다. 역할이 주어진다면 혼신의 힘을 다할 것입니다.

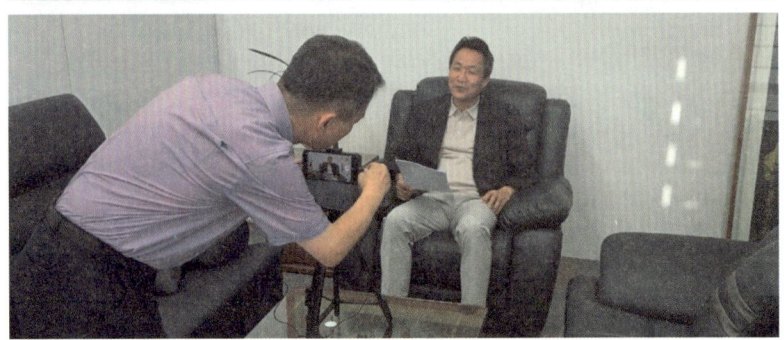

브릿지경제 김재원기자와 인터뷰

[人사이트] 안승대 울산시 행정부시장
"산업·생태 아우른 21세기 정원도시 구현"
2025.9.18. 전자신문

안승대 울산시 행정부시장

"지속 가능한 도시 울산은 태화강 국가 정원에서 국제정원박람회로 이어지는 생태 전환의 결실 위에 산업과 사회 전반에 인공지능(AI)이 뿌리내린 AI 산업 수도로 실현될 것입니다." 안승대 울산시 행정부시장이 추구하는 울산의 미래다.

안 부시장은 "현재 울산은 태화강 복원으로 생태를 회복했고, 대규모 AI 데이터센터 유치로 AI 선도도시 기반을 다지고 있다"라며 "산업에 정원을 수놓은 것처럼 첨단 산업과 자연 생태가 조화를 이룬 '21세기형 정원 도시'가 울산이 나아갈 길"이라고 말했다.

안 부시장은 울산에는 오래전부터 산업과 생태를 동시에 추구하는 DNA가 깃들어 있었고, 그 근거가 울산 반구천 암각화라고 했다.

"지난달 유네스코 세계문화유산에 등재된 울산 반구천 암각화에는 인류 초기 다양한 삶의 모습이 새겨져 있습니다. '고래를 사냥하는 배'는 조직화한 산업 협업 구조를 나타내고, '피리 부는 사람'과 '활 쏘는 사람'은 당시 음악과 체육 활동을 잘 보여줍니다. 반구천 암각화는 울산이 선사시대부터 공동체 협력을 토대로 산업과 환경과 문화 공존의 가치를 구현해 온 곳이라는 것을 잘 드러낸 상징적 유산입니다."

반구천 암각화 새겨진 울산 조상의 활동이 현재의 산업 수도 울산, 미래 AI 수도 울산으로 이어져 있다는 얘기다. 이에 대해 그는 "과거 울산이 걸어온 길과 현재의 길, 앞으로 나아갈 길을 스토리텔링으로 설득력 있게 제시하고 싶었다"라고 설명했다.

안승대 부시장은 AI수도 울산의 비전은 산업과 생태, 문화가 선순환하는 공진화 도시라고 말했다.

안승대 부시장은 AI수도 울산의 비전은 산업과 생태, 문화가 선순환하는 공진화 도시라고 말했다.

안 부시장의 스토리텔링처럼 수천 년이 지난 후 울산은 세계적 산업도시로 성장했고, 태화강 복원에 이어 오는 2028년 울산국제정원박람회를 개최한다. 최근 국내 최대 규모 SK·아마존 AI 데이터센터 유치해 AI 수도를 향해 박차를 가하고 있다.

안 부시장은 울산 제조 AI 융합과 AI 수도 비전이 AI를 기술적으로 활용하는 가치 그 이상이라고 강조했다. 그는 "확장 가상 세계, 가상모형 등 가상 공간에 현실 생태 도시를 재구현하고, 현실과 가상 공간에서 동시에 산업과 기술, 생태와 문화가 선순환하는, 즉 공진화 도시가 AI 수도 울산의 비전"이라고 설명했다.

안 부시장은 서울대 인류학과를 나와 제2회 지방 행정고시에 합격해 공직에 입문했다. 세종특별자치시 경제산업국장, 울산시 기획조정실장을 지냈고, 이후 행안부 자치분권 정책관과 지방행정국장 시기에는 지역 특례 및 지역 특화 맞춤형 정책 입안으로 지역 분권 개념을 보다 확장했다는 평가를 받고 있다.

안 부시장은 "지속 가능한 도시는 경제 성장 하나로만 이뤄지지 않는다. 산업과 생태, 문화까지 균형을 이뤄 시민 삶의 질이 향상될 때 비로서 가능하다"라며 "울산은 산업 기반 위에 생태와 문화를 아우르며 안정적 정주와 풍요로운 삶을 누리는 지속 가능한 도시로 발전해 나갈 것"이라고 말했다.

울산=임동식기자 dslim@etnews.com

[인터뷰] 안승대 울산광역시 행정부시장

대한민국 신성장 엔진 완성의 마지막 퍼즐, '해오름동맹'

2025.4.5. 시사저널

"초광역전철망 만들어 경제동맹 구축 속도 높일 것"

울산국제정원박람회 통해 '울산형 도시 재생 모델' 제시도

울산-포항-경주를 잇는 '해오름동맹'이 이차전지·수소·에너지·바이오를 아우르는 대한민국 미래 산업의 신성장 거점으로 떠오르고 있다. 울산의 이차전지 특화단지, 포항의 바이오 특화단지, 경주의 소형모듈원전(SMR) 국가산단이 첨단 신산업 요충지로 자리 잡으며 해오름산업벨트의 역할론이 더욱 커지고 있다.

산불 피해 현장을 지키다 3월 28일 시청 집무실로 복귀한 안승대 울산광역시 행정부시장은 시사저널과의 인터뷰에서 해오름동맹의 성패에 대한민국 신성장 산업의 운명이 달렸다고 강조했다. 기존 주력산업을 고부가가치·친환경 중심으로 고도화·디지털화하고 이차전지·수소·바이오 등 신성장 산업 생태계를 구축해야만 지역경제를 활성화하고, 더 나아가 대한민국 제조업의 글로벌 경쟁력을 회복할 수 있다는 것이 그의 진단이다.

포항 출신이기도 한 안 부시장은 30년 가까이 중앙과 지방정부의 요직을 두루 거친 행정 전문가로 불린다. 그는 "포항의 철강 소재, 경주의 부품 산업, 울산의 완성 제조업이 연결된 산업벨트는 주력산업 제조업의 고도화를 이끄는 핵심축이 될 것"이라고 전망했다. 그러면서 최근 대구-경북을 비롯

한 지역 간 행정통합을 언급했다. "실질 권한이 없는 통합은 상징적 의미에 불과하다"며 실효성 있는 '초광역 협력' 실현에 방점을 둔 해오름동맹에 주목할 필요가 있다는 설명이다.

울산의 게놈 서비스 규제자유특구와 포항·경주의 방사광·양성자 가속기 등 국가급 인프라를 기반으로 이미 바이오 산업 클러스터가 조성돼 있는 점도 고무적이다. 여기에 포스텍, 유니스트, 바이오 국책연구기관 간 유기적 협력은 바이오 산업 전반에 걸친 시너지를 창출할 것으로 기대된다.

안승대 울산광역시 행정부시장이 2025년 3월 25일 언양읍 산불 피해 현장을 찾아 관련 브리핑을 듣고 있다.
ⓒ울산광역시 제공

울산경제자유구역, 포항·경주까지 연결

향후 울산경제자유구역의 범위를 확대하고, 울산도시공사·테크노파크 등 공공기관의 사업영역을 포항·경주까지 연계하는 실질적 협력 방안도 검토할 예정이다. 울산~포항 고속도로와 동해선 복선화 등 산업과 물류, 인력 교류를 뒷받침할 광역 교통 인프라도 대폭 확충해 나갈 계획이다.

울산-포항-경주를 잇는 경제동맹을 법제화하겠다는 구상은 2년 전으로 거슬러 올라간다. 석유화학·자동차·철강 등 주력 제조업은 글로벌 불확실성으로 위기를 맞았고, 수도권 일극체제가 고착화되면서 청년 인구 유출도 심화되고 있다. 이를 극복하기 위해 울산시는 2023년 '해오름산업벨트 지원에 관한 특별법(해오름 특별법)' 제정을 추진했다. 지역 특성에 맞는 맞춤형 특례가 필요하다는 판단에서다.

결국 지난해 8월 포항과 경주 지역 국회의원 전원이 참여한 가운데 박성민 국회의원의 대표발의로 그해 11월 법안을 국회 행안위 전체회의에 올렸다. 관련 법안은 미래 첨단산업의 글로벌 경쟁력을 확보할 수 있도록 규제를 해소하고 국가 지원 등 제도적 뒷받침을 통해 해오름동맹을 산업 수도권으로 도약시키는 것이 목적이다. 안 부시장은 국회, 행안부 및 규제 부처를 뛰어다니며 법안의 필요성과 이를 신속히 제정해야 한다는 점을 설명하고 설득하고 있다.

안 부시장은 "해오름 특별법은 여타 지역 특별법처럼 단순히 지역 소멸 대응에 그치는 것이 아니다"고 선을 그었다. 그러면서 "산업·경제 위기 극복과 함께 대한민국 제조 강국의 위상 회복을 위한 제도적 기반이라는 점에서 입법의 '골든타임'을 놓치지 않도록 국가 차원의 각별한 관심과 신속한 법제화가 반드시 필요함을 일관되게 설득하고 있다"고 했다.

구체적으로 에너지 산업 지원 특례, 개발제한구역 해제, 국가산업단지 지정, 전문 산업인력 양성, 광역교통망 구축 등 맞춤형 특례를 제도화해 울산의 산업 지형을 미래형 첨단산업 중심으로 혁신하겠다는 그림을 그리고 있다. 그는 "해오름 특별법이 대한민국 산업구조 재편과 첨단산업 육성에 중추적인 역할을 할 것"이라고 확신했다.

그 성과도 조금씩 나타나고 있다. 분산에너지 특화지역 지정과 개발제한 구역 해제는 이미 가시권에 들어왔다. 또 분산에너지 특화지역 지정은 올 상반기 중으로 예상된다. 울산시는 특별법이 제정되면 현재 규제나 중앙 부처 협의 문제 등으로 지연된 사업 추진이 더욱 탄력을 받을 것으로 전 망하고 있다. 시는 이 기세를 몰아 올해 특별법 제정이 이뤄질 수 있도록 총력을 쏟고 있다.

출처 : 시사저널

[안승대 행정부시장에 듣는 '해오름산업법']

"지역 특성 맞는 정교한 성장 필요…맞춤식 특별법 있어야"

2025.1.9. 울산매일

김두겸 시장 취임 후 '해오름동맹 강화'하면서 법안 추진 가속도
포항·경주와 초광역 경제동맹으로 '일류 산업수도권' 도약 목표

국가발전 앞장선 지역 위한 특별법, 지방소멸 극복 접근법 안돼
'철강 생산~부품 제작~자동차 완성'…60여 년간 산업벨트 형성
기존산업 포트폴리오 고부가가치 친환경으로 첨단·고도화하고
신산업 생태계 경쟁력 재정비해야 국가경제 발전 지속 기여 가능
골든타임 놓치지 않도록 국가 차원 특별법 제정에 관심 가져주길

안승대 울산시 행정부시장이 김두겸 시장
취임 후 해오름동맹을 강화하면서 속도가
붙고 있는 '해오름산업벨트 지원 특별법'
제정과 관련해 소신을 밝히고 있다.

"진정한 지방분권이 실현되려면 전국 17개 특·광역시, 299개 시·군·구마다 그 지역에 최적화된 지원 특별법이 만들어져야 한다고 생각해요."

울산시 안승대(55·지방고시 2회) 행정부시장은 '해오름산업벨트 지원 특별법(이하 해오름산업법) 제정 실현성이 어느 정도 돼 보이나'라는 기자의 질문에 "자신있다"며 이처럼 답했다.

해오름산업법의 궁극적인 목표는 산업수도 울산을 거점으로 부산·경남(동남권), 그리고 포항·경주(신라권)와 초광역 경제동맹 체제를 맺어 '대한민국 일류 산업수도권'으로 도약하겠다는데 있다. 그러려면 과거로부터 국가기간산업을 선도해 온 해오름동맹 지자체 울산·포항·경주가 골든타임 안에 신산업 생태계 경쟁력을 확보할 수 있도록 특별법을 통한 규제 해소와 제도적 지원이 절실하다는 게 법 제안 취지다.

이 법안은 김두겸 울산시장이 민선 8기 출범 후 '해오름동맹 강화'에 강공드라이브를 걸면서 추진에 가속도가 붙었다. 김 시장은 2022년 9월, 민선 7기 때 전국 최초의 특별지방단체로 행정안전부 승인까지 난 '부울경 특별연합'(메가시티)에 대해 "울산더러 다시 변방이 되라는 거냐. 실익이 없다"며 잠정 중단을 선언했다.

안승대 부시장은 해오름산업법을 지렛대 삼아 울산을 동남권과 신라권을 아우르는 대한민국 일류 산업수도권으로 도약하려는 김 시장에 있어 사실상 브레인 역할을 하고 있다. 경북 포항이 고향인 점도 해오름동맹에 대한 애정이 남다른 이유 중 하나다.

안 부시장은 민선 7기 때인 2020년 3월, 행안부에서 울산시 기획조정실장으로 발령나면서 울산과 처음으로 인연을 맺었다. 행안부 시절 '자치행정

과장'을 지낸 경험을 토대로 부울경 메가시티와 해오름동맹 등 지방자치
분권을 위한 현장 중심의 행정에 많은 관심을 쏟았다. 2022년 8월 다시 행
안부로 복귀하면서는 '지방자치분권실 자치분권정책관'을 거쳐 '지방행
정국장'으로 승진했고, 작년 4월 행정부시장으로 울산으로 영전했다.

경북 포항이 고향인 안 부시장은 '해오름동맹'에 대한 애정이 남다르다.

그가 해오름산업법 제정에 자신감을 드러낸데엔 그만한 이유가 있었다.
기자는 '22대 국회 행정안전위원회엔 상당수 지자체가 상정한 특별법안
이 계류돼 정치적 수싸움이 치열한데 과연 해오름산업법이 그 경쟁을 뚫
을 수 있겠나'를 걱정했다. 현재 행안위엔 '부산 글로벌 허브도시 특별법',
'전남특별자치도 특별법' 등 지방소멸 극복 출구전략으로 발의된 제정법
안이 다수 상정돼 계류돼 있는 상황이다. '부울경 메가시티 특별법'도 경
남 김해을 국회의원 대표발의로 상정돼 있다. 뿐만 아니라 이미 제정된
△제주특별자치도법 △전북특별자치도법 △중부내륙연계발전지역법(충

북 대청댐·괴산댐·충주댐 일대 지역) △강원특별자치도법 등의 일부개
정안도 다수 올라왔다. 거의 지방소멸 극복을 위해 특별법 제정과 개정이
라는 출구전략을 선택한 거다.

하지만 안 부시장은 "해오름산업법은 지방소멸이라는 접근법으로 보면
안된다"고 잘라 말했다. 2023년 기준 울산의 국세납부 실적은 9조5,000
억 원(전체 징수액의 2.8%)으로 전국 6대 광역시 중 부산(24조5,000억 원,
7.3%) 다음으로 높았다. 반면 울산이 국가로부터 돌려받은 지방교부세는
1.22%로 광역시 중 제일 적었다. 뒤집어 말하면, 울산이 돈을 벌어 다른
도시를 부양하고 있다는 뜻이 된다.

안 부시장은 "국회도 국가 발전을 위해 일하는 기관인데 울산과 해오름산
업벨트의 역할론을 단순한 지방소멸 극복 차원으로 보지 않을 것"이라는
견해를 보였다.

안 부시장은 "요즘은 국가 주도의 획일적 성장보다는 지역 특성에 맞는 정교한 성장이 필요하다.
'울창한 산림·군사시설·접경지역'인 강원도와 '인구절벽 전국 1위·농업 중심'의 전북에 같은 규제와 제도적 지원을
밀어붙이긴 어렵지 않겠나"면서 "현재로썬 특별법말고는 방법이 없다"고 강조했다. 이수화 기자

더욱이 행안부 지방행정국장 재임 시절 거의 빈 통에 가깝던 '강원특별자치도법'을 개정해 실효성 있는 옵션을 채워줬고, '전북특별자치도법' 제정 땐 행안부 공무원들을 직접 설득한 경험도 있다며 자신감을 내비쳤다.

그는 "요즘은 국가 주도의 획일적 성장보다는 지역 특성에 맞는 정교한 성장이 필요하다. '울창한 산림·군사시설·접경지역'인 강원도와 '인구절벽 전국 1위·농업 중심'의 전북에 같은 규제와 제도적 지원을 밀어붙이긴 어렵지 않겠나"면서 "현재로썬 특별법말고는 방법이 없다"고 운을 뗐다. 이어 "우리 울산은 과거 1962년 국내 최초 특정공업지구로 지정되면서부터 조선·자동차·석유화학을 주력으로 대한민국 산업화를 주도하며 경제성장에 기여했고, 포항 역시 1965년 이후 '산업의 쌀'인 철강을 생산하며 국가기간산업을 이끌었다"면서 "포항에서 철강을 생산하면, 경주가 부품을 만들고, 울산은 납품받은 부품을 조립해 자동차를 완성하는 식으로 60여 년간 해오름산업 벨트를 이뤄온 것"이라고 강조했다.

또 "경주와 울산에 밀집된 원자력발전소도 국가전력공급에 크게 이바지하고 있지 않나. 산업적 측면에서 동해안을 따라 형성된 해오름동맹 지자체는 해상풍력 같은 해안자원 공동 개발 여지도 크다"고 말했다. 그러면서 "이제는 해오름산업벨트가 기존 산업 포트폴리오를 고부가가치 친환경으로 첨단화·고도화해야 미래에도 국가경제 발전에 기여할 수 있다"며 "글로벌 시장이 이차전지, 수소, 바이오 등 첨단전략산업으로 빠르게 변화하고 있는 만큼 해오름동맹 지자체가 신산업 생태계 경쟁력을 재정비하는 골든타임을 놓치지 않도록 국가 차원에서 특별법 제정에 많은 관심을 가져달라"고 호소했다.

그렇다고 울산이 부울경 경제동맹에 소홀하겠다는 의미는 결코 아니라는 점도 강조했다. 수도권은 갈수록 확장되는 추세여서 지방도 더 크게 뭉칠 필요가 분명히 있기 때문이다.

현재 국회에는 경기도 김포시를 서울시 김포구로 편입해달라는 법안(경기도와 서울특별시간 관할구역 변경 특별법)이 상정돼 있다. 충남·충북·대전·세종이 뭉친 '충청권 광역연합'도 출범했고 곳곳에서 지자체간 행정연합이 추진 중이다.

11월 21일 강원 G1방송 인터뷰

환동해 상생발전을 위한 동해선 철도 고속화

2025.11.21. 강원 G1방송

강원 G1방송에서 강릉삼척간 동해선 고속화 철도 사업과 관련 인터뷰를 위해 울산을 방문
환동해 상생발전에 대해 뜻깊은 시간을 가졌다.

1. 강릉~삼척 고속화 철도 사업의 필요성에 어떻게 생각하십니까?

울산~포항~강릉~고성을 잇는 동해선은 국가 균형발전의 핵심 역할을 하
는 대표적인 국가 기간 철도입니다.

현재 울산~포항~삼척 구간은 이미 고속화가 완료 단계지만, 강릉~삼척
구간은 일반선(저속)에 이어서 전체 동해선의 효율성이 떨어지는 상태입
니다.

울산은 부산·경북·강원과 함께 동해축 국가 철도망 완성을 공동으로 추진
하고 있으며, 강릉~삼척 구간의 고속화는 동해축의 끊어진 고리를 메우는
의미가 있습니다.

동해축 철도망은 수도권 중심 교통망에 대응하는 "제2의 남북 성장축" 완
성으로 이어지고, 산업도시 울산이 동해권의 물류, 관광의 허브로 자리매
김하여 투자유치와 지역경제 활성화에 기여할 것으로 기대됩니다.

2. 고속화 철도 사업이 울산의 기대효과는 무엇이라고 보십니까?

강원도로 접근성이 좋아지면서 상호 방문객 증가와 산업, 관광 등 전 분야
의 교류가 더욱 활발해질 것으로 예상합니다.

동해안의 수려한 자연과 역사 유적지를 이어주는 관광벨트 형성으로 지역
관광이 활성화되고, 수도권→강원권→울산 경로로 수도권 관광객 유입도
가능할 것으로 기대하고 있습니다.

울산은 2028년 국제정원박람회, 매년 세계중도대회·명문대학조정경기, 공
영축제 등이 개최되기에 상호접근성이 좋아지면 그만큼 울산을 찾는 인구
도 늘어날 것으로 기대합니다.

3. 동해안 수소경제 벨트 구축 효과에 대해서도 설명 부탁드립니다.

북극항로 시대에 대응한 환동해권 형성에 도움이 되어 울산의 조선업, 물
류산업 발달은 물론, 동해안권의 수소, 에너지, 원전(신고리, 월성, 한울) 산
업벨트 협력을 촉진시킬 수 있을 것으로 보입니다.

울산도시철도인 트램과 울산~양산~부산광역철도, 아직 예타중인 동남권
순환철도 등 울산 내·외부 철도망을 동해선과 연결하면 철도 중심의 교통

허브 역할도 강화될 것입니다.

울산시가 역점추진중인 수소기반 친환경 모빌리티인 수소트램과 수소버스·화물차 등 실증사업이 더욱 활성화될 것으로 기대합니다.

※ 참고사항

도시철도1·2호(추진중), 3~4호(예정), 태화강~장생포 수소트램 건설(추진중)

울산은 전국 수소생산의 50%를 차지하고 있다. 동해선 고속화로 수소 및 관련 부품·설비의 수송 시간과 비용이 크게 절감되며, 울산에서 생산된 수소를 포항(수소연료전지), 강릉(친환경 관광·모빌리티) 등으로 빠르게 공급할 수 있게 된다.

[환구시보 环球时报]

A CITY OF BRIDGE (다리의 도시)

2025.10.31. 중국환구시보

안 부시장의 집무실 문을 열자, 책상 위에 중국남방항공 비행기 모형이 가장 먼저 눈에 띄었다. 얼마 전 울산산업축제 기간에 맞춰 중국 남방항공은 울산시 관광국과 협력해 광저우 바이윈국제공항과 울산공항간 부정기 직항편을 개설했다.

이는 남방항공이 울산노선에 처음 취항한 사례로, 양 도시간 항공 교통의 공백을 메운 상징적인 일이다.

안승대 부시장은 '환구시보'기자와의 단독 인터뷰에서 이렇게 말했다.

"광저우는 중국 자동차 산업의 핵심 도시입니다. 제가 직접 광저우를 방문해 산업 현장을 살펴본 적이 있습니다. 이번 부정기 직항편 개설은 산업 교류를 훨씬 더 편리하게 만들 뿐 아니라, 한중 양국의 다양한 분야에서의 긴밀한 협력을 보여 주는 좋은 예시라고 생각합니다."

업무상 그는 여러 차례 중국을 방문했다고 한다. 베이징과 상하이에서는 중국 도시의 발전 속도와 규모에 깊은 인상을 받았고, 허난의 소림사와 시안의 병마용에서는 중국 역사문화의 깊이와 웅대함에 감탄했다고 말했다.

그는 최근 특히 중국의 전기자동차, 인공지능, 저공경제 등의 신산업 발전에 큰 관심을 두고 있다고 덧붙였다.

"AI(인공지능)와 인구 구조 변화에 대한 대응은 올해 APEC 회의의 주요 의제가 될 것입니다. 울산시도 인공지능 산업도시로의 전환을 추진 중이며, 고령화와 인구 감소라는 도전에 대응하기 위해 준비하고 있습니다."

기자가 "가장 좋아하는 중국 제품이 무엇이냐"고 묻자, 안 부시장은 망설임 없이 "로봇청소기요."라고 대답했다.

그는 웃으며 이렇게 말했다.

"AI 기술이 일상의 노동 부담을 덜어주고, 삶의 질을 높여주죠. 특히 고령화 사회에서는 정말 의미 있는 기술입니다. 앞으로 한국과 중국이 이런 신산업 분야에서 협력할 여지가 많다고 생각합니다."

"한중관계를 어떻게 보느냐"는 질문에는 잠시 생각을 멈춘 뒤, 책상 위에 울주 대곡리 반구천 암각화 그림을 꺼내 보였다. 그 암각화에는 고래와 사냥 장면이 새겨져 있으며, 약 7,000년 전 이 지역 선인들의 삶을 보여준다.

안 부시장은 암각화의 그림 문자를 가리키며 말했다.

"이런 상형문자는 중국 한자의 기원이 되었죠. 한국도 한주 문화권의 중요한 일원입니다. 한중 양국은 예로부터 동아시아 문명의 중요 구성원이었고, 앞으로도 함께 손잡고 미래로 나아간다면 지역의 발전과 번영에 큰 도움이 될 것입니다."

인터뷰를 마치며 그는 이렇게 덧붙였다.

"이 사무실에서 중국의 여러 정부 관계자와 기업 대표들을 맞이한 적은 있었지만, 중국 기자를 맞이한 것은 이번이 처음입니다. 특히 중국 언론의 단독 인터뷰는 제게도 의미가 깊습니다."

예정된 50분 인터뷰는 어느새 한 시간 반 가까이 이어졌고, 마지막에 그는 기자와 기념사진을 찍으며 말했다.

"한국에 자주오세요. 울산은 언제든 환영합니다."

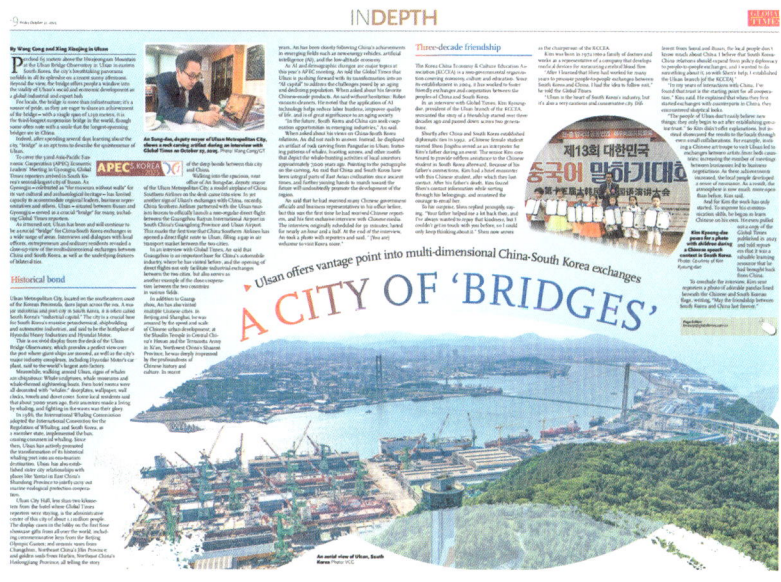

환구시보 신문 APEC정상회의 섹션 지면 전면에 'A CITY OF BRIDGE'라는 제목으로 울산특집기사를 실었다.

도시의 미래를 말하다

포항 라한 호텔 강연

도시의 미래를 말하다
2025.8.26. 영남리더스 포럼

AI로 설계하는 도시의 미래

오늘 이 자리에 초청해 주셔서 먼저 깊이 감사드립니다.

포항의 경제를 이끌어 가시는 여러 분야의 여론 주도층, 지역 유지 여러 분을 한자리에서 뵙게 되어 정말 영광스럽게 생각합니다.

제가 원래 고향이 포항이다 보니, 오늘 이 자리는 저에게 더욱 특별하고 뜻깊게 다가옵니다.

저는 작년 4월 말부터 울산광역시 행정부시장으로 근무하고 있습니다. 그 이전에는 2020년에 울산시 기획조정실장으로 처음 인연을 맺었고, 약

2년 반 근무한 뒤 행정안전부로 복귀해 자치분권정책관, 지방행정국장을 거쳐 작년에 승진해 다시 울산으로 오게 됐습니다.

아마 이 포럼에 저를 초청해 주신 배경에는, 최근 SK와 미국 아마존 웹 서비스(AWS)가 울산에 약 7조 원 규모의 AI 데이터 센터를 건립하기로 MOU를 체결하고, 그 과정에서 이재명 대통령께서도 취임 후 첫 비수도권 지방 일정으로 울산을 찾으신 일이 큰 계기가 되었을 것 같습니다.

이런 흐름 속에서 울산이 'AI 수도'로 도약하겠다는 비전을 갖게 되었고, 포항 역시 AI 데이터 센터, AI 컴퓨팅 센터 구축을 위해 노력하고 있는 것으로 알고 있습니다.

포항도 울산과 마찬가지로 제조업 중심 도시입니다. 특히 제조 AI 분야는 앞으로 지역 발전을 위해 반드시 관심을 가져야 할 영역이라고 생각합니다. 그런 의미에서 오늘 이 자리에 저를 불러 주신 것 같습니다.

1. 울산의 산업 구조와 변화

울산은 잘 아시다시피 1962년 박정희 대통령 시절 특정공업지구로 지정되면서 글로벌 산업도시로 성장해 왔습니다.

자동차, 조선, 석유화학, 비철금속 등 4대 주력 산업은 세계 최고 수준의 경쟁력을 갖추고 있습니다. 자동차는 현대자동차를 중심으로 전기차, 수소차, 자율주행, UAM(도심항공교통), 로봇 자동화 등으로 빠르게 진화하고 있습니다.

조선·해양 분야는 친환경 스마트 선박, 자율운항 선박 등 미래 선박 기술 개발에 박차를 가하고 있습니다.

석유화학은 중국 변수 등으로 어려움이 있지만, SOIL(사우디 아람코가 최대주주)이 '샤힌 프로젝트'를 통해 고부가가치·친환경 공정으로 재편을 추진 중입니다.

비철금속 분야에서는 고려아연, LSMnM 등 기업을 중심으로 전기차·2차전지 핵심 소재를 공급하며 성장하고 있습니다.

이처럼 주력산업이 구조 전환을 추진하는 가운데, 울산시는 미래 신성장 산업을 육성하기 위해 여러 제도적·공간적 노력을 병행하고 있습니다.

2. 규제 개선과 기업 환경 조성

1) 개발제한구역(그린벨트) 문제

포항에는 그린벨트가 없지만, 수도권과 7개 광역시 주변에는 대부분 개발제한구역이 있습니다.

울산은 울주군과 통합되면서 도심 외곽이 광범위하게 그린벨트로 묶여 있어 개발에 큰 제약이 있습니다. 이 문제를 해결하기 위해 국가 권한을 이양받는 등 많은 노력을 기울여 상당 부분 융통성을 확보했지만, 여전히 그린벨트 때문에 어려움을 겪고 있습니다.

2) 분산에너지특별법 (차등 전기요금제)

울산이 주도해 제정한 법이 바로 분산에너지특별법, 이른바 '차등 전기요금제'입니다. 전기를 생산하는 지역의 전기요금이, 전기를 생산하지 않는 수도권보다 저렴해야 한다는 논리입니다. 송배전 비용과 손실을 감안하면 당연한 이야기입니다.

이 법에 따라 분산에너지특구가 지정되고 전기요금이 차등화되면, 전력 다소비 산업인 데이터 센터, 반도체 등 기업들은 자연스럽게 지방 입지를 선택할 수밖에 없습니다.

균형발전을 이끌 수 있는 매우 강력한 도구가 바로 이 분산에너지특별법 이고, 울산이 이를 주도해 만들었다는 점을 말씀드리고 싶습니다.

3) 친기업 정책과 각종 특구

민선 8기 김두겸 시장 취임 이후 울산시는 '친기업 도시'를 강하게 표방하고 있습니다. 중단됐던 공업축제 부활, 개발제한구역 해제 추진, 각종 인허가 절차의 획기적 단축, 공무원을 기업 현장에 파견해 인허가를 원스톱으로 처리. 예를 들어, 현대차 전기차 공장은 통상 3년 걸릴 인허가를 약 10개월에 끝냈고, 삼성SDI 양극재 공장 허가도 약 6개월 만에 처리했습니다. 또한 기회발전특구, 도심융합특구, 교육특구, 문화도시 등 여러 특구를 유치해 규제 완화와 세제 혜택을 확보해 기업들이 투자하기 좋은 환경을 만들고 있습니다.

3. 교통 인프라: 수소트램·광역철도·도심항공교통 (UAM)

울산은 광역시 중 지하철이 없는 유일한 도시입니다. 지하철은 건설·운영비가 막대하기 때문에, 울산은 다른 해법을 선택했습니다.

1) 수소트램

울산이 추진하는 것은 무가선 수소연료전지 트램입니다.

전선(가선)이 없는, 수소연료전지로 움직이는 친환경 철도 시스템입니다. 도시 교통수단이면서 관광 자원으로도 매력이 큽니다.

1호선은 이미 공사를 시작했고 2·3·4호선도 준비 중입니다.

2) 광역철도

부산-양산-울산 광역철도 사업은 확정되었고 동남권 순환철도도 부산·울산·경주(부울경)가 함께 추진 중입니다.

3) 도심항공교통 (UAM)

미래 교통수단인 도심항공교통(UAM)은 '날아다니는 전기차'에 가깝습니다. 초기에는 '비행기냐, 자동차냐' 논쟁도 있었지만, 본질은 전기차 기반의 비행체입니다. 내연기관으로는 무게 한계 때문에 어렵고, 배터리·전기 동력 기반이 되어야 가능해집니다.

전기차에 프로펠러를 단 개념으로 이해하시면 쉽습니다.

도로를 달리다가, 앞에 강이 나타나면 프로펠러를 작동해 떠올라 강을 건너고 다시 도로로 내려가는 식의 상상이 가능한 것입니다.

울산은 이런 도심항공교통을 유망한 미래 교통수단으로 보고 인프라와 실증 기반을 구축하고 있습니다.

4. 스마트도시와 디지털 트윈

울산은 스마트도시와 디지털 트윈 구축에도 속도를 내고 있습니다.

1) 스마트도시

중구 혁신도시, 성암동 일대는 국가 지원을 받아 스마트도시 시범지구로 조성 중입니다.

스마트도시의 핵심은 거창한 것이 아니라, 한마디로 요약하면 자율주행 기반 교통 시스템, 에너지 절감 즉, 도시에 디지털 기술을 입혀 교통과 에너지를 중심으로 효율을 극대화하는 것입니다. 새로 짓는 아파트 단지, 도심 개발에도 스마트도시 개념을 적극 적용하고 있습니다.

2) 디지털 트윈

디지털 트윈은 싱가포르의 '버추얼 싱가포르'처럼, 도시 전체를 가상공간에 그대로 옮겨 놓는 개념입니다.

실제 물리 도시와 별도로, 디지털 공간 속에 도시를 통째로 구현 이 안에서 UAM, 신교통, 재난·재해, 홍수, 바람 등 각종 시뮬레이션이 가능합니다. 영화 '마이너리티 리포트'에서 지도 위 한 점을 찍으면 그 부분이 확 확대되는 장면을 떠올리시면 됩니다.

울산에서는 현대중공업 조선소를 디지털 조선소로 구현했고, 건축물은 BIM 설계 데이터를 결합해 건물 한 채를 클릭하면 도면, 설비, 구조 정보를 한눈에 볼 수 있도록 만들고 있습니다.

그 결과, 특정 층에서 화재가 발생했을 때 소방 출동 및 대응이 훨씬 용이해집니다.

또한 행정 효율 측면에서도, 각종 계획·용역에서 반복 작성되던 인구·통계 데이터를 디지털 트윈에 올려두고 공통 기반으로 활용하면 중복을 줄이고 정확도는 높일 수 있습니다.

5. 소버린 AI, 데이터 주권, 그리고 울산의 AI 전략

새 정부 들어 AI 수석을 중심으로 강조하는 개념이 '소버린 AI(Sovereign AI)', 즉 AI 주권입니다.

현재 전 세계 데이터는 미국 등 강대국의 거대 기업들이 쥐고, 가공하고, 팔고 있습니다. 우리도 우리의 데이터 인프라와 기술을 확보해야만 독자적인 발전이 가능합니다.

이를 위해 국가 차원의 AI 고속도로 구축, AI 기반 사회 구현(특정인만이 아닌 사회 전반, 특히 약자를 포함한 모두에게 AI 혜택을 돌아가게 하는 것), AI 정부, 즉 공공 영역의 디지털·AI 전환 이런 방향으로 정책이 추진되고 있고, 그런 맥락에서 대통령이 울산의 아마존 데이터센터 MOU 현장을 찾으신 것입니다.

6. 울산의 AI 잠재력: 에너지·제조 수요·연구 인프라

울산이 AI 허브로서 갖는 강점은 세 가지 정도로 정리할 수 있습니다.

1) 풍부한 에너지 인프라

새울원전, LNG 발전, 수소경제 인프라, 해상풍력, RE100 산업단지 등

AI·데이터센터는 엄청난 전력을 소비하기 때문에, 에너지 기반이 핵심 경쟁력입니다.

포항은 에너지 측면에서 상대적으로 취약한 부분이 있을 수 있는데, 이를 어떻게 극복하느냐가 중요한 과제가 될 것입니다.

2) 제조 AI 수요처의 풍부함

대기업·협력업체·중소기업이 수직 계열화된 구조, AI를 통해 제조공정·자동화·품질관리 등을 혁신할 수 있는 실수요가 많으며 한 번 성공 사례가 나오면 밸류체인 전체로 확산시키기 용이합니다.

3) 우수한 연구 인프라

유니스트(UNIST), 정보산업진흥원 등 이들 기관이 기존부터 슈퍼컴퓨터 센터, 연구 랩 등을 통해 기반을 마련해 왔습니다.

다만, 세계적 허브가 되기 위해서는 지금의 인프라를 한 단계 더 고도화해야 합니다.

7. AI 인프라·데이터센터·컴퓨팅, 그리고 수중 데이터센터·양자 기술

울산은 이미 제조 AX(AI Transformation) 연구 공간, 바이오 데이터 팜, 게놈 1만 명 프로젝트(울산시민 만 명의 유전체 데이터 분석)

등을 기반으로 하고 있고, 이를 바탕으로 신약 개발, 바이오 연구를 진행하는 기업(예: 클리노믹스)도 탄생했습니다.

하지만 이 정도로는 세계 경쟁에서 부족합니다. 그래서 AI 데이터센터, 고성능 컴퓨팅 인프라 강화가 필수입니다.

1) 수중 데이터센터

데이터센터는 전기와 냉각이 핵심입니다.

수중 데이터센터는 해수의 냉각 효과를 활용해 에너지 효율을 획기적으로 높일 수 있고, 전자파 등 문제도 완화할 수 있습니다. 울산은 이미 작년부터 여러 기관과 협력해 수중 데이터센터 실증을 진행하고 있습니다.

2) 양자 기술

지금의 디지털 컴퓨팅은 0과 1의 조합이지만, 양자는 '양자 얽힘' 등을 활용해 훨씬 높은 계산 효율을 낼 수 있습니다.

유니스트를 중심으로 양자 기술 역량을 키우려는 시도도 이루어지고 있습니다.

8. 에너지 기반과 고자기장 연구소

데이터센터·AI 컴퓨팅을 받쳐줄 에너지로는 부유식 해상풍력, 수소경제, 새울원전, 2차전지, 분산에너지특구 등이 있습니다. 여기에 더해 고자기장 연구소도 중요합니다.

전자기(전기+자기) 특성을 고도화하면 전력 효율을 크게 높일 수 있기 때문에, 고자기장 연구는 에너지·AI 인프라 측면에서 매우 중요한 기반 기술입니다.

9. 왜 아마존·SK가 울산에 7조 규모 AI 데이터센터를 선택했는가

이제 왜 아마존과 SK가 울산을 선택했는가?를 정리해 보겠습니다.

이번에 유치한 데이터센터는 전력 사용량 103MW급입니다. 데이터센터 규모는 대개 전력 사용량으로 표현하는데, 그만큼 전기를 많이 씁니다.

향후 1GW(10배)로 확장될 계획이며, 투자 규모는 7조 원에서 장기적으로

100~150조 원대로 추산됩니다.

SK하이닉스 입장에서는, 아마존 데이터센터가 들어오면 그만큼 반도체 수요가 폭발적으로 늘어납니다. 서버와 관련 반도체는 주기적으로 교체해야 하기 때문에 장기간 안정적인 수요가 생깁니다.

사실 초기에는 아마존이 울산 대신 호주에 입지를 고려했다는 이야기도 있습니다. 이를 최태원 회장과 SK텔레콤이 설득했고, 결정적으로 울산시의 신속한 행정력이 큰 신뢰를 줬습니다.

막대한 전력을 쓰는 만큼, 한전과 산업부의 전력수급계획에도 반영되어야 하고 각종 인허가를 빠르게 처리할 수 있는 지방정부의 역량이 필수였습니다. 울산시는 아마존 데이터센터와 함께 공공 데이터센터도 인근에 구축해 시너지를 내겠다는 구상까지 포함해 패키지로 제안했습니다.

전력 인프라, 에너지 다변화, 속도감 있는 행정, 인재, 연구기관 등 복합적인 요인이 맞아떨어졌기 때문에 가능한 유치였습니다.

10. AI 인재 양성과 제조 현장의 디지털 전환

AI 허브가 되기 위해서는 무엇보다 사람, 인재가 중요합니다.

유니스트 인공지능대학원, AI 노바투스 아카데미, 정보산업진흥원 등의 교육 프로그램을 통해 그동안 AI 전문가 양성을 꾸준히 해왔습니다.

앞으로는 제조 현장에 특화된 실무형 인재가 중요합니다.

공정·설비·생산을 실제로 다루는 사람들이 AI를 이해하고 다룰 줄 알아야 진짜 혁신이 일어납니다. 그래서 컨설턴트, 디지털 전환 플랫폼 전문가, 현장 실무 인력 전주기 인재 양성이 필요합니다.

기업 R&D도 지원하고 있습니다.

자동차 분야의 Software Defined Factory, 조선 분야의 협동로봇 기반 자율 제조, 화학·비철금속 분야로의 확산, 휴머노이드 로봇을 활용한 자율 제조 기술 개발 이런 과제를 추진하며, AI 기업 육성·솔루션 개발·디지털 전환 지원을 상공회의소, 테크노파크, 창조경제혁신센터, 일자리재단, 유니스트 등 여러 기관이 함께 뒷받침하고 있습니다.

11. 도시와 산업의 '공진화' – AI, 디지털 트윈, 정주여건, 정원도시

결론적으로 제가 강조하고 싶은 키워드는 '공진화(Coevolution)'입니다.

산업만, 도시만 따로 잘해서는 안 됩니다.

도시 전체와 산업이 서로 영향을 주고받으며 함께 진화해야 합니다.

산업 측면에서는 제조 AI, 자율 제조, 디지털 전환(DX)으로 가야 하고, 도시 측면에서는 에너지 효율이 높은 도시, 스마트 모빌리티(자율주행, UAM, 수소트램 등)가 잘 갖춰진 도시, 안전하고 정주여건이 좋은 도시로 진화해야 합니다.

이 둘을 엮어 주는 핵심 도구가 바로 디지털 트윈입니다.

도시계획을 3차원으로 시뮬레이션, 홍수·방재·재난 대응 시뮬레이션, 도심항공교통(UAM) 항로 검증 등을 디지털 트윈에서 먼저 시험해 볼 수 있습니다.

또 하나 중요한 것이 '정원도시' 개념입니다.

울산은 '정원박람회'를 준비 중이고, 포항은 '그린웨이' 등 녹색도시를 강조하고 있습니다. 산업화 된 도시는 경제 발전에 기여하지만, 인간이 살기 좋은 환경과는 다소 거리가 있습니다.

반구대 암각화가 있는 반구천 일대는 무려 7천 년 전 사람들이 정원 같은 자연환경에서 살던 흔적입니다.

미래의 산업도시는 숲과 정원이 있는 도시, 산단에도 나무를 심고, 녹지를 확충하는 도시가 되어야 진정한 경쟁력을 가질 수 있습니다.

도시 경쟁력과 산업 경쟁력은 결국 사람이 살기 좋은 도시라는 지점에서 만난다고 생각합니다.

12. 바이오·휴먼 디지털 트윈과 AI

AI가 가장 크게 쓰일 수 있는 분야 중 하나가 바이오입니다.

게놈 정보, 의료 데이터는 매우 복잡하고, 엄청난 조합과 테스트가 필요합니다. 어떤 약이 누구에게 맞는지, 어떤 신약 후보가 유망한지 판단하는 데 AI가 결정적 역할을 할 수 있습니다.

특히 휴먼 디지털 트윈 개념이 중요합니다.

지금은 신약 개발 과정에서 임상시험 단계에서 많이 탈락하고, 비용도 많이 듭니다. 실제 사람을 대상으로 한 실험은 한계가 분명합니다.

휴먼 디지털 트윈이 구축되면, 가상의 인간 모델을 통해 24시간, 무제한으로 모의실험을 할 수 있습니다.

울산에는 이미 건강검진 데이터를 기반으로 1인당 600~700개 정도의 변수를 결합해 개인별 디지털 트윈을 만드는 디지털 바이오 스타트업도 등장했습니다. 이런 기술이 고도화되면, 신약 임상의 상당 부분을 디지털 환경에서 먼저 검증하고, 실제 임상은 그 이후에 최소화해 진행하는 시대가 머지않았다고 봅니다.

저 역시 이런 기업들을 눈여겨보고 있습니다.

정리하면 울산은 전통적인 산업수도에서 제조 AI 혁신 허브, 에너지와 AI, 디지털 트윈, 스마트도시, 정원도시가 결합된 미래 도시로 나아가고자 하고 있습니다.

오늘 말씀드린 내용들이 포항이 앞으로 AI·디지털 전환, 에너지, 스마트 모빌리티, 정주여건 개선, 정원도시 전략을 고민하실 때 조금이나마 참고가 되기를 바랍니다. 경청해 주셔서 감사합니다.

내가 읽은 책들

뇌와 세계

(미겔 니코렐릭스, 2020, 김성훈 옮김)

뇌는 정보와 논리를 갖춘 유기 컴퓨터

- 뇌를 갖고 있는 동물은 신경조직에 새겨진 정보를 지속적으로 회상
- 에너지를 소산시켜 정보로 새기는 과정이 학습(뇌에 기억을 저장) => 지식
- 나무에 새기는 나이테에서 동물의 뇌에 새기는 정보로 간 것은 큰 도약
- "산다는 것은 엔트로피가 감소된 섬(유기체)을 만들고 유지 위한 끝없는 몸부림"[9]
- "우리의 경우 호흡이라는 끊임없는 반응을 통해 열을 방출하므로 존재를 지속"[10]

새넌 정보와 괴델 정보

- 클로드 새넌, "전기회로 위에 임의적 논리적 관계나 수적 관계를 재현하려면 0과 1 이라는 두 숫자와 그 숫자를 사용할 때 파생되는 논리만 있으면 충분하다" => 엔트로피와 정보의 관계(풍선을 터트리면 헬륨이 낮은 열역학적 엔트로피 상태에서 높은 엔트로피 상태로 바꿔고, 동시에 모든 헬륨 원자의 위치를 기술하는데 필요한 정보의 양 또한 올라간다), DNA(유기체를 복제하는 데 필요한 모든 정보를 암호화) => 정보를 비트로 부호화하고 해독

---

9) 에르빈 슈뢰딩거, 생명이란 무엇인가?
10) Nick Lane, The Vital Question

- 괴델(Kurt Godel)정보 : 유기조직에 새겨지는 것이 유기체의 에너지 소산 과정에 의해 촉진, 이는 디지털 방식이 아닌 연속적인 아날로그 방식 =〉 괴델정보의 존재는 디지털컴퓨터가 인간 뇌의 내재적 작동방식과 경이로움을 재현 못 할 한가지 핵심이유(환각지 Phantom Limb 감각, Placebo Effect, 무의식)
- 먼저 지구에 처음 등장한 유기물질의 자취에 에너지 소산에 의해 괴델정보(아날로그)가 쌓였고, 그 후에 RNA와 DNA를 바탕으로 하는 자기복제 메카니즘이 등장하고 한 후에야 유기체가 섀년정보(디지털)을 이용할 수 있었음 =〉 존재에서 비트로

뇌, 연속적 실체의 동역학 : 생물학적 솔레노이드[11]와 기능 원리

- 신경 앙상블 생리학의 원리(Principles of Neural Ensemble Physiology)
- 분산의 원리(Distributed Principle), 신경분량의 원리(Neural Mass Principle), 다중작업의 원리(Multitasking Principle), 신경축(縮)중(重)의 원리(Neural Degeneracy Principle), 맥락의 원리(Context Principle), 뇌가소성(Brain Plasticity) ; 가소성이 원리, 에너지 보존의 원리

상대론적 뇌이론 : 결국 모든 것은 자기력으로 귀결된다

- 뇌의 국소적 작동방식과 전체적 작동방식을 어떻게 조화시킬 것인가
- 뇌는 활동전위라는 전기펄스를 이용해 뉴런에서 뉴런으로 메시지 교환(디지털 속성), 뇌세포가 만들어내는 전기신호는 모두 시간의 흐름에 따라 전압이 변화하는 아날로그파 =〉 동물과 인간의 뇌는 하이브리드 디지털-아날로그 계산엔진의 조합
- 뉴런 전자기장(생물학적 솔레노이드) 덕분에 신경의 창발성이 가능, 이런 전자기장이 모든 새겉질을 하나의 유기 컴퓨터로 통합하는데 필요한 생리학적 접착제 역할(뉴런 앙상블)

---

11) 전류가 통과할 때 전자적으로 작동하는 루프

- 사람의 뇌는 자연에 존재하거나 인공적으로 만들어지는 대부분의 자기장에 반응하
  지 않지만 다양한 생명체가 지구자기장 감지 능력
- 인간 뇌의 자기장 강도는 1 피코테슬라(기가 109, 마이크로 10-6, 피코 10-12)

뇌는 튜링기계가 아니다

- 모든 디지털 컴퓨터는 1936년 영국의 수학자이자 논리학자인 앨런튜링이 처음 제
  안한 추상적 기계장치를 구체적으로 재현할 수 있는 무수히 많은 가능성 중 하나
- 튜링의 계산 가능성(Computation)은 형식적 수학에서만 나오는 질문에 대한 것
- 뇌의 복잡한 창발성 => 복잡계(Complex System), 통합계(Integrated System)
- 현실 세계의 유기체들은 통합계로 아날로그 방식으로 자신의 복잡성을 다룬다. 이
  는 알고리듬으로는 다룰 수 없는 과정(예) 단백질 접힘)

브레인넷, 동기화된 뇌 - 뇌의 결합으로 사회적 행동을 만들다

- 뇌 기계 인터페이스 => 뇌 커뮤니케이션 => 여러개의 뇌가 자신의 전기폭풍을 동
  기화해 공통의 운동 목표 달성, 거울뉴런(Mirror Neuron) => 가상환경에서 연습
- 뇌에서 말을 생산하고 수신하는 시스템에 비슷한 진동 활동 존재, 언어사용을 통해
  뇌뇌 결합(뇌 사이의 아날로그 동기화 신호), 언어 외 손짓, 옥시토신 도파민 호르
  몬, 공통의 시각적 입력, 추상적 믿음 => 사회집단내 가입 => 브레인넷 형성
- 브레인넷이란 빛, 소리, 언어, 화학물질, 전파, 전자기파 등의 외부 신호를 통해 아
  날로그 영역에서 동기화되어 그 결과 창발적인 집단적 사회행동을 할 수 있게 된 다
  중의 개별 뇌로 구성된 분산식 유기 컴퓨터

뇌중심 우주론

- 신화와 신들은 우리 정신세계(인간의 뇌)가 투사되어 만들어진 산물(Joseph
  Cambell)
- 우주는 잠재적 정보를 제공하고, 인간의 뇌는 그 정보를 이용해서 우주에 대한 정
  신적 표상을 만들어 냄
- 선사시대 동굴벽화 => 사람들의 뇌가 만들어낸 최초의 이미지

시간과 공간의 발명

- (수도원의 종탑) 시계 => 인간의 행동을 동기화 시키는 도구, 인간사의 시간적 동조화라는 새로운 현실은 막강한 영향력
- "시간과 공간은 선험적 형태의 감각이다(칸트) ... 우리는 시간과 공간의 법칙을 자기 안에 내포하고 있기 때문에 우주에 대해 이해하고 있다."(Joseph Cambell)
- (공간개념 확대) 용감한 이주, 지하(사후세계), 하늘(천상의 세계), 건축, 유클리드 기하학, 리만 기하학(다차원 공간 관점), 대항해 시대, 코페르니쿠스, 갈릴레이, 뉴턴, 아인슈타인
- 시간과 공간 모두 우리 인간의 뇌가 만들어낸 창조물(시간과 통증 : 외부 세계가 제공하는 다양한 잠재적 정보를 뇌가 합쳤을 때의 결과물로 생김)
- 양자 수준에서는 완전히 불연속적인 실체를 거시적 수준에서는 연속적인 존재로인식하는 데는 '시각적 채워넣기'가 관련됨
- 우리가 접촉이라고 느끼는 것이 사실은 전자기적 반발력이 만들어낸 산물

우주에 대한 수학적 기술의 기원

- 수학은 인간의 뇌에서 나온 또 하나의 순수한 창조물
- 오래전 진화의 과정 동안에 주변 세상과 상호작용한 결과로 수학과 기하학의 기초 요소가 우리의 뇌를 비롯한 동물의 뇌에 새겨져 있음
- 우주가 인간과 조화를 이룰 때, 영원, 우리는 그것을 진리로 알고 아름다움을 느낌 (타고르 Rabindranath Tagore)
- 빛 : 입자 파동 이중성, 양자역학의 측정문제(확률 파동함수, 코펜하겐 합의), 양자 얽힘[12] (Quantum Entanglement)
- 뇌 중심적 관점과 코펜하겐 해석이 서로 수렴함
- 인간의 경우 플라톤의 동굴에서 탈출할 방법이 없음. 인간 우주는 광대한 엔트로피의 바다에 둘러쌓인 작은 지식의 섬

---

12) 입자들의 양자 상태를 서로 독립적으로 기술하는 것이 불가능할 때 그 입자들을 얽혔다고 함

정보 바이러스와 시대정신

- 대규모 인간집단이 자신들의 뇌를 동기화해서 강력하고 치명적인 브레인넷으로 만들어낸 원리를 설명할 신경생리학적 가설
- 정신적 추상이 전쟁이나 집단학살의 근거로 선택 =〉 소통 미디어로 그런 행동을 뒷받침할 메시지가 인간 사회집단 전체로 퍼짐(촉발 메시지 : 정보바이러스의 감염, 집단 무의식 Carl Jung, 밈 Meme 리차드 도킨스) =〉 시대정신(르네상스, 산업혁명, 일반상대성이론과 입체파)
- 상호연결된 정신적 유산에 의해 형성된 6세기에 걸친 브레인넷 덕분에 우주 전체에서 가장 광범위하게 펼쳐져 있는 현상 중 하나인 전자기를 불과 몇줄의 수학적 기호로 환원해 기술할 수 있었음

디지털 중독의 공격

- 디지털 좀비, 디지털 카멜레온 가설 : 알고리즘 논리의 규칙과 표준에 따라 계획하고 조정하고 통제하고 평가하고 보상하다 보면 우리 뇌는 점점 더 이 디지털 모드를 흉내내려한다. 그러면 자연선택에 의해 장구한 세월에 걸쳐 만들어진 생물학적으로 더 중요한 아날로그 방식의 정신 기능이 쇠퇴

불멸하는 인간의 뇌

- 인간우주의 돈 중심적 관점(시장교), 기계숭배, 인간 디스토피아, 감시 자본주의

안승대의 도시 오딧세이

초판 발행 ㅣ 2026년 1월 5일

지 은 이 ㅣ 안승대
펴 낸 이 ㅣ 김정호
펴 낸 곳 ㅣ 디자인숨
주　　　소 ㅣ 포항시 북구 삼호로74번길 5
전　　　화 ㅣ 054)614-0866
이 메 일 ㅣ design_sum@daum.net
등록번호 ㅣ 제 504-2021-000010호

ⓒ 안승대, 2026

ISBN 979-11-975983-2-6 (03800)